文春文庫

小　隊

砂川文次

文藝春秋

目次

小隊

小隊

雲は厚く、重かった。流れる、というよりも蠢（うごめ）くといったほうが適切に思えた。隙間なく広がる鉛色の空から雨が降る。雨脚は一定で、激しくなることも弱まることもなく、朝から今に至るまで降り続けていた。

安達はバインダーに視線を落とす。ラミネート加工されたA4用紙には、十八世帯三十二名の住所と住人の家族構成、年齢・性別といった簡易な個人情報が表形式で記載されている。今この地域に残っている人々は手のかかる者ばかりで、まだ三軒目であるにも拘（かか）わらず、すでに正午近くになってしまっていた。裏面には、縮小コピーされたゼンリンの住宅地図が印刷されており、残留住民の区画はピンクのマーカーで塗りつぶされている。

安達は、地図と現在地とを照らし合わせた。目の前には二階建てのアパートがある。世帯主は「カナムラ　アキコ」なる三十四歳女性で、六歳の娘「ナナ」と同居している。アパートの前には広い駐車場があったが、軽自動車が一台止まっているだけだ。カナムラ氏のものだろう。

アパートは国道44号に面している。国道、と言ってもその両脇にパチンコ屋があるわけでもモールがあるわけでもなく、閑散としている。ぽつりぽつりと戸建てや古いアパートがあって、砂利を敷いた空き地が広がる、とにかくそんな侘しい集落を抜ける国道だ。安達とその部下、立松は今そんな道を歩いている。雨粒が鉄帽にあたり、つばから滴り落ちる。雨衣を着ていたので戦闘服や下着が濡れることはないが、もう十日も風呂に入っていなかったからいっそのこと今身にまとっている全てをそこらへんに投げやって走り出したかった。背中が、頭が痒い。安達は手袋をしたままで、額から顎までを拭う。迷彩柄の手袋は雑巾のにおいがしたが、それでも思いのほかすっきりした。

カナムラ氏は「203号室」に住んでいた。アパートには、左右両方に階段がついていた。人気はない。これは別にこのアパートに限った話ではなく、この町全体がそうなのだ。この町で車が走るのを目にすることはほとんどないし、この町唯一の駅、別保駅に根室本線の列車が止まることは、しばらくの間はまず確実にない。目にするのは同業者ばかりだ。

「変なひとばっかりですね」

小隊の無線通信手たる立松士長が、ひとりごちるように言う。

「まあ、な」

抜き差しならない生活と目に見えて迫る危機とを比較考量して後者を切り捨て、属人的理由から動くに動けない人々を単に「変」と決めつけることは、翻ってこの地域に何かが起きた時、多少なりとも我々の罪悪感を低減してくれるかもしれない。そういう風に自身への説得を試みても納得には至らない。でも世間の残留者に対する評価はきっとその辺りにある。

階段は、二階の各部屋に至る廊下から伸びるような形で設置されていた。アパートの屋根は雪国特有の片流れになっている。もっとも、その雪がここにやってくるのはまだ三か月ほど先だろうし、その頃には自分はきっと別の場所にいるに違いない。いや、そうであってもらわねば困る。

階段を昇りつつ、モーテルみたいだな、と思った。たすき掛けをしている雑嚢(ざつのう)を腹の方へ回してバインダーを仕舞った。昇る、上がる、という動作はいちいち身に着けている装備品の重さを思い出させてくれる。鉄帽に防弾チョッキ、実包の込められた六つの弾倉に防護マスクだとか銃剣、その他諸々のポーチや雑嚢、そして89式小銃。今はスリングを調整し、銃口が上に向くようにして左肩にこれを掛けている。住民にいらぬ威圧感を与えないよう避難誘導時は吊れ銃(つれつつ)にせよ、偽装は施すな、との連隊長指導だった。銃床が、携帯無線機2号(F80)のアンテナにコツコツとぶつかって気に障(さわ)る。取り扱いに慣れた古参陸曹から、左腰のあたりに私物のポーチで固定して、アンテナは肩甲骨に沿うように取り付けるとよい、と助言を受けてその通りにしたが、それでもなお邪魔だった。立松はF80よりもさらに重く大きい携帯無線機1号（F70）を背負っている。中隊指揮系に用いるものだ。彼の背中から飛び出たアンテナは、弧を描くように防弾チョッキの胸元のベルトに挿し込まれている。自分よりも辛いだろうことは容易に想像がついたが、それが通信手の役割だ。

庇（ひさし）のおかげで、取り敢えず雨からは解放されたが、この装備と湿気、悪天のくせに大して下がりもせぬ気温のせいで不快感はかえって増した。

鉄製のドアには表札と部屋番号があった。それとは反対に目を転じると、小高い丘の頂（いただき）が、波打ちながら左右に伸びている。本当に、戦闘は起きるのだろうか。恐怖とか緊張とかではなく、ただ単純に面倒だった。

「ここですね」

立松が、声をいくらか落として教えてくれた。

安達は一旦顎紐（あごひも）を緩め、鉄帽を浮かせて頭を掻く。掻くほどに一層痒みがひどくなった。収まることはないだろうと諦め、鉄帽をかぶりなおし、大きく一度息を吐く。

小銃の負い紐をつかんでいる左手ではなく、空いている方の右手で以（もっ）て二度、ドアをノックした。

「自衛隊です」

返事はない。

立松の方を意味もなく振り返る。小さな目とつぶれた団子鼻、張った頬骨。愛嬌と言えば愛嬌だし、醜いと言えば醜いのかもしれない、そんな顔がこちらを見つめている。蔑んでいるわけではない。この組織は美醜を問わない。釧路工業高校を卒業し、地元の連隊に配属された二任期目の陸士長に求められるのはそれなりの体力と知恵、若さと可愛げくらいなもので、立松はそのすべてにおいて必要以上のものを備えているといってよかった。こんなことがなければ、きっと陸曹候補生試験だって受かっていたに違いない。だからこそ、今もこうして通信手として自分の傍に置いているのだ。もちろん、一般大卒幹部自衛官の自分と年齢が近かったという理由もないではなかったが。

安達は視線をドアへと戻し、今一度、今度は三回ノックし、声を張り上げる。

「自衛隊です。カナムラさん、いらっしゃいますか」

雨音が、さみしく響いていた。

しばらくすると、ドアの向こうからどすどすという音が近づいて、錠を下す音がするや否やドアが開いた。白のタンクトップにジーンズ姿の裸足の女が出てきた。とんでもない年寄りでもないし、四肢に欠損もなければ何かハンディキャップを背負っているわけでもない、ごく普通の女だ。劣悪な生活環境、例えば水洗便所もなく、シャベル片手に野山に分け入っては穴を掘りクソをひり出し、穴蔵の中で眠りに落ち、次に目を覚ました時には足が全くない、もしくは足のありすぎる細長い虫が身体中にへばりついているという状態とは隔絶した生活が、文明があるということの証左が、この女の存在を通して安達にもたらされ、それは股間にささやかなる熱を、心中に多大なる絶望を湧き起こらせた。女の肩口の向こうに、数珠繋ぎにした涙型の木ののれんが見えた。生活のにおいがした。

「あんたらもしつこいね。うちは出ていけないから。前来た連中にも言ったけど。なんも聞いてないの」

現実に引き戻される。こちらが用件を切り出すよりも早く、カナムラ氏は悪態をついた。見た目よりも、ずっと声がつぶれて、擦り切れている。

「安達と言います。前任からの引継ぎはある程度していますが、とにかく退避していただきたく思い」と言ったところで、またしても遮られる。

「じゃあ聞いてるんでしょ。どこにも身よりはいないし、どこにも生活の拠点がないんだったら、どうしようもないじゃん」

三十四だったか、と女の年齢を思い返す。黒い下着が、タンクトップから透けて見える。二の腕の肉がやや垂れてはいたものの、それでも見た目は実際よりも若く見えた。あるいは自分が、こんな環境に身を置いていたからそう見えるのかもしれず、下北沢とか狸小路とかですれ違っても、本当はこの程度の見てくれなら記憶に残ることもないんだろうか。

「それでもですね、避難のためのバスが明日の九時に出るんで」

カナムラ氏はドアを完全に開けると、蝶番の無い方に身体を預けて腕を組む。

「で、そのあとは？」

安達は答えに窮した。方面はⅠ・Ⅱ項地域から住民を避難させろ、と指示を出し、旅団とその隷下はその指示に従っているだけだ。どこに避難し、その先どうなるかはあずかり知るところではない。

「避難所？」

「たぶん」

「仕事は？　お金は？　子どもは？」

気まずい沈黙が降りてきた。

「そういえば、あんたは前に来た人より若いし、ちょっと男前じゃない」

彼女もその沈黙を察したのか、だしぬけにてんで明後日の方向に話題を振った。安達は狼狽した。カナムラ氏は、これまでの——そして多分これからも——安達の生活となんら接点を持ちえない系統に属する女だった。肩口まで伸びる色落ちした茶髪、大きな口と目、鼻筋が通っていて、これらが全体的にうまく溶け合い、いささか時代を感じさせる反抗の残滓を醸す。そういう女に褒められたことがこれまで一度もなかったので、返す言葉が見つからなかった。カナムラ氏は視線を立松に移し、何も言わず、ただ苦笑した。どんな言葉よりも、彼の容姿に関する第三者のごくごく一般的な評価を、彼女は一切の言葉を用いず、雄弁に物語ってみせた。

もはやこの土地から移動したとてその先にあるのは緩慢なる死のみであるのだから、ここからはもう一歩たりとも動かないというのっぴきならない事情を事細かに聞いたのちは、今の生活で不足しているものはないか、あればこちらから補給を行います、お互い大変だががんばろう、というねぎらいと雑談で締められるのが慣例である、ということを２中（第２中隊）にいる先輩から聞いていた。これは多少順番が前後することもあるが、全くその通りだな、と安達は身をもって確認した。

「ポリ缶の水は大丈夫ですか？」

カナムラ氏は、言葉遣いに難はあるかもしれないが、意思疎通という点においては残留住民の中でもっともすぐれていた。

「大丈夫だよ。一昨日もらったばっかりだから」

そうですか、と応じ、話が詰まりつつある予感がして、何か話題はないか、と考えあぐねた。

「あんたら、本当に戦うの？」

幸いにして、話題はまたしても相手からもたらされた。

第5戦車大隊第1中隊の配属を受けた第27連隊改め第27戦闘団（CT）は、2コ中隊を並列、1コ中隊を重畳（ちょうじょう）に配置して△（図根点）104から△114に至る間を戦闘地域として、字（あざ）別保一帯の間に陣地防御し、ある期間まで敵の侵攻を阻止し、第5旅団の進出を援護する任務を受けていたが、ロシア軍の動向が一切分からなかったので、一番重要な〈時期〉が未だ決まっていなかった。初めのうちこそ、確かに緊張感があった。一日、十日と過ぎるうちに、部隊も国も、敵さえも何がしたいのか皆目見当もつかなくなり、ただ時間だけが無為に過ぎた。だからこの質問に対する答えは当然のことながら持ちえない。

「どうでしょう、命じられれば」

歯切れのわるい答えだ、と自分でも思う。

具体的であれ、というのはこの組織の至上命令と言っても過言ではない。どんな機関、部隊でもこれを求められる。具体的な数字、具体的な名称、具体的な要領。

軍事が政治に介入することは、これは全くよろしくない。安達は義務教育で学んだこと、幹部候補生学校（OCS）や富士学校の戦史教官が、教訓として述べていたことを思い返していたが、今ここである一つの発見をした。それは政治が軍事に過度に介入することもまたよろしくない、ということだ。将官人事は、他の中央省庁の人事がある程度の政治受け、つまりは政権与党の意見に左右されるのと同じ仕組みで以て決められ、中央でも地方でもそういった決して明文化されない習わしがしがらみとなって、本来有りうべからざる方針を組織に選定させることがある、という3科長と中隊長の雑談が先の発見の糸口となった。ある地域への配慮、換言すればその地域を地盤とする誰かに対する配慮から、地域見積もりを無に帰せしめるがごとき作戦地域の選定とかが例えばそれだ。防衛に関する構想、方針、ありとあらゆる計画は留保され、結果として禅問答みたいな分かりにくい書物が出来上がる。

何にせよ、初級幹部の安達にまで降りてくる情報はどれも不確かなものだったし、出動時に携帯電話を含む私物の情報通信機器は没収されるか、自宅に置いてくるかしていたので、今自分が出来うることといえば命じられたことを淡々とこなすだけだ。もっとも、重要施設が破壊されたときに民間の通信回線はかなり不安定になっていたのだが。

こういう事情だったから、戦うとか戦わないとかいう選択肢はそもそも安達如きの立場にあっては選択の俎上(そじょう)に上ることはなく、せいぜいがちゃんとやるか、ふてくされながらやるか、くらいの違いでしかない。ということで先の回答である。

「ふうん。ま、なんかあったときはちゃんと守ってね」

カナムラ氏は真顔で言った。

それから三人は、各々の出身地や家族構成について語らい、彼女が三年前に離婚して、今はリビングで昼寝をしている娘を女手一つで育てていること、彼女の言葉を借りて言うならば、養育費をろくすっぽ支払わないクソ男はついに行方をくらまして、まともな働き口にありつけもせずに泡のような日々を過ごしていたが、今は自衛隊が安否確認及び避難指示の伝達の名の下、一銭も稼いでいない自分の元に日ごと訪れては食料や娯楽を提供しているから楽しく過ごしている、ということを知った。また、外に停めてあるNボックスはやはり彼女のもので、時たま娘と公園に行くときに使うらしい。

「それで、アダチンはさ、トーキョーに彼女の一人でもいんの？」

「アダチンはやめてくださいよ」、と口角のあたりを撫ぜ、「まあ、大学時代からの、ね」、とうつむきがちに、いかにも照れくさそうに答える。遠距離だとうまくいかないんだ、ということは伝えなかった。ミサコと一週間ほど連絡が途絶え、そのままここに来てしまった。駐屯地は目と鼻の先だ。幹部室の机の引き出しにしまったままにされているiPhone――あらゆる地形と気象を克服してミサコと連絡を取り得る手段――も車を走らせれば小一時間で手に取ることができるのに、何もかもがそれを許さない。事の発端も、結局これに起因していた。入校直後から連絡が取れなくなることがままある、と口を酸っぱくして何度も言い聞かせていたのに、あいつは全然仕事のことを分かってくれなかった。そして今もなおその事象のために、問題を解決できないでいる。思いだし、やきもきした。

カナムラ氏宅を辞したのは十三時ちょうどになってからで、もちろんここから避難することはない、という回答を得た。

二人は再度国道に出、午後の予定を確認しているところに、立松の背中から雑音と、ラジオを思わせるひび割れた声が飛び出してきた。F70だった。

『10a(ヒトマルアルファ)より一方送信、各小隊長は中隊指揮所(CP)まで速やかに前進。繰り返す、各小隊長は速やかに中隊CPに前進、終わり』

10aとは運用訓練幹部の呼び出し符号だ。

「なんでしょうね」

立松が、不安そうにこちらを見ている。その気持ちは痛いほどよく分かった。およそ一か月前、釧路駐屯地を出てからというもの、安達らは常に宙ぶらりんの状態だった。方面や本部からもたらされる情報に一喜一憂し、何度かそういったことが続くうちに、結局自分たちが帰れることは、少なくとも近いうちはないだろう、ということを悟った。

これまで経験したどんな演習よりもふんだんに与えられた防御準備日数を余すことなく用い、なんとも立派な戦闘団防御陣地をこしらえ、幾度となく戦闘指導と戦闘予行、補備修正を繰り返し、いつ来るとも分からぬ敵に備えた。何度か出る温かい食事(温食)にありつくたびに、これ以上の楽しみはない、と思い、野外ベッドの寝袋(スリーピング)にくるまるたびに、これほどまでに心休まる瞬間はない、と思った。

幹部初級課程(BOC)を修了したばかりの若手といえど、幹部は幹部だ。何かあれば、それから何もなくても何故か呼び出され、計画の修正や防御戦闘予行の予行に従事させられたりした。

だが、「集合」や「結節」、「認識統一」の名の下に呼び出しを受け、いざ蓋を開けてみれば先の如き馬鹿馬鹿しい訓練や訓示、別の中隊の服務事故を聞かされたとて、そうではない可能性、つまるところ本当の戦闘が生起する、という可能性が完全に除去されたわけではない。この揺るがしがたい事実は、自分だけでなく、この一帯に展開する全ての隊員を戦(おのの)かせているはずだ。

梱包材のぷちぷちを潰したときとそっくりな音が、雨粒が雨衣にぶつかるたびに連続して起きる。

二人は、今は連隊の仮CPが置かれる釧路町役場へと歩みを進める。レゴで作られたみたいな、コンクリート造りの庁舎が見えてきた。近づくにつれ、いつもと違う騒々しさが伝わってくる。植え込みには警戒ポストが立てられ、本部要員が歩哨に立っている。駐車場には残置された民間車両や、役場内にあった物品が一か所に集積されていた。庁舎の出入り口付近では連隊本部(連本)の隊員がせわしなく動き回り、73式大型トラック(3トン半)が出たり入ったりを繰り返している。

「やっぱり、なんかあったんじゃないですか」

二人がここまで乗ってきた車両は、役場の駐車場に止めてある。

「まあ、CPまで行けばなんか分かると思うから」

不安だ。安達は、思った。しかしそれを表に出すことは、立場が許さない。役場の前には、連本の大型が、アイドルのまま荷台を開けて四両、停止している。

二人はこれを横目に小隊の車両まで向かう。73式小型トラック(パジェロ)が一両、八輪を有する無骨な96式装輪装甲車(WAPC)が三両並んで停まっている。そのいずれもが偽装網(バラキユー)と枝葉をそこかしこに付けている。近づくと、パジェロから一人の隊員が降りてきた。小隊陸曹の小熊(おぐま)曹長だった。

「なんかあったんですか」

「運幹から呼び出しです」

お互い、敬語で話す。小熊は安達より勤続年数がずっと長く、安達は小熊より二つ階級が高かった。

「自分と立松で一回CPまで戻るんで、その間小隊の指揮をお願いします」

小熊とは、全くその名前のとおりの男だった。低身長でずんぐりとしていて、ごつごつと厳(いか)めしい顔を持っている。見てくれだけでなく、もうあと五、六年で定年だというのに、未だ抜群の体力を持っているということ、空挺にいたことなども相まって、実際に小隊を取り仕切っているのは小熊と言ってよかった。

「いつ戻ってきますか?」

「分からないです。もし一七〇〇(ヒトナナマルマル)までに戻ってこなかったら、そのまま引き上げてもらってていです」

小熊は満足げに頷いた。まだ部隊に戻ってきて一年も経っていなかったが、取り敢えず今もこうしてぎりぎりのところで使い物になっている自分がいるのは小熊のおかげだ、と安達は思っている。

小隊長として不適切な行動があれば、「小隊長ちょっといいですか」、と補給庫とか更衣室とか二人きりの空間に呼び出され焼きを入れられ、あるいは居酒屋で他の隊員がわいわいと騒いでる中、二人だけはそこからわずかに距離を置いて組織のイロハをこっそりと教えてくれる。今もそうだった。いつまでに誰に何をさせるか、終わった後はどうするか、そういうことをちゃんと自分がなしたから、小熊は満足したのだった。

「了解です。ところで小隊長はメシ食いましたか」

「いや、まだです」

小熊が、にやりと笑った。

「今日は温食です」

安達は立松を振り返り、二人とも笑みを浮かべる。立松などは小さくガッツポーズを決めた。温かいメシと睡眠が、今の楽しみだった。

「ほかのみんなはもう食ったんですかね」

「十二時からみんなここに来て食いましたよ。二人の分、後席に置いてあるんで、少し冷めてるかもしれんですけど、それでもパックメシよりかはマシでしょうから」

「急いで食うぞ」

安達は立松を促し、小走りでパジェロへ向かった。荷台のドアを開くと、果たしてお盆の上に、ラップをかけられて鎮座する茶碗とおかず、汁物を目にした。

「無線置いてきていいぞ」

振り返りざま、立松に指示する。立松は頷くが早いか、運転席へ回り込むと帰宅早々の小学生がランドセルを玄関に放り投げるのと同じ機敏さを発揮してF70を座席に置いた。その間、安達は既にラップを剝がしている。山盛りの白米と、豚バラとキムチを炒めたもの、豆腐とわかめの味噌汁だった。唾液があふれるのが分かった。顎紐を緩めて鉄帽をわずかに後ろにずらして、割りばしを手に取る。呼び出しを食らっているから腰を下ろして悠長に味わっている暇はなかったが、それでもまだほんのりと温かい、ちゃんと味付けされた肉を米の上に乗せて、一緒に口に放り込むと幸福だった。肉が多少固かろうが、米の下の方に焦げがあろうが、これっぽっちも気にならなかった。雨粒が皿に落っこちてきて汁を撥ね上げている。リスみたいに口をいっぱいにして、味噌汁で以て飲み下し、五分もかからぬうちに食べ終えた。

見計らったかのように小熊がやってきて、「食器下げときます」、と二人のお盆を回収した。

立松は足早に運転席に回り込み、内側側面にあるポケットに小銃を格納して運転席に乗り込んでエンジンをかけた。車体は身震いすると小刻みにエンジン音を響かせる。

「小熊さん、後よろしくお願いします」

騒がしい連隊CPの入口に向かって歩く小熊の背に声をかけたが、返事はなかった。

安達も立松に続いてパジェロに乗り込んでドアを閉めた。途端に、密閉された空間に湿気と生き物が発する臭気が充満した。

バラキューと枝葉で、パジェロは自走するブッシュになっている。動き出すと、ボンネットを覆うそれらが風になびく。民間車ではないから、余計なインテリアは一切ない。無骨な造りだった。『事故発生時フローチャート』と題されたテープがダッシュボードに張り付けられている。他にも『禁煙』『センターコンソールに物置くな』など。そのいずれもが、なし崩し的にお題目になっていた。今や灰皿は満杯で、コンソールには雑多な物が散らばっている。

走り出すと、中心部と呼ぶにはあまりに侘しい一帯はすぐに終わりをつげ、左右には小高い丘が連なりだす。緩やかなカーブを抜けると見慣れた青看板が、直進すると根室へ、左折すると標津(しべつ)へ向かうことを示す。ツーリングやキャンプをして回る、内地のナンバーをつけた車はおろか、物流のトラックもこの道を通ることはない。二つの国道が交わる交差点は広かった。信号は消灯したままだ。

立松は滑らかにハンドルを左に切る。

すぐ先には別保射場がある。連隊の小火器射撃訓練は専らここで行われる。パイロット国道をひた走れば矢臼別演習場で、この道は通勤経路みたいに見慣れた景色だ。だけど、と安達は思わずにいられない。名状しがたい感情が胸の内に湧いてくる。いつもの景色がいつもの景色のまま、質感だけが変わる。今身に着けているものも乗っている車も、平時と何も変わらない。自分の中身も変わらない。目に見えない何かが、しかし確実に変わっている。自分には、まだそれが何なのかは分からない。

「今週、うちの中隊ってずっと避難誘導でしたよね」

落石防護柵が左手に広がっていた。側溝からフキが顔を出している。

「そうだよ」

会話は終わった。これを気まずいと感じる感性は先週くらいに失われた。途方もなく疲れていた。お互い鬱積したものを吐き出したい思いがあった。安達に関していえば、立場が許さないということもあったが、何にも増してなお疲れがそれを許さなかった。たぶん、立松にしても同じだ、と安達はにらんでいる。シートに深く座り、ヘッドレストに頭をもたせかける。鉄帽が前にずれてきて視界を遮ったが、直すのも面倒だった。戦闘服の、装備品の内側で自分が収縮していく感じがした。発作的に起きる痛痒と慢性的に付きまとう不快感。いつまでも乾かない下着を穿き続けているような、水のしみ込んだ靴を履き続けているような不快感――実際ほとんどその通りの身なりだった――から一刻も早く遠ざかりたかった。これからひと時でも逃れる術は寝ることくらいしかないわけだが、あいにく仮CPのある中心部から中隊陣地まではすぐだった。

釧路別保ICを通り過ぎると、左右の丘の背が段々と低くなって視界が開けてくる。いつもと変わらぬ風景だが、中に分け入れば交通壕や掩蓋掩体、機関銃陣地が蟻の巣状に張り巡らされている。パジェロは速度を落とし、国道から錯雑地へ進入した。無論、舗装などされていないから悪路だ。雨でぬかるみ、落ち葉でタイヤが空転する。車体は大きく、右に、時に左に傾く。走るというより、ほとんどよじ登るようにして進んだ。しばらく行くと、獣道から隊員が、それこそ鹿か猪みたいにぬっと現れた。パジェロは徐行をしていたので、すぐに停止した。隊員はドーランを顔中に塗っており、鉄帽や防弾チョッキに、草木を挿して偽装を施している。誘導員だった。

中隊は、この防御陣地における右第一線中隊だ。南北に連なる大小の丘を抜けるようにして国道272号が伸びており、敵はこの道を進んでくるものと見積もられていた。北側には2中隊が陣取っていて、「この丘から国道沿いに進む敵を阻止する作戦だった。基本的に隘路を構成する地形だったが、両中隊が展開する丘から北東は、約一キロにわたって両脇が開けている。さらに先へ視線を向ければ、国道はまた屈曲を形成しだす。連隊は、ここに布陣すれば容易に後続を遮断でき、陣地からの視・射界が良好で、縦深の防御にも適すると判断したのだった。

フロントガラスの向こうでは、こちらに背を向け、両手を広げながら誘導員が進んでいる。よく偽装されていた。うっかりすると周囲の樹々に彼の姿態が溶けて消えたように映る。フロントガラスを打つ雨脚もまたこれに少なからず助力していた。誘導員は両手を上下させ、くるりと回れ右をしたかと思うと、林内にわずかに広がった空間を指し示す。悪天とうっそうと生い茂る樹木のおかげで、熱帯雨林にでも来たのかと錯覚する。とはいえ、植生はしっかりと北方のそれだ。パジェロはクマイザサを踏みしめつつ、ゆっくりとその空間に、あたかも引っ張られるかのように進んだ。

「悪いけど、車両の偽装頼む」

安達はそういうと、すでに小銃の負い紐を首から提げて下車している。車外も車内も、大して気温に差はなかった。

「はい」

背中で立松の返事を聞く。

針葉樹と落葉広葉樹が群生していて、雨は葉で遮られた。

中隊CPは我方（わがほう）斜面の麓（ふもと）に展開していた。背後にも丘が聳（そび）えており、ちょうど谷部に位置する形だ。ぬかるみに刻まれた轍（わだち）や半長靴の足跡に水溜まりができていた。CPは、横穴式石室の要領で以て作られていた。入口の周囲には土嚢（どのう）が積まれ、本部要員が歩哨に立っている。

ロシア軍による重要施設に対するミサイル攻撃と、それに引き続く地上部隊の上陸があった。27連隊が戦闘団としてこのあたりに展開したのは、それから少ししてからだったが、なぜだかロシア軍も自衛隊も、にらみ合うと表現するにはあまりにも遠い場所でお互い陣を張ったきり、動かなくなった。部隊は有り余る時間を活用し、今日の前にあるような指揮所や防御陣地をそこかしこに作った。安達にしても、演習でもここまで立派な指揮所や陣地というものを見たことがなかった。

「運幹から呼び出しです」

歩哨に声をかける。

「なんかやばいみたいですよ」

人事陸曹だった。

やばい、とはなんだろうか。一部隊員は、すでに上陸してきた敵のことを「在日ロシア軍」などと揶揄（やゆ）し、戦闘はもう起きないんじゃないか、という憶測も飛び交った。安達とて似たような心境で、代り映えのしない状況報告には飽き飽きしていて、撤退か、そうでなくとも部隊交代にならないかと密かに祈ったりしていたのだった。考えつつ、遮光のため二重になっている木製のドアを抜ける。

中隊如きの陣地で、ずいぶん立派なものをこしらえたものだ。安達は長い通路を行く。

通路は、人ひとりがようやく通れるという幅で、天井は低かった。角材が側壁と天井を補強していて、さらにその上はＦＲＰ（繊維強化プラスチック）掩蓋で覆われている。壁の土は茶色のグラデーションカラーで、地層が見て取れる。

いや、と思い直す。やばい事態は何も戦闘だけじゃない。例えば陣地変換とか、予備陣地をさらに作れとかいう命令だって十分やばいわけだ。むしろ戦闘であれば、終わりも近いということで、あるいは救いにすらなるかもしれない。自分がひどく矛盾していることを考えているのは分かっている。判断力が、積もり積もった疲労によって籠絡されている。

　通路には白熱球が等間隔に提げられていて思いのほか明るい。通路の先にある指揮所は、すでに入口を抜けたときから目に入っていた。時折、隊員が行き来するのが見えた。

「安達3尉到着しました」

指揮所に入ると同時に申告する。運幹は、指揮所内右奥に立っていて、手にはバインダーがあった。

「掛けてくれ。建制順だから」

中央には、2万5千分の1の地図が広がっている。連隊の防御陣地や各部隊が、青の符号で記載されている。部屋の両側には長机が二つ繋げて並べられており、その上に野外電話、ＰＣ、プリンターや教範類がきれいに整頓されていた。地図の前に五つの床几（しょうぎ）

が用意されていて、二つが空席だった。安達を除く全員がドーランと偽装を施していた。

「今日避難誘導だったの？」

座るなり、迷彩柄になった顔をこちらに向けて2小隊長の元木曹長が訊いてくる。

「そうです」

元木は、小さく、こらえるように笑った。今週は、1中隊が避難誘導の割り当てになっていて、安達率いる1小隊はそのトップバッターだった。

ひとの生活に割り込むのは楽しいものではない。他中隊からもそのレビュー――不評は一層早く――が伝わってきていた。元木の笑いは彼らにではなく、こちらの苦労に向けられている。クジ引きはハズレがあるから笑えるのだ。ここに意図して居残る彼らにはその選択しか残されていない。彼らは状況に立ち向かうことしかできない。例えば我々が我々の境遇を笑わずにあっさりと受け入れるのと同じように。

安達は身体を前に傾け、誰がいるのかを確かめた。あと来ていないのは3小隊長だけだった。

運幹の朝比奈1尉は、ちょうど安達の目の前に立っていて、中隊長の武田3佐は安達の対角線上にいた。他の隊員とは違い、どこか刑事ドラマを思わせるスタンドライトを据えた小さなテーブルの前にあるパイプ椅子に腰を下ろしている。

「若い女いましたよ」

唐突に、安達はカナムラ氏のことを言った。

「えっ」

元木曹長は心底驚いているようだったが、真顔だ。なんの表情も読み取れなかった。

「すみません」

背後から声がする。指揮所内の視線が一斉に入口に注がれた。息を切らしながら二つ上の先輩たる、加藤2尉が入ってきた。

「座ってくれ」

改めて謝罪を述べようとする加藤2尉を手で制し、運幹が言う。

「全員揃いました」

運幹が中隊長に向き直り、不動の姿勢で報告をした。中隊長は座ったままで、軽く笑ってから左右に手を振る。

「そうかしこまらんでもいいよ、やれるだけのことはやったんだから、あとはもうやるだけだよ」

運幹は、困惑した表情を浮かべては手元の資料と中隊長の心中を推し測ろうと交互に見比べて見せる。中隊長の机上にも、多分同様のものがあるのだろう、明かりに照らされているそれを手持無沙汰にぱらぱらとめくる。指揮所内には奇妙な沈黙が訪れた。

「うん」、といういくらか決心めいた声とともに、中隊長は徐(おもむろ)に立ち上がって地図の前に、つまりはここに居並ぶ自分の指揮下にある小隊長と地図の間にやってきた。

「まず呼び出したのはほかでもなく、状況に大きな変化があったからだ。今から、改めて防御計画について再確認を行うとともに、もう繰り返し繰り返しやったことだけど、戦闘指導を行う」

中隊長は一息に述べ、運幹に一瞥をくれると「朝比奈1尉も座っていいよ」と言った。

「十一時くらいだったかな、連本から臨時の作戦会議開催の通知がきてね、敵の活動が活発になってるって報告があったんだ」

中隊長は型に囚われないところがある。そこがやりやすく感じる幹部もいたし、そうでないものもいた。運幹なんかは後者だ。この人はとてもまじめだった。

「最短で、明朝五時にここに到達する可能性がある、ということで隷下に態勢を整えるよう連隊長から命令があった」

安達も含め、居並ぶ幹部たちは左右を見やって顔を見合わせる。明日？　いくらなんでも情報が遅すぎる。誰しもの顔に、そう浮かんでいた。もっとも、安達を除いた全員は緑色と茶色が入り交じった化粧面だったが。

一方で、この組織は往々にして情報が過早に、あるいは直前にもたらされることを思いだす。すぐに諦念と不承不承の納得が去来した。

「細部はこの後運幹からの計画示達、命令下達の流れで説明するけど、そういうことだから。で、多分これは今までの不確実な情報ではないから、ちょっと改めて気を引き締めてもらいたい」

　中隊長は机に戻ったかと思うと、すぐに数枚の書類を携えてまた元の位置にやってきて、地図上に置いた。別保一帯の地図は、四台の長机の片足を畳んで斜面を形成した上に張り出されている。だから初め中央のあたりに置いたそれら四枚の紙は、すぐにするすると下の方に落ちてきた。慌てて後ろにいた中年の訓練陸曹が中央に進み出ると、マスキングテープでもって四隅をとめた。

「すでに諸官の知ってのとおりだが、敵はやはり第59独立[59]自動車化狙撃[B]旅団と思われる」

　中隊長は四枚のうちの一番右上に張り出された紙を指さす。衛星写真が四コマ状に、時系列順に並べられている。

「半年前、２コ旅団がウスリースクに、１コ旅団がハバロフスクに集結、それから二か月かけてこれらの部隊が樺太（からふと）及び国後（くなしり）に展開したのが確認されている。国後に元々駐屯している部隊がこの写真に写っているのが分かるが、こっちは二か月前のものだ」

　表題は、第18機関銃・砲兵師団となっている。写真を比較してみると、確かに車両の数がぱっと見ただけでも倍以上に増えているようだった。

「方面は、」

中隊長は一旦話を切って顎をさする。どうも言いにくい話題のようだった。

「戦術的には、というかセオリーとして数が多いとか、二つの勢力が二つの方向から攻撃を仕掛けてきたとき、基本的には総合戦闘力が優勢な方を主攻と見るよな。だから今回のを見れば、陸教の学生だって分かるだろうが、まあ道北が主侵攻なんだろう。だけど方面は、まあなんだ、おれたちからは想像もできんような色々な事情があって主侵攻判定をできないでいる」

二枚目の写真を指さす。白字のゴシックで数字が羅列してあり、すぐに日付であることに思い当たる。今朝五時のものだ。

「敵は旅団、とあるが、まあ旧教範でいうところの増強機械化連隊規模と考えてもらって差し支えない」

指揮所内でちょっとしたどよめきが広がる。その理由が分からないでいるのは、安達と加藤くらいなものだった。たぶん知識の差からくるのだろう。

「安達、分かるか」

そんな心中を察してか、中隊長は安達に話を振る。

「分かりません」

立ち上がって、直立不動になってやや顎を引き、声を張り上げる。こういうときは潔くするに限る。叱責を覚悟していたが、場は和んだ。中隊長が笑い、他の隊員もそれにつられる。

「うん、正直でよろしい」

中隊長は話を区切り、三枚目の説明に移った。

「MR基幹っつーことは、機械化された2コ歩兵大隊と1から2コ砲兵大隊、1コ戦車大隊が固有のものとして編成されてる。よく連隊の統一訓練なんかでやる主敵だな。だから旅団もおれたちをここに張り付けて対応させようとしてるわけだ。で、写真を見てもらえれば分かるように、所属は不明だが、これに加えてロケット砲と思しき装備が複数確認できることから、さらに多くの火力が敵には配属されていると2系は見積もってる」

「厳しくないですか。戦闘団なんだから、せめてうちも方面なり旅団なりから特科の配属受けないと戦えんですよ」

挙手をしながら、迫撃砲小隊長の根津2尉が声を上げる。階級は2尉だが年齢は中隊長と同じで、物おじをしない。二人のやりとりをしり目に、とりあえず中隊長が言わんとしていることはなんとなく分かった。敵の数が多くてこちらが少ない。だから厳しい。

「それでさっきの話に戻るわけだが、方面が主侵攻を判定しないから、方面火力を適切に配当できないんだ。こちらに火力を割り当てる予定は、今のところない。旅団もそれに引きずられてる」

「誰かに対する配慮」という言葉がよぎる。政治的判断というやつだ。本当に、ついにやってきたのか。まだ実感は湧かないが、これまで単に「ロシア軍」とか「敵」とか呼称され、ただの赤い符号でしかなかったそれらが、実際の名前が伴うことでぼうっと実体とともに現れた気がした。

「最後の一枚はうちの主敵だ。1コ砲兵中隊、1コ戦車中隊に支援された1コ機械化歩兵大隊基幹の敵と見積もられている」

中隊長は、誰に言うともなくそのセリフのあとに「この辺は教範の域を出てないんだなあ」としみじみと付け加えた。

指揮所の面々に、何かを確かめるための時間を与えたのだろう、しばらく中隊長からの説明は止まった。

安達は他の隊員らに倣い、一応写真を見比べてみたが、T-90(戦車)がある、BMP-2(歩兵戦闘車)がある、という事実しか読み取れなかった。BOCで、敵の慣用戦法や編成・装備についてもっとちゃんと勉強をしておけばよかった、と後悔をしたが、自分ひとりが勉強をしたところで、どっちにしろやってくる敵の数もこちらのやることも変わらないか、と思い直す。

「我(ワレ)の勝ち目はなんなんですか」

詰問に近い形で根津2尉が中隊長に問う。

「それはもうこの圧倒的な陣地以外はないだろ」

中隊長は朗らかだった。根津2尉が言いたいことは分かる。情報の伝達が遅すぎるし、こちらの戦力は脆弱だ。根津2尉はさらに何か言い返そうと口を開きかけたが、しばらくして元の真一文字に戻った。分かっているのだ。連隊も中隊長も何も嫌がらせでこんな直前になって敵の来襲が明日あるかもしれませんよ、と予告しているのではない。どこかで情報がつっかえているのだ。それは別に最近始まったわけではなく、こんなことが起きる前から閣議だの選挙だの陸幕の通達だの方面だの総隊だのとイベントや階層を踏めば踏むほどに時間がかかる仕組みになっているだけだ。どこで時間がかかっているのかは、安達などの想像の及ぶところではなかったが、二次部隊、三次部隊にまともな情報が降りてくるのはいつも直前だ。それだけは変わらない。大体これだってまともな情報かどうかすらよく分からない。

「これまで何度もやってきたことだが」

部隊の置かれた緊迫した状況がみなに共有されたと判断した中隊長は説明を再開した。

「最終確認ということで改めて戦闘指導を行おうと思う。一旦運幹に渡すよ」

手の平を上に向け、運幹に差し向ける。

「今田2曹、各小隊長に計画を」

待ってましたとばかりに運幹は訓練陸曹に指示を出す。黒子の要領で、背後から腕が伸びて来るや、膝上に割り付け印刷された防御計画が置かれる。

もう幾度となく読み込み、修正を加えた防御計画だ。

「おれは方針と各部隊の任務のところだけさらっと読み合わせするだけでいいよ。詳しくは戦闘指導でやればいいから。ホンモノの戦闘ってやつをやったことないから分かんないんだけどさ、多分しばらくはこのメンツが一堂に会する機会ってないと思うから、疑義は一個もないようにしよう」

中隊長は自席に戻った。声音は柔和だった。内容は冷酷だった。

中隊長と運幹とによって、命令もとい計画が淡々と読み上げられた。何度も何度も読み合わせを行い、自分の小隊のところは諳（そら）んじられるほどに読み込んだ計画だ。状況、関係部隊、方針、構想、各部隊の任務。極めて複雑な彼我の行動と可能性が、極めてシンプルに落とし込まれた計画。中隊長は、この組織においては珍しく教条主義に陥らない人だった。「演対抗（演習対抗部隊）はさ、結構図とか数値がたくさんあってイメージつきやすいだろ、でも野外令がそうじゃないのは、あくまでこっちのやり方は自由でなきゃいけないってことなんだ」、と教範とにらめっこしているときに教えてくれた。

訓練陸曹が砂盤を持ってきた。精巧とはいえないが、なかなか地域の特性をよく捉えているミニチュアだ。戦闘指導は、これを用いて行われる。陣地構築の時に排出された土と近くに転がっている枝葉、持参した毛糸と食玩（しょくがん）の戦車でミニマルに戦闘を行う。砂盤の中央は、国道２７２号と油性ペンで書かれた小さな旗が刺さっている。お子様ランチのオムライスを彷彿(ほうふつ)とさせた。中隊陣地にも、同じくオムライスの要領で小隊の部隊符号が丘に三つ並んで刺さっている。

「状況は戦闘前哨(ＣＯＰ)が離脱してからな」

中隊長は屈(かが)んで、おもちゃの戦車を人差し指と親指でつまむ。演習や訓練のたびにこの光景を目にするが、どうしても子供がカブトムシを捕まえたり砂場で遊ぶ姿がオーバーラップしてしまう。

「まず敵の先頭がここ、上別保ふれあいセンター横の地雷に触雷(しょくらい)したとき。１小隊から」

安達ははたと我に返り、はい、と素(す)っ頓狂(とんきょう)な声を上げた。他の小隊長が、明らかに視線で咎(とが)めているのが感じ取れる。

「はい、１小隊は全対戦車火力をＫＰ１(キルポイント)に指向します」

「優先順位は」

「戦車、装甲戦闘車、装甲車の順です」

「よし」

中隊長はしゃがんだまま顔を上げる。

「ほかの小隊も基本的にはこの順を基準とするも、小隊長の判断を優先する。要すれば報告をしてくれ。一応補足しておくとだな、中隊と連隊の対機甲戦闘要領を別個に発動することはない。イコールだ。訓練じゃあこまごまと切り分けしてたけど、今回は火力配当がほとんどないのと、連隊長も3科長も、やっぱり初めての戦闘だからあんまり複雑な射撃計画にはしたくなかったみたいだ。だからっていうわけじゃないけど、各小隊、特に戦車の突入とかには果敢に立ち向かってくれ」

中隊長は一同を見回す。自分の番はこれで終わりだろうか、と安達は思案した。しばらく間を置いて、中隊長は「次、迫（はく）」と続けたので、自分が発言をしなければならない機会が散逸したことに胸をなでおろした。

「迫撃砲小隊はＫＰ３以降の後続を遮断します。敵が展開した場合は陣前の敵散兵を主目標とします」

砂場の上での人形遊びはしばらく続いた。敵歩兵に対する突撃破砕射撃の要領、予備陣地への後退要領、５Ｂの反転攻勢。今いる場所が何万分の一かに縮められた砂盤の上では、何万倍もの速さで時間が流れる。砂の上では、27ＣＴは戦闘を終結して、今は旅団の予備になっている。釧路別保ＩＣ付近の予備陣地まで後退していたが、果たして自分はそのときそこにいるだろうか。

最後に運幹から長い長い補足事項が伝えられた。補給は、大事をとって二日分を本日中に小隊毎（ごと）一括受領にするということ、患者集合点の再確認、戦闘時の不測事態対処や各人の健康状態、武器・装具の報告、態勢完了時間に明日の天気。幸いにして明日は雨は降らないとのことだった。そして雲だけが低く残るので航空攻撃の公算は低い。一応航空戦力については彼我伯仲していて、洋上では互いが互いにぎりぎりの距離で、本格的な武力衝突にならないようつばぜり合いを続けており、日ロ政府も引き続き外交努力を重ねているということらしかったが、であれば自分たちは、敵の独立ナントカ旅団もそうだが、一体全体何をやらされているのだろう、と思わざるを得ない。情報に触れる機会が、日に一回の中隊命令下達の時しかないから、あとはもう想像をするしかなかった。安達が最後に触れたTwitterのタイムラインは、威勢のいい言葉とあくまでも国際協調をとって平和的な解決を目指し続けるべきだという言葉が、それこそ伯仲していたが、そのいずれにもおれたちの屎尿処理とか風呂を心配する声はなく、カナムラ氏みたいな親子や寝たきりの残留者が出てくるという予想は、少なくともそのときは一つも見かけなかった。自分もそんなことは想定していなかった。ミサコのインスタはトマトソースパスタと赤いオレンジジュースの画像が一番上のまま、更新が止まっていた。風呂に入ってコーラが飲みたかった。戦闘なんか、しなくていいならしなければいい。敵も戦闘がしたいのかしたくないのか、煮え切らない態度を取り続けているのが悪い。統一ロシアとロシア自由民主党との仲たがい、極東開発の失敗によって起こったロシアの内紛だとか、自分の恒常業務の残業時間とか米下院と上院の衝突、米軍が全然出てこないどころか三沢からさっさと要撃部隊を引き上げちゃったこととかミサコが仕事のことを全然理解してくれないとか、憤懣と憎悪とその他雑多な想念に押しつぶされそうだった。とにかく目下やるべきことは指揮下部隊を確実に掌握するとともに、強固に構築した陣地と国道沿いに敷設された各種の障害とを頼みとして戦闘にふてくされながら従事するより他ない。圧倒的な物量を持つ敵に、怖気づくかと思ったが、加速度的にこの地形に対する信頼が増して楽観的になる自分を見つけた。

運幹の補足事項が終わって、ようやく解放されるかと思いきや、「長くなったからちょっと十分休憩入れるよ」、とこちらを思いやる発言を放ち、まだまだこの苦行が続くことをさらりと告げる。中隊長は自席で小さく苦笑した。

「どうぞ」

背後からぬっと手が伸びてきて、顔を上げると果たして今田2曹がいた。缶コーヒーだった。ある時期から、嗜好品の供給が途端に増えた。4科の話によれば、住民や法人の大部分がいなくなったのを機に、接収が円滑に行われるようになった、とのことだった。なし崩し的に指揮所内で紫煙が立ち込めるようになり、安達も煙草を吸うようになった。「どうも」、と受け取り、プルタブを引く。左足の裾より少し上に取り付けられたポケットから煙草を取り出して火をつける。床几に座る小隊長たちは、いつしかみな喫煙者になった。言葉なく煙草を吸い、コーヒーを啜る。みな背を丸め、両膝の間に視線を落としている。

「女満別（めまんべつ）に展開する敵航空戦力は虎の子だ。だから飛ばすには相当の勇気がいる」「千歳はやられたけど三沢にいる空自も一緒だ、だからお互い決心できずにいる」「だからおれたちがこんな憂き目にあってるんだ」、という趣旨の会話が後ろで繰り広げられている。陸曹同士の会話だから眉唾（まゆつば）もんだ。教範の言葉を借りれば、戦闘は意思と意思とのぶつかり合いだ。そしてその意思は自由に、無限の可能性を携えて変幻していく。どうなるかは誰にも分からない。一つ一つを処理していくしかない。安達はフィルターを中指と親指でつまむように持って紫煙をめいっぱい吸い込んだ。気が付くと火が根本まで迫っていた。

結局、指揮所を出たのは十九時を過ぎてからで、辺りは暗がりに包まれていた。星空はなく、どす黒い雲が上空に垂れ込めていたが雨はやんでいた。朝比奈1尉の真面目さには脱帽する。話のほとんどは右から左に抜けたが、メモ帳にはぎっしり字が並んでいる。

手つかずの土地は、どこにあっても演習場そっくりだった。目が慣れてくるまで、安達は少しCPの出口付近で立ちすくんでいた。迫りくるような黒い壁に囲まれているかと錯覚してしまう。時間とともに、その一つ一つに形状が備わっていることが分かってくる。

立松が、どこからともなくひょっこりと現れる。

「小隊長」

「パジェロはどうした」

「返しました。連本の作戦会議に行くとかで、松本さんが運幹とこの後使うんだそうです」

大体一か月、このあたりで過ごしている。先週から、膠着(こうちゃく)状態がいつまで続くか分からないので戦力回復期間を設け、一週間に一度、仮CPの入る役場で入浴と布団が用意されるようになったが、ほとんどの隊員はついに一回こっきりしか行けなかった。安達もそうだった。それ以外は全部土の上に敷かれたスリーピングだ。敵が勝手に何事もなく帰ってくれるか、はたまたこれを倒さない限り、いつまで経ってもここに縛り付けられる。それだけは是非ともご免こうむりたい。いい加減テレビを見ながらだらだらとベッドで横になりたいし、願わくばプレステでバイオハザードとかをやりたかった。

「長かったですね」

一か月、百人以上の人間が山の中で生活していたから、自然と錯雑地の中にも獣道が出来上がっていた。夜間ということもあって、ぬかるみに足をとられることもあったが、大体どこに何があるのかは覚えた。二人は今斜面を登っている。

「運幹だよ」

安達が苦笑交じりに答えると、立松は「ああ」、と淀んだ反応を示す。当たり前だが、古参の陸曹も若い陸士も、細かい指揮官を嫌う。幸いにして指揮官はおおらかなひとで、その幕僚が小うるさいということだったからバランスはとれていた。

しばらく坂道を上ると交通壕が現れた。鉱山鉄道みたいに、等高線に沿って左右に伸びる坑道だ。一か月もの防御準備期間があったから、坑道は中隊陣地全域に張り巡らされていて、さながら蟻の巣だった。また、朽ち果てた樹木や不法投棄されたトタン板を巧妙に用い、上空からの偵察にも暴露しないよう努めてあった。もっともこちらが衛星を使って敵の動向を偵知しているのだから、これにいかほどの効果があるのかは疑問符が付く。実際、構築中は本部管理中隊の施設小隊が大小さまざまな重機を用いて掘開していたのだから、敵もこのあたりに自衛隊が展開していることは分かっているのだろう。ミサイルが飛んでこないのが、奇跡かもしれない。

「なんで敵は、なんかすごい精密兵器とかで攻撃してこないんですかね」

緩やかとはいえ、上りは上りだ。わずかに息を上げながら立松が疑問を口にする。

「ほんとはやりたくないんだろ」

実際は分からない。もっと偉い連中なら何か具体的な答えを提供できるのかもしれないが、安達には、取り敢えず今は攻撃されていない、という事実しか分からない。そして自分の身に置き換えてみた時、何かしらの行為をあえてしない、というのはそれが面倒とか嫌だからくらいしか理由が見当たらなかった。あるいは敵の方でも高度に政治的な理由とかが意思決定過程を複雑にしているのかもしれない。

「なるほど」

それでも立松は、ずいぶん納得したようで、こういうところが愛嬌だな、と安達は思った。

交通壕は肩口よりわずかに低い。唐突に１１０㎜個人携帯対戦車弾(LAM)陣地や機関銃陣地に入るための入口――掩蓋掩体であれば茶室に入るくらいの穴――が現れる。小隊本部は、指揮下部隊を全て見渡すことができるよう、陣地のうちもっとも高所に築城されていた。もちろん他の陣地の例に漏れず、しっかりと土嚢やＦＲＰで掩蔽され、辺りの樹々を利用して隠蔽されている。

二人はしゃがんで穴蔵から、小隊本部の入る監視壕へと戻った。二人用の監視壕だったが、長期間の使用にも耐えうるよう、本部要員の三人が起居できるよう、広めに作られていた。敵方に監視孔が二つ設けられていたが、今は遮光のために塞がれている。コールマンのランタンが、壕内をほのかに照らしている。

官品と私物の背嚢がいくつかとＲＶボックス、スリーピングが三つずつ転がっている。散らかるがままで、甘酸っぱい、何か食べ物が腐ったようなにおいと、草のにおい、それと男の熱気が穴蔵の底に沈殿していた。学生の下宿を思わせる汚さだったが、電化製品やネット回線なんかはもちろんない。壕に入ると、小熊が角で丸くうずくまって寝ていた。完全武装のままだったから熟睡できるはずもなく、二人が入るなり目を覚ました。

「お疲れ様です」

小熊が、乾燥のせいかかすれた声をよこす。申し訳なかった。

「起こしちゃいましたか」

「いや、いいです。どうせこんなんじゃまともに寝れやせんですから」

苦笑する。本当にそのとおりだ。

この三人が、小隊本部の面々だった。誰が決めたわけでもなかったが、壕はきっちり四等分され、右奥が小熊、左奥が安達、右手前が立松、左手前が物置、となっていた。きっちり等分された範囲で、各々しっかりと物を散らかしていた。

安達は入りつつ、鉄帽を外し、防弾チョッキを脱いだ。ただでさえ重い防弾チョッキに、弾倉や銃剣、救急品袋に無線機、水筒が至る所に装着され、その上小銃くらいの重さのあるセラミックプレートが前後に挿入されているのだから、こんなのを身に着けていて疲れないわけがなかった。久方ぶりの空身（からみ）となったが、寝るためではなく、ただ雨衣を脱ぐためだけの動作だった。セパレート式の雨衣を脱ぐと、着ていたことが無意味と思えるほどに汗で戦闘服も下着も濡れていた。

「申し訳ないんですけど、着替えますわ」

安達は背嚢からOD（オリーブドラブ）色のアンダーアーマーと靴下を取り出し、手早く着替えた。人前で裸になるのは、全く苦ではなかった。下着類は、当然洗濯されたものではなかったが、それでもまだ乾いているだけましだった。一糸まとわぬ姿はほんの一瞬で、逆順に着替える。臭ったが、乾いたものに着替えるだけで、ずいぶん自分が新しくなったように感じる。

「わたしも着替えます」

立松も、安達を眺めつつ、思い出したように着替えを始めた。

すっかり装具を元のとおりに身に着け、装具の点検をした。紛失はしていない。時計を一瞥する。

「二〇〇〇（ニマルマルマル）に命下（命令下達）しようと思います」

「なんかあったんすか」

小熊は、入ってきたときと同じ姿勢だった。

「敵、来るらしいです」

安達は小銃を手に取ると、スリングを調整して首から提げた。次いで、腰のあたりに付けられているダンプポーチからスティック型のドーランを取り出し、乱雑に顔に塗りたくった。着替えの爽快感から一転、最悪な気分になった。

『01（マルヒト）より一方送信、二〇〇〇より本部にて小隊命下及び戦闘指導を実施。各分隊長は集合、終わり』

『１１（ヒトヒト）』

『１２（ヒトニ）』

『１３（ヒトサン）』

各分隊から端的な返答が返ってきた。

安達は雑嚢を胸元に持ってくるとＹＫＫのファスナーを下ろし、今朝方配られた残留者名簿を取り出し、自身が夜通し、文字通り不眠不休で練り上げた小隊防御計画に差し替えた。次いで足元に転がる雨衣を丸めて背嚢にしまった。防弾チョッキの胸元にはベルクロで留められた小物入れが装着してあり、中にはペンとメモ帳が格納されている。運幹の長い長い物語と端的な計画とを交互に見て、最新のものに修正する。状況、我が陣前に予想される敵。各部隊の任務と連隊、中隊の対機甲戦闘。命下まであと三十分ほどしかない。その前に今日の予定を徹底しなければ。次は二二〇〇（ニニマルマル）だ。各分隊所定で命令下達を実施させ、最終的な陣地の補備修正を行って、人員武器装具の点検の報告を受けたならば、中隊に知らせる。別示されている補給物資の受領のことも伝えなきゃならないぞ。不意に視線を上げる。鉄帽がずり落ちるのもそのままに、二人は死んだように動かない。階級にまとわりつく業務にはほとほと嫌気がさす。

「ロシア軍、来るんですか」

立松だった。

「一応そういう情報だったな」

運幹は、ああは言っていたが、ここにきてから幾度となくこういうことがあった。ただあの写真を見せられては、やはり今までと違うという感覚を持たざるを得ない。

立松は、そうですか、と小さく答えたきり、またうずくまった。

くそ、もうこんな時間か。安達は壕を出た。出た途端に、名前も分からない、蚊よりもずっと小さい虫の群れにぶつかった。夏は嫌いだ。雪国の冬も嫌いだ。振り返り、入口か穴か判然としないところから顔だけを突き出し小熊を呼んだ。

狭い人員用交通壕に隊員が集まりつつあった。分隊長は、小隊陸曹たる小熊曹長が決めた。決めた、といってもほとんどが序列順で、三人ともが1曹で、上級陸曹は小熊を含めたこの四人しか小隊にはいない。みな、ずいぶん重そうな瞼(まぶた)をしていた。安達は中隊本部で受けた命令をかみ砕き、不要な部分はオミットして伝えた。

「第59独立自動車化狙撃旅団は明日早朝以降行動開始と見積もられる」

状況を述べるや否や、皆の顔色がはっきりと変わった。もうここからわずかに距離を隔てた釧路駐屯地に帰ることはできない。ロシア軍が撤退したわけでもないし部隊交代があるわけでもない。敵がついに動き出す。それも明日。CPで受けた、どこか他人事に思えたその事実が、自分の声帯を通すことによって一層現実味を帯びた。

2分隊長の浜口1曹が口を開きかけたが、すぐに閉じた。おれも文句や叱責の一つ二つくらいなら飲み下すつもりでいたが、すぐに言ってもしょうがないことに気付いたのかもしれない。小隊長を通じて中隊に、中隊から連隊に文句がボトムアップされたところで、ロシア人の行進速度が衰えることはないのだ。

淡々と各分隊の射撃境界や主射撃方向、次の結節や射撃の統制について伝える。

「以上、質問」

安達はメモ帳から顔を上げて見渡す。虫の羽音が耳元で鳴る。木々のさざめき。沈黙。解散しよう、と思ったところで「何か、外の情報はないすか」、と浜口が口を開く。

「政府は引き続き外交筋を通じて、」と安達が運幹のセリフを思い出しながら言ったところで、浜口は手で制して遮る。

「あ、いや、そういうんじゃなくて、ファイターズの試合とかそういうやつです」

安達以外の全員がどっと笑いだし、遅れて安達も笑った。

「次にCPに行ったときにでも聞いてみます」

「いや、でもホントに、いつでもいいんでなんか外の話くださいよ。若い連中、ただでさえパズドラだのTwitterだのが恋しいらしくて」

他の分隊長もうなずいていた。

そういう世界もあったな、と安達は、もうずいぶん遠いところに自分がある気がした。

かつてはいつでもそこらに転がっていた単語を久方ぶりに耳にして、名状しがたい寂寥感に襲われた。常に情報に晒されていた。幹部室にも小隊部屋にもテレビがあった。携帯は常に胸ポケットにあった。演習中も、電波さえ届けば宿営天幕でＬＩＮＥもインスタもできた。作業の終わった陸士なんかはきっと時間を持て余しているだろうことは想像に難くなかった。情報が遮断されると、自分たちだけがこの野山に置き去りにされたのではないかと錯覚してしまう。誰しもが喉から手が出るほどに情報を欲していた。いかに些末なものであろうとも。そいつが閣議決定とか作戦とか火力とかいう範疇から隔絶していればいるだけよかった。今にしてようやく分かった。ここは最前線なのだ。

「家族との連絡とかって、まだできないんですかね」

浜口が続けて訊く。

最後に家族の情報がもたらされたのは、この地域についてから一週間後で、官舎や市内に居住する親類は、家族支援の名の下に地本が避難をさせた、というものだけであった。小隊の中にも既婚者や子持ちは少なくない。もっと、自分にないものを抱えている隊員のことを考えなきゃなんないな、と安達は自責の念を抱く。

「それについても併せて確認しておきます。ほかになにもなければ解散したいと思います。自分は大体本部地域にいるんで、何かあれば無線か、直接ここに来ていただければと思いますんで」

みな足取りは重い。安達は彼らの背中を見送ってから空を見上げた。星は見えない。どんよりとした雲が流れていた。本当に、敵は、ロシア軍はやってくるのだろうか。母親は馬鹿みたいに心配しているだろうな、と思った。安達はメモ帳やら何やらをしまう。小銃を背中に背負（から）って、不意に思い立って交通壕からはい出した。雨露に濡れた草が頬を濡らす。小隊本部は視界を重視して選定した。だから壕を出ると丘の頂上だ。必要以上に樹々を倒さぬよう、地表が暴露しないよう巧妙に、入念に中隊陣地は構築されていた。緩やかな斜面があって、その先には、何か耕作地と思しき開豁地（かいかっち）があった。背の低い果樹が等間隔に植えられている。国道を見通すこともできた。弟のマサキは就活を終えただろうか。こんなことになったからずいぶん苦労してるだろうな。公務員も考えている、と言っていたが、自衛隊はやめておけと、今度帰ったら助言しよう。視線を国道に沿わせてさらに進むと、丘陵が現れて道路を隠す。尖兵中隊の編成について、今一度確認しておいた方がよいだろうか。職務に関する懸念の合間合間に、ごくごく個人的な感傷が顔を出す。よくよく足元に注意しないと交通壕に転がり落ちそうだった。明日か。時計に一瞥をくれる。早ければ、あと八時間くらいで。安達は時計から、先の丘陵に視線を移す。3中と尖兵中隊がぶつかる。どれだけ持ちこたえられるかは分からない。鼓動が速くなるのを感じた。陣地は何度も見て回った。隣接小隊との調整も抜かりはない。準備は、これ以上できないというほどにしている。何も心配いらないはずだ。側頭部に、稲妻のように痒みが起こって全てがかき消される。風呂に入りたい。顔をしかめ、地表から交通壕に飛び降りた。穴を抜けて監視壕に入り、元の位置に、元の姿勢で座り込む。小熊もどこかに行ったのか、壕内には静かに寝息を立てる立松の姿しか見えない。背嚢の中から教範類――演対抗と、連隊と中隊――、それから自分が作り上げた小隊の防御計画を取り出す。これを読み込んでいると、心が安らいだ。

敵が教範通りにやってくるとすれば、まずは尖兵中隊だ。前衛大隊の約五～十キロ前方を行進し、ここにやってくる。こちらの防御陣地の解明と前衛本隊の戦闘加入を容易ならしめる任務を有している。こちらは、COPを出して戦闘地域の前縁の欺騙(ぎへん)を図る。59Bは、方面の見積もり上は、釧路の占領を企図(きと)している。第5旅団(FEBA)は、敵が釧路に進出するよりも前にこれを撃破したい。敵は、大隊が展開するに必要な地形、つまりはこの隘路の出口を確保したい。ここが前線だ。その後は攻撃準備射撃、攻撃支援射撃がこの辺り一帯に行われる。敵大隊を、ここより先に押し進めては絶対にならなかった。後続する砲兵部隊が侵入し、旅団本隊が押し寄せてきたら、いくら強固に構築した陣地でもひとたまりもない。とにかく持ちこたえねばならない。あとは後続の第5旅団頼みだ。

敵の慣用戦法と我の計画を突き合わせ、しかし本当にこの通りに推移するのだろうか、という疑問はぬぐえない。不確定な要素が、それは純軍事的な部分以外にも多岐にわたっていて、もはや想像の域にまで達してしまうわけだが、最後はなるようにしかならない、と思うよりほかなかった。

「根詰めてもだめですよ。もうあとはやるしかないんですから」

小熊が、壕の入口に立っている。

「武田さんも、似たようなこと言ってました」

「だれも本当の戦闘なんてやったことないから」

小熊はのそのそと歩みを進め、自分のスペースにどっかと腰を下ろした。本当の戦闘がどんなものか、全然分からないが、それでも小熊のような存在は安達を勇気づけてくれた。

「まあ、それは敵もおんなじなんでしょうが」

小熊は、自分の背嚢からミルクチョコレートの詰め合わせを取り出しつつ言った。ずんぐりした体型の完全武装した男と、チョコの組み合わせは異様だった。

「どうぞ」

銀紙に包まれたチョコレートを投げてよこす。楽しみの一つだ。口に放り込み、外側からチョコレートが溶けていくのをしばしの間楽しむ。甘味が広がり、そして渇きを催す。そうだ、敵もまだ一度も戦ったことはないのだ。連隊では敵の航空攻撃に神経をとがらせていたが、旅団は高射特科の配属をしてくれなかった。連隊も旅団も必死に方面と調整を続けて空自をなんとかしてここいらに寄越そうとしているとのことだったが、どうなるか、あるいはどうなったかは知らない。もし地上部隊がやってくるよりも先に、ここが吹き飛ばされるようなことがあったらその時は文句の一つでも言ってやればいい。幸いにして今日も明日も、天候は不順だったのでとりあえずその脅威は低そうだ。

久々に、何もない時間だった。刻一刻と時間は流れている。座ったまま、浅く眠り、痒みや装備に圧迫されることによって引き起こされる鈍痛で目を覚ます、ということを繰り返した。

「小隊長、」と小熊が声をかけてきた。重い瞼を持ち上げる。

「小隊、準備完了です」

「あっ」と声を出し、肝を冷やした。日付が変わっている。運幹に報告をしなければならない。無線で催促があっただろうか。やるべきことを失念してしまった。どやされるかもしれない。いや、大体定時報告の時間をもう二時間以上過ぎている。そういう緊張がにわかに眠気を吹き飛ばすと、小熊は小さく笑い、「わたしがやっときました」、と言った。

中隊の検閲でも旅団の統一訓練でも、こんなミスをしたら先輩や上司よりも、まず真っ先に小熊が安達を呼び出してこっぴどく焼きを入れるのが通例だったが、今回はいやにやさしかった。たった今すぐにでもこの笑顔が消えて怒号が飛んでくるものとばかり思って、安達は目を丸くして小熊を、言葉もなく見つめている。

「こっちきてから働きづめでしたからね。どうなるか分からんですけど、明日からが本番です。休めるときに休んどってください。警戒は一時間毎に分隊で回してます」

小熊の言葉に、つい涙腺が緩んだ。

「小隊長、いるか」

今度は壕の外から声が響く。安達は袖口で目元を拭った。ドーランが引き伸ばされた。

安達に対して「いるか」と呼べる地位にある人間は中隊内では幹部だけだ。言葉遣いは、別段この世界では優劣を反映するものではない。ほとんど新隊員みたいな隊歴の自分は、無論敬意の対象にはならない。自分の襟に縫い付けられた階級章こそが主体なのだ。この組織は人ではなく3尉という記号に、仮に形式的であれ敬意を払うよう強いる。反対に自分は、自分でどれほどその未熟を自覚していようとも3尉として、小隊長として振る舞わなければならない。それが秩序というものだから。

「はい、現在地」

安達は返事をしつつ、小銃を片手に監視壕からはい出した。交通壕には、中隊長と最先任の村井准尉がいた。

「陣地の状況は」

「態勢完了です。一コ分隊を警戒に差し出し、残りは各分隊長所定としております」

二人の会話をよそに、最先任は壕の中へと入っていった。中隊長は無表情のまま頷いた。普段は柔和なこの中隊長にしては珍しく、真剣だった。

「敵の先遣と思しき部隊の行進が確認された」

「旅団からですか」

「付隊（づきたい）のレコンだ。連隊の監視哨でもついさっき確認した。ＢＭＰ三両が目下行進中とのことだ」

道東の地図を思い描く。旅団の目がどこまで出張っているのかは定かではないが、確かこの隘路の入口あたりだったはずだ。やはり敵は日の出と同時にこのあたりに来着するよう行動をしていると思われた。あと三時間足らずだ。中隊長は、たぶん最後に自分の目で陣地を確認するつもりなのだろう。

「ふんばれよ」

中隊長は安達の肩を軽く叩き、「先任、次行くぞ」の声とともに歩き去っていった。

「来るんですね」

いつの間にか壕から出てきた立松が、不安げに顔を上げている。返事はしなかった。

喉がひどく渇いてきた。緊張している。鼓動がうるさい。懸念事項が、重大Ｅ／Ｃ（我の任務達成に重大な影響を及ぼす敵の可能行動）が、不測事態が去来しては片端から消えていく。林内で用便をすませ、壕に戻った。時計と計画とを幾度となく見比べた。これまでにないほどの速さで時間が過ぎ去っていく。安達は徐に監視孔に歩みを進め、遮光のためのベニヤ板を外して覗き込んだ。雲は厚く垂れ込めていたが、遠くのほうは、色合いがわずかながら薄く、明るくなっている。

安達は監視孔から振り返り、まどろむ立松を呼びたてる。鉄帽をかぶりなおし、立松は勢いよく立ち上がり、低い天井に頭をぶつけた。

「立松、こい」

「陣地の最終点検にいくぞ」

立松は、中隊と指揮・通信を繋ぐ命脈だ。置いていくわけにはいかなかった。何か行動を起こしていないと、自分の思念に押しつぶされそうだった。壕を出ると同時に、無線で敵が近いこと、これから建制順に陣地の点検をする旨伝えた。地面はまだ乾いておらず、ところどころぬかるんだ水溜まりがあった。

当然と言えば当然だが、砲声に演習と実戦の違いはない。撃った瞬間も、着弾するときも音は間延びせず、ほんのわずかな間だけ巻き起こる。爆発、というよりも破裂というほうがしっくりくる。遠くにいけばいくほどに音が伸びる。安達が点検に回っている間、運幹を経由して、連隊が確認している情報が逐次寄せられた。敵はやはり教範通り、前方に戦闘偵察斥候を差し出し、さらに距離を置いて尖兵中隊が続いている、ということだった。壕に戻ると同時に、遠くから砲声がこだましてきた。しばらくして、『COP、現在交戦中』、と無線が流れてきた。運幹の声は無味乾燥だった。例えば「中隊メシ受領」とか「命令会報」みたいな、演習中の号令とか中隊朝礼のリズムに近かった。自分の中で、戦闘のイメージがどんどん肥大化していた。戦闘はサッカーじゃない。みんなが一斉に「ヨーイ、ドン」で始めるわけでもなく、思いのほかゆっくりと浸透するものなのだ、といまさら実感する。3中隊じゃなくてよかった。

たぶんこれは、安達だけでなく連隊に所属する大部分の思うところだった。元々の3中隊は、5偵と一緒に別海駐屯地に所在していたが、敵が標津に上陸してすぐに連絡が取れなくなった。今いる3中隊は、混成団から差し出された即応予備自衛官と、道内外各地からかき集められた隊員で構成されていた。

何度も監視孔とスリーピングの上を往復した。砲声の間隔が次第に狭くなっている。砲迫の弾着と思しき爆発音も聞こえてきた。丘陵から、狼煙のような細く白い煙が何本か伸びているのが見えた。さすがに小火器の射撃音までは聞こえてこない。食い入るように監視孔に顔を突っ込んで丘陵を眺めているうちに、上級部隊に対する怒りが込み上げてきた。もっと火力を配当してくれていれば。こんな規模で敵の機械化旅団を食い止めるなど無謀にもほどがある。一体全体連隊は、旅団は、方面は何を考えているんだ？大体なんだってこんなところで防御をしなければならないんだ。後続の10師団も浜大樹とか帯広にいるんだったら、せめて白糠とか浦幌とか、そういうところに強固に陣地防御をすればいいじゃないか。旅団だってわざわざ釧路まで出張ってくる必要なんてない。

そもそもこんなぽっと出の初級幹部をいきなり前線に配置するなんて。

安達の雑念は、突如鳴り響く有線の呼び出し音によって途絶えた。安達は監視孔からすっ飛んだ。立松の傍らに、私物に紛れ込む形で有線電話が置かれている。鉄帽を横にずらして受話器を耳にあてる。

「はい1小隊」

「朝比奈だ。COP離脱」

「了」

なんとも簡潔な通話だった。安達は受話器を戻すと、自身の背嚢へと歩みを進めた。私物の眼鏡を取り出し、監視孔から覗き込む。

国道を、WAPCが猛然と走行している。照準を丘陵に移す。濛々と立ち込める白煙が確認できた。離脱掩護のための射撃と思われた。第一線小隊には、火力指揮はもちろん連隊系の無線は入ってこない。あくまで中隊本部からの善意で情報提供がなされるだけだ。どうなっているかは想像するしかない。さらに一両、距離を隔ててこちらに向かってくる。離脱は、ここから見る限りは順調に行われていると思えた。90式戦車が、砲塔を後ろに向けて走ってくる。装軌車特有の金属音と唸るようなエンジン音が近づく。

安達は眼鏡を両手で支えながら、WAPCが一両足りないことに気付く。数え間違いではない。故障か。あの車両は足回りが弱いから。よくショックアブソーバーがいかれる。

訓練とか、恒常業務の中で稼働数に頭を抱える日々が走馬灯よろしく過ぎる。それからすぐに、たった目と鼻の先、何キロと距離を置かないあちらで行われていることは戦闘なのだ、と自分に言い聞かせた。たぶん、故障なんかじゃない。戦闘はもう始まっている。次は自分たちの番だ。自分のもとにもすぐにあれが、戦闘がやってくる。壕に身を潜めているこの瞬間――無線から、最低最悪のラジオ番組として戦況の推移が流れるこの瞬間――も、しかし戦闘が始まるとはてんで思えなかった。想像の埒外(らちがい)だった。陣前の障害はもう閉塞されただろうか。眼鏡を置き、身を乗り出して監視孔に顔を近づける。孔は、頭の半分くらいの大きさしかない。視界の端に、かすかに施設小隊がおおわらわで鉄条網や、小ぶりのマンホールみたいな対戦車地雷を手に行ったり来たりをしているのが見えた。ＣＯＰの任務は主戦闘陣地の欺騙だ。彼らはこの一時間ちょっとの戦闘で任務を達成したのだろうか。敵は、あの丘陵を主戦闘陣地と判断したのだろうか。

「敵ＢＭＰ三両撃破したみたいです」

振り返る。立松がハンドマイクを手に声を上げる。ただの情報提供だ。返答の必要はない。

「ほかに情報は」

「まだです」

情報が欲しかった。これから来るであろう敵がどれほどの規模なのか。いつここにやってくるのか。「3」という数字が頭に引っかかり、尖兵中隊の行進隊形を、必死に思いだした。戦闘偵察斥候だ。昼間の行進速度と距離から概算して、尖兵の本隊は多分十キロ以内。どれだけ長く見積もっても、三十分以内には本隊はあそこに到達しているはずだ。とすれば、この斥候にCOPが不意急襲的に射撃を加えたということだろうか。安達は考えている間、完全に動きが止まった。五感の感度が下がり、血が頭に集中する。一番厄介なのは、敵もまた自由意志を持っているということだった。訓練効果を最適にするために敵の勢力や自軍の編成を都合よく変えたりはできない。教範通りにやってくるとは限らない。こちらがなんとも馬鹿馬鹿しい態勢で防御に挑むという自由意志を有しているのと同じように、敵もまた愚かな選択をしていることを祈るしかない。

ついさっきまで戦闘が行われていたとは思えないほどに静かだった。時折風が監視孔から吹き込んできた。曇天だったが、気温は着実に上がってきている。F70が空電雑音を放ち、運幹の声が後に続く。

『T－90四、自走りゅう弾砲二、BMP九を確認。大型車両、小型車両その他装甲車については目視するも、数不明』

想定していたよりも、ずっと悪い規模だった。確かに行進要領、戦闘要領は尖兵中隊のそれに則っていたが、戦力はより強力だった。あとは彼らがいつ動き出すか、ということだ。幸いにして敵も損害を被っている。態勢を立て直して攻撃を図るはずだ。ひょっとすると、すでに先遣大隊と合流をしているかも分からない。とすると、この後ここに殺到してくるのは、情報提供を受けた規模以上のものになる。迂回路はない。敵は一途に国道沿いにただひたすらに、圧倒的な戦力を伴って邁進するより方策はない。連隊からも旅団からも続報はない。

待つのにもひどく消耗した。昨夜とは違い、時間の流れがひどく緩慢だ。湿度が上がり、不快感も増す。背中に汗が広がる。鉄帽の内側が蒸れ、防弾チョッキや小銃の負い紐で圧迫された部分が痒みを引き起こす。安達は苛立ちまぎれに首筋を掻きむしり、スリーピングの上に腰を下ろした。みな押し黙っている。雨に濡れた犬のにおいがした。自分の身体が噴き出す生き物のにおいが、ミサコの白い肌とくびれをなぜか呼び起こした。側壁によりかかると、土くれがころころと肩口に降ってきた。膝のあたりは、迷彩色ではなく茶色い泥汚れで固くなっている。自分の脚を見るともなく見て、それから夢想し、ミサコの乳房と陰部と臀部とをありありと思い描き、勃起した。股間が蒸れる。いや、こうなるよりもずっと前から、股間は嫌というほど蒸れていた。あの丘の向こうで、ロシア人たちは着々と準備を進めているのだろうか。

「滅茶苦茶怖いです」

突然、立松が声を出した。思い出のスクリーンになっていた両足の間から視線を移す。怖い、と口にしながら、立松はなぜかにやついていた。

「おれも怖えよ」

口に出すと、自分も笑ってしまった。

無線の電池、大丈夫か。

あまりにも静かだったので、つい訊く。

「規約変えた時に新しいの入れたんで、多分大丈夫だと思います」

立松は「大丈夫」と答えたにも拘わらず、無線機を肩から下ろし、腹の上に乗せてスイッチ類の点検を始めた。

「やっぱり問題ないです」、と立松は続けた。

「規約は間違ってないのか」

二十四時間ごとに変更される八桁の数字の羅列が規約だ。無線交信は生でやりとりをすれば簡単に傍受されてしまう。規約がこれを阻止する。経験の浅い隊員はよく入力間違いをする。

「それも大丈夫です」

規約もバッテリーも有象無象の準備が万全なのは自分が一番分かっている。分かっているが、何でもいいから自分を業務や雑談に没入させないと気が狂いそうだった。

「今めちゃくちゃヤりてえんだ」

だから唐突に安達は思っていることをありのままに述べた。立松の目は真ん丸に見開かれ、いかにも驚きの色が混じっている。何がやりたいのか、年上だが年若い、初級幹部にして小隊長の、安達の思いを必死に、けなげに読み取ろうとしている。

「セックスだよ」

安達は答えを教えてやり、笑う。

「あの、昨日行ったアパートの人の、おっぱいすごかったですね」

立松の目から驚きが去り、情熱に変わる。黒いブラジャーが脳裏を過り、化粧っけのない、分厚く、でかい唇が去来する。

「畜生、爆発しそうだ」

安達は股座をさすった。監視孔から風が吹き込む。恐怖は消えない。尿意を催したが、この壕から一歩でも出ようものなら死んでしまう気がした。立ち上がり、監視孔から外を見たが、人っ子一人いない寂れた国道があるだけだ。まだ丘陵には煙が残っている。次は自分の番だ。監視孔から離れる。壕の中で胡坐をかいて、悄然とその時が来るのを待つ。頭の中で、第一線小銃小隊として有する任務を反芻する。敵の車両がどの地点にやってきたら、どのような統制で射撃の指示をするのか、適時適切な報告のタイミング、部隊を健在させるための行動。考えれば考えるほどに、もっと準備をしておけばよかった、と後悔が湧いて出た。ＣＯＰは戦闘をそつなくこなした。自分にもできるはずだ、と暗示をかける。跳び箱でもスリーポイントシュートでもなんでもいいが、列に並び、前の者が上手にやってのけ、自分にそのお鉢が巡ってくるというのは緊張が伴う。誰かに出来て、自分に出来ない。誰かがこなして自分がへまをしでかす。恥だ。

安達は、緊張と恐怖と興奮と尿意で全身が硬くなるのが分かった。うまくやりたい、という思いと全部投げ出してここから飛び出したい、という感情が拮抗していた。

『各小隊、対機甲戦闘準備。完了後報告』

立松は目をかっと見開き、瞬きすら失念してしまっているかのようだった。戦闘が近づいている。小隊通信手を務める彼の背にあるF70から、刻一刻と敵の予想位置、規模、隷下部隊への指示が、ノイズを交えて飛んでくる。

緊張、硬直、思考という反応よりも早く、従順に指示に服する身体がここにはあった。座りつつも、手は自然と肩口に備えられたハンドマイクのプッシュトークスイッチを押している。

『1小隊、対機甲戦闘準備。準備完了したならば報告』

小隊戦闘指導、予行と全く同じ流れだ。すぐに部隊建制順に準備完了の報告が上がってきた。

「立松、もうちょっとこっちこい」

立松も多くの兵隊がそうであるように、恐怖や食欲や性欲、雑多な想念に呑み込まれているにも拘わらず、命令には極めて従順、極めて迅速に反応した。指示や命令の是非を問う回路はずっとずっと後ろに追いやられている。安達のところまでやってくると、不安げな視線を上目遣いにやるのが、その回路の残滓らしきものといえばそうなのかもしれない。もちろん安達は、なぜ立松を近くに呼び立てたのかを事細かに説明はしない。安達は何も言わずに立松の背負う無線機からハンドマイクを取ると、態勢完了を報告した。

徐に雑嚢から作戦図を取り出した。対機甲戦闘要領については対戦車小隊、隣接小隊と入念な調整を行っていたし、とにかく射撃の統制も、触雷か敵先頭車がある地点を通過した時点、という簡明極まるものだった。普段の演習もここまで分かりやすかったら苦労しないのだが。我の対戦車火器、戦車が巧妙に隠・掩蔽され、敵の進行を待ち受けている。無意味なことは分かっていた。いまさら作戦図をおっぴろげたところでやることに変わりはない。ただ、安達はそうせざるを得なかった。縮小コピーしたそれを手に、再度監視孔へと歩みを進める。初めてここにやってきたときと全く同じ光景が、孔の向こうにはあった。小隊本部の監視壕は1分隊と2分隊の間に位置している。小隊防御陣地の全てを容易に見渡せる位置に選定したのだが、眼下の斜面にあるはずの各陣地は、かなり念入りに隠・掩蔽されていたため、ちょっと見ただけでは部下隊員がどこに身を潜めているかは分からなかった。

めんどくせえ、というたった一語が、これまで培ってきた職業的倫理の上に上書きされた。また、鉄帽の内側に小さな痛痒が走る。クソ、早く風呂に入りたい。その痒みは、蟻の一穴とでもいうべきか、次々に不快感を呼び起こす。全身にまとわりつく皮脂と汗と汚れ、顔中に塗りたくった緑や黒のドーランとこれまでの疲れ。携行糧食のせいか、そういえばここ二日排便もしてない、ということにも思い当たった。こういう生物としての基本的な欲求のためか、はたまた全身を締め上げるように纏わる装備品がためか、安達は呼吸が荒く、浅くなった。

「大丈夫ですか」

立松には、おれの背中しか見えていないはずだったが、何かを悟ったのだろう、声をかけてきた。銃眼から視線を外して彼を顧みてみたものの、彼もまた顔を一様に迷彩柄に塗りたくっており、表情などあったものではなかった。

安達は、小さく頭を左右に振ることで返事に代えた。彼もまた、不快感と恐怖と緊張とに苛まれているはずだった。いまさら事細かに、その不快を分解して品評してみたところで、なんの改善にもならない。大体にして、掩蓋掩体という構築物それ自体が、空気をこもらせ、それでいて土埃を無尽蔵に舞い上げる不快造成工場みたいなものなのだから、とにかくここを出て、素っ裸になって川にでも飛び込まない限りこの不快からは逃れようもないのだ。時計に視線を落とす。最後に中隊から指示が飛んできてから、間もなく三十分が経とうとしている。敵の姿はまだ見えない。

本当に戦闘が始まるのだろうか。呑気な抱懐をする瞬間を見計らったかのように、F70が静かに、仕事の開始を告げた。

『ヒメツ、ヒメツ、敵中隊基幹の行動開始を確認』

安達は慌てて散らかった物品をかき集めては背嚢に詰め込んだ。理由は分からない。ただそうしたかった。ヒメツってなんだ。基本事項が頭から抜け落ちる。中隊指揮系だ、とすぐに思いだした。無線が、途端にあわただしく錯綜し始めた。各小隊が目視した敵の数と隊形が逐次に報告される。行進隊形は傘型。長径は不明。先頭からT－90二、BMP三、そこから二列に分かれ、戦車各一を先頭にBMPが三。確かに中隊基幹の敵だった。

これから戦闘が始まる。安達は一度、大きく深呼吸をした。

『01（マルヒト）』

腰に備え付けられたF80から伸びるコードと、これと繋がったハンドマイクを手にすると同時に指揮下部隊に予令を出す。プッシュトークスイッチを離すと、ザッとノイズが入る。一拍置いて、『小隊、対戦車弾、KP1、BMP三両、二百、リード一、発射の統制は戦闘指導時に同じ。終わり』、と素早く指示を出した。自分の声とは思えなかった。身体に染みついている習性だ。弾種、射撃方向、射撃目標、距離、修正、統制事項。考えながらとぎれとぎれに発唱していた射撃号令が、かつてないほどに滑らかに出てくる。

数秒、また空電雑音が繰り返され、すぐ後に建制順に返答が返ってくる。安達は戦闘指導、予行のことを頭に思い描いていた。敵もおれたちも、ここまでは正に教範通りの行動だ。いつの間にか眼鏡を手に監視孔に立つ自分がいた。二十倍眼鏡の四周は、黒くかすみ、焦点の合わさった部分が間近に見える。青い道路標識、誰も通ることのない道路が、辺り一帯が平時でないことを物語っている。いやに眼鏡の視界が上下に振動していることに唐突に思い当たり、一旦顔をそこから離すと、自身の腕が異常に震えていることを知った。胃が重く、口の中が乾ききっていたが、もはやどうすることもできない。

眼鏡が、ＢＭＰを捉える。写真でも動画でもない、正真正銘の実物だ。重厚感があった。エンジンの振動に合わせてアンテナが、機関銃が揺れる。心臓がせりあがって喉を塞ぐ感じがした。これ以上来るな。安達は祈る思いで眼鏡を目元に押し付けたが、無情にも敵は一定の速度を保ったまま、隊列を保持したまま行進を続けている。

国道に建造物はほとんどない。唯一、ふれあいセンターなる、広い駐車場を持った平屋の施設のみが建物らしい建物だった。この真横に、対戦車地雷が埋設されている。敵はなんだって障害処理も攻撃支援射撃も航空攻撃もガス攻撃も行わないのだろうか。案外、こちらと同じようなのっぴきならない事情、たとえば部隊運用以外の愚にもつかない人間関係とか権力闘争とかによって、愚かになる自由しか残らなかったのかもしれない。戦車は、みるみるうちに巨大になっていく。今やその細部まで肉眼でとらえることができる。砂色で、全体的に丸みがかった形状は、確かにこの国の装備ではないことを物語っている。キューポラは固く閉ざされ、機関銃は上空を向いている。戦車は行進をやめない。T‐90が平屋と重なり合わさり、一瞬視界から消えた。

爆発音。触雷だ。

施設小隊は、コンクリートを矩形に切断し、地雷と呼ぶにはあまりにも巨大なそれを埋め込んでいた。火柱が垂直方向に四、五メートルほど吹き上がり、戦車の履帯、転輪が四散する。もう一方の履帯は依然として駆動をやめておらず、戦車は左へ左へと緩慢に動いている。

戦闘開始の合図だった。

片足を失った戦車はふれあいセンターに放置されているセダンを踏みつぶしてもなお停止しなかった。後続のＢＭＰが急停車する。さらに後ろの隊列は各車の間隔を慌てて広げだした。

安達は無意識のうちに小銃を抱え込んだ。小隊陣地の最右翼から、橙色の光が、音もなくぱっと広がった。音は、遅れてやってきた。対戦車ミサイル手たる柿崎2曹の放ったミサイルであることは、幾度となく計画と作戦図とを見比べている自分が一番よく承知している。発射音、というよりも、ほとんど爆発音に近い音と閃光で、自陣が何かしらの攻撃にさらされているのではないかと一瞬危ぶんだほどだった。光はもう消えている。噴煙というにはあまりにも淡い、白い靄が発射地点を覆っている。飛翔音は、タイヤとかボールから空気が漏れる音に似ていた。白い線を引きながら、ミサイルは擱座しているT-90にすっと吸い込まれていった。お互いこうなることを予め示し合わせたみたいに。あるいは、巻き戻しの映像みたいに。

安達は、ミサイルの弾頭にいかなる炸薬が搭載されており、それが装甲とぶつかるとどういう結果を招来するのか、ということを知識として知っていた。だけれども、肉眼で垣間見た、たった数秒のこの出来事はどこか牧歌的ですらあった。

戦車のどてっぱらに吸い込まれていったミサイルは、一拍置いてから爆発した。車体後部から炎が吹きあがる。油田とかガスバーナーみたいな勢いだった。安達は、勝手に爆発四散する戦車を脳裏に描いていたから肩透かしを食らった。音響だけはすさまじいものがあった。次いで、戦車の砲身から鼠色の煙が吐き出される。ぐるぐるとレコードみたいに一定の速度で回転していた敵戦車はたった一撃で沈黙した。敵兵が降りてくることも、応射もなかった。監視孔から心地よい風が吹き込み、併せて乾き始めた砂埃を寄越す。ドーランと汗と皮脂とでべとべとになっている顔に、砂粒がこびりつく。時間がひどく緩慢に流れている。一体いつまでこんな光景が流れていくのだろう、と思った矢先、時空間が実体を取り戻していくのを認めた。一帯に展開する対戦車陣地からありったけのミサイルが敵車両に殺到し、連隊の重迫、各中隊の迫が後続を遮断しようと弾幕を張る。国道は一瞬にして噴煙と火花とに包まれた。

全部やっつけたんじゃないか、と思えるほどのすさまじさだったが、煙を引きずりながら数両の装軌車がゆっくりと進んでくるのが見えた。周囲には随伴歩兵がいる。単に「敵」と呼ばわっていた者どもがやってきたのだ。彼らは「敵」であると同時に「人」だったことにいまさら気付く。自分が思い描いていた敵は、なぜかみな痩せこけていて、古臭い小銃を手に駆けてくる歴史の中の兵隊だった。事実は全く違った。今眼前にいるのは、まだ小さな粒でしかなかったものの、彼らが備えるシルエットは確かに近代化された兵士だった。自分たちと何も変わらない。装備やなんかに関しては、あるいは自分たちよりもずっと恵まれているかもしれない。ＣＯＰと衝突してから今までに一時間以上は費やしている。すでにあの丘陵の向こうには先遣大隊が到着しているはずだ。なぜ戦力を小出しにするのだろうか。雲がすっかりなくなったら、スホーイか何かがおれたちを丸ごと焼き払っちゃうんじゃないだろうか。思念が邪魔だった。歩・戦分離のための迫撃砲射撃が間断なく実施され、爆風で敵兵が紙きれみたいに吹き飛ぶのが見えた。曳光弾（えいこうだん）が幾筋も敵方に伸びている。もちろん敵も的じゃない。ＢＭＰやＴ－90はありったけの弾を撃ち返してくる。監視壕は、その名の通り監視壕だったから、今のところ敵弾がやってくることはなかった。敵は発火点に向かって応射している。

無意味に、小銃の安全装置を確認し、外観の点検を行った。場合によっては、さっそく敵砲兵による攻撃があるかもしれない。思うと、収まったはずの震えがまた始まった。こちらの損害が全くないまま推移する戦闘などあるはずがない。悪い想像はとめどなく溢れ、大学受験に失敗して第三志望に進学する羽目になってしまった頃にまでそれはさかのぼり、ますますみじめな気持ちになった。

監視孔から、風に乗って火薬と、野焼きみたいな、嗅覚よりも視覚を刺激する臭いが漂ってきた。

はたと振り返ると、立松は装備が重いのか、腰を下ろして両膝を抱えている。膝と腹の間から銃身が顔をのぞかせていた。

尖兵中隊は、自隊の損害など顧みることなく行進を続けている。破砕されたT－90の横を、無傷のもう一両がぬるぬると通り過ぎていた。ロシア軍は、今やＦＥＢＡに迫りつつあった。彼らの任務は、教範に従うのであれば、前衛大隊の行進を円滑ならしめるために、いかなる障害をも排除することにある。

無線は相変わらず錯綜していて、誰が何を言っているのかさっぱり分からなかった。それに輪をかけて、銃声・砲声・装軌音が判断を、感覚を鈍らせる。

安達は改めて眼鏡を覗くと、果たして敵歩兵が、車両の周囲を囲うようにして、ゆっくりと行進してきているのが見えた。

トンビの鳴き声を思わせる風切り音が、遠くから、漸増しながら降ってきた。音が途切れると、振動と爆発音がやってきた。夏祭りの和太鼓を彷彿とさせる音だった。腹の底に響く音だ。砂埃が壕内に巻き上がる。やはり敵の砲撃だ。監視孔から陣地を見回すも、しかしどこにもそれらしい痕跡は見当たらず、ひょっとすると隣接小隊か、はたまた別の中隊陣地に弾着したものと思われた。今のが点検射だとすれば、次の砲撃は、それこそ雨のように降り注ぐに違いない。これから本当の戦闘が始まる。

1小隊のみならず、連隊陣地全体に、地形が変わるのではないかというほどの弾雨が降り注いだのはそれからわずか十分後だった。敵中隊所属の迫撃砲だけではなく、後続の大隊にアタッチされている自走りゅう弾砲かもしれなかったが、それを確かめる術は安達には用意されていない。今はただ、監視壕の中で身を低くし、目を閉じて両手で頭を押さえることしかできない。木の幹が剝がれる音、土の塊が降り注いでは地面にぶつかる鈍い音、火薬のにおい、振動が永遠と感ぜられるほどの時間続いた。自分が大声を出している、と気が付いたのは鼓膜を通じてではなく、喉が激しく震え、ひりひりするまでに渇いていたからだった。いつまで続くんだ、と心中毒づき、時計を見る挙動一つですら、自身の命を奪い去る暴挙になるのではないかと思ったくらいで、小さな挙動一つするのにいちいちやけっぱちな気にならざるを得なかった。砲撃が始まってからまだ三分も経っていなかった。この間も爆音と飛翔音が絶え間なく続き、監視孔からは葉っぱや土くれが舞い込んで、頭と言わず肩と言わず小さな山をなしていた。薄目を開けると、立松も、自分と同じ姿勢で小さく震えていた。なぜだか、同じく怯えている人間を見ると気持ちがわずかながら落ち着いた。

立松は、唐突に、目深にずり落ちてきていた鉄帽を左手で押し上げると、安達をまっすぐに見つめて、餌を求める鯉を思わせる口の動きを見せびらかしてきた。ふざけたやつだ、と思ったが、爆音の間隙を縫うように、「小隊長！」との呼び声を認め、ようやく自分になんらかの意思を伝えようとしているのだと気が付いた。耳鳴りがひどかった。安達は、四つん這いになって立松に近づき、相手の耳元で「すまんが全く聞こえない、なんだ」と大声を出した。立松も同じだったらしく、目を見開いて、強く二度頷く。安達はそれを認めると同時に今度は自分の耳を差し出してやる。

「本部から通信が入ってます、なんと言っていたかは聞き取れませんでした」

これほど近くにいるにも拘わらず、まず感じたのは立松の生暖かい息と鼻孔を突く口臭だった。ずいぶん声が遠い。聴力に難があるとかで、ここから後送してはくれないだろうかと一瞬不埒なことに思いを致してしまった。

安達は、次いで立松のしょい込む無線機に頭を寄せた。確かに、無線機が唸っていた。雑音と混線、爆発音がために何を言っているか、全く聞き取れなかった。次第に耳が慣れ、気持ちが慣れてきた。爆発音が遠のき、ようやく無線が聞き取れた。ただ、『各小隊毎、現在地にて防御戦闘を実施』、と運幹が繰り返しているだけだった。

安達は、立松を押しのけるようにして自分が元いた場所に戻り、改めてこの狭い壕を眺めた。振動のせいで側壁から土が剝がれ落ち、出入り口も倒れた樹木に塞がれていた。足元に自分の背嚢が転がっている。そいつを手繰り寄せて中から二リットルのペットボトルを取り出した。アクエリアスを、口角からこぼれるのも構わず飲み、キャップを閉めてから何も言わずに立松の方に投げやる。彼もまたこちらの意図を察したようで、めちゃくちゃに走り回った後の犬みたいに息継ぎをしながら残りを飲み干した。

立ち上がり、監視孔から外を垣間見ると、すでに敵は目と鼻の先まで到達していた。二百メートルを、あるいは切っているかもしれなかった。先に撃破した車両の横を通り過ぎていた。安達は慌てて無線機で、『各分隊毎防御戦闘実施』と大声で命じる。

両手で以て身体に異常はないか、装備に不具合はないかを確認し、小銃を握りしめる。

「立松、小銃掩体いくぞ。小熊さんはここで待機していてください」

安達は出入り口に覆いかぶさるようにして横たわる大木を中腰になってやり過ごす。爽やかな風を全身に感じ、穴蔵から出られたことの喜びをひとまず嚙み締めた。左右を見渡すと、本当に地形が変わってしまっていた。木々は倒れ、土嚢は破れて中身を垂れ流し、背の低い草が焦げ付いている。そこかしこに大小さまざまな穴が、無論陣地構築のために自分たちが掘ったものではないそれが丘全体に穿たれている。戦闘予行では難なくたどり着けた小銃掩体まで、倍以上の時間を費やす羽目になってしまった。

銃声というのは、どこか間が抜けて聞こえる。演習中も、実弾射撃中も安達はそんな風に思っていた。実際に弾が人に当たればどうなるかということは、幼稚園の中退だって分かるし、願わくば人を撃ったり撃たれたりしたくはなかったが、そういうことを差し引いてもなお四方からこだまする銃声には馬鹿馬鹿しさが伴っている、という考えをどうしても改めることはできなかった。間延びした乾いた発破音が一帯にこだましている。

身を屈めて掩体に向かう途中、首筋に妙な風圧を感じ、感じたと思うと、次いでこれまで耳にしたことのない「ヒョン」とも「シュン」ともつかぬ音が聞こえ、そして交通壕の側壁に小さな穴が開いた。身を伏せたのはそれからだった。

撤回はしない。やっぱり銃声は馬鹿馬鹿しい。だけれども、弾丸と一緒にやってくる音と風は、これほどまでに怖いものだとは思いもよらなかった。安達は、恐怖に身を竦ませつつも、自分の神経がどんどん鋭くなっているのを感じていた。視界がこれまでにないほどクリアになっていた。土の上は、ひんやりとしていた。ミミズが一匹、のろのろと右から左へと身体を伸縮しながら進んでいる。続いて弾が飛んでこないところから見るに、多分今のは自分を狙ったものではなく流れ弾だったのだろう。地面が乾き始めている。下腹部に妙な湿り気を認め、地面に突っ伏したまま身体を横向きにして足元に視線をやる。股間から大腿部にかけて戦闘服の色が変わっていた。小便を漏らしたらしい。

安達は身を起こし、ようやく小銃掩体に辿り着いた。掩体は、監視壕からわずかに下ったところにあった。汗がとめどなく吹き出し、顔の輪郭に沿って滴った。安達が身を潜める二人用小銃掩体は、その名の通り掩蓋はなく、真上には迷惑なことにお天道様が広がっている。今までに経験したことがないほどの準備日数をかけて構築した陣地はすっかり叩きのめされており、この掩体も例外ではなく、肩部が砲撃によってくすぶり、今は三人分くらいの空間が確保されてしまっていた。職人気質の陶芸家の要領で以て、納得のいくまで経始と築城をした射撃台座や土嚢は悉く吹き飛ばされていた。

安達は頭だけをゆっくりと掩体から出した。土から雑草、その向こうに木の幹が並ぶ。ほどよい間隙が中ほどにある。敵方からここを見ると、この空間は木陰になって暗くなっているはずだ。そうあってもらわねば困る。弾着したあたりは、もしかすると見通すことができるかもしれないから身体を晒さぬよう特に注意しなくてはならない。ＢＭＰは、我が方の射撃に晒されて火花を上げていたが、とどのつまりが弾丸を弾き返しているということであり、未だ健在だった。近接戦闘というやつは、思いのほか系統立ったものだった。戦車を先頭に、傘型にＢＭＰや他の装甲車両が並び、等間隔に歩兵が居並ぶ。発火点を認めるや否や、りゅう弾砲や機関砲を浴びせかける。安達は敵を、目で数えた。一つ数えるごとに小さく頷く。国道と開けた斜面とにそれぞれ戦車が一、ＢＭＰが三。いくつかの小型車両、トラックが炎上している。この調子じゃ、こちらが無傷ということは考えられないだろう。戦車は、自身の重さに任せて背の低い木をあっさり踏み倒していく。どこからともなく白線が一筋、高速で伸びてきたかと思うと、戦車に命中した。航跡から鑑(かんが)みるに、２中隊陣地からのものと思われた。一番初めのときと同じ光景が現れる。残り一台。敵の速度は、明らかに落ちている。

　安達は意を決した。身体を引き起こし、小銃の切り替え軸部を、親指でもって単発(タ)に切り替える。照星と照門を繋いだ先に敵がいる。ＢＭＰを中心に、左右に展開する敵兵の一人に照準を合わせる。人差し指を思いきり引き絞ると、銃床を伝って衝撃が、ほぼ同時に乾いた銃声がした。反動のせいで、照準の先にあった敵がどうなったかは、すぐには分からなかったが、彼はまだそこに立っていて、至近弾に右往左往しているようだった。あいにく、敵が展開しているのは緩斜面とはいえ、開けた土地だ。周囲に身を隠すような場所はほとんどない。準備期間がふんだんにあったとはいえ、１コ機械化旅団を、わずかに増強された１コ連隊で阻止しようという我々も相当に愚かだが、その陣地に１コ中隊で突き進んでくる敵も引けを取らない。身を伏せつつふと思った。

　ガク引きだったか。冷静に考えを巡らし、今一度身を乗り出すと、件(くだん)の敵は既に骸(むくろ)となっていた。他の誰かが撃ち倒したらしい。

今さらになって、ようやく立松が掩体にやってきた。まごつきながら小銃をいじくりまわし、敵に向けて射撃を開始する。

敵だって何も素手でやってきているわけではない。立松が射撃をし、身を伏せると同時に凄まじい弾雨が降り注いだ。小銃弾なんてちゃちなものじゃない。弾着とともに小さな爆発がそこかしこに巻き起こる。木が真っ二つに折れて倒れてくる。機関砲だ。粉々になった木の幹が、土くれが中空に舞い上がる。土煙で喉がいがらっぽくなった。音響のせいで、またしても周囲の音が遠のく。水中にいるみたいだった。膝を丸めて身を縮める。振動が掩体を、身体を揺さぶる。血が沸き立つ。立松は生きてるだろうか。目をぎゅっと閉じていたが、瞼の裏でぱちぱちと飛蚊症の如き白い粒が点滅している。安達は肩口に備えられたハンドマイクに手を持っていき、うずくまった姿勢のまま『対戦車りゅう弾、右前方前進するＢＭＰ二百、確認できた分隊から撃て』と怒鳴りつけた。大声を出すと、恐怖と緊張が和らいだ。返事はない。このままここにいたら死ぬ。安達は地面に突っ伏し、交通壕へと離脱を試みた。命ずるまでもなく、立松は安達の挙動を見て全てを悟った。細切れにされた枝葉がひらひらと舞い落ち、時折これにまぎれて毛虫が落ちてきた。顔を地面になすりつけるほど低い姿勢を維持し、身体全体を使って少しずつ、着実に交通壕へと進む。視界には土と泥だけが広がっている。目の前を何かが通り過ぎる。安達は背筋が凍りつき、動きを止めて、その何かを目で追うと、果たしてカナヘビがそこにはいた。尾が切れていた。交通壕の側壁をよじ登ろうと身体を必死に左右に動かしていたが、弾着の振動のたび、背中から転げ落ちた。振り返ると、立松が、安達がいるのも構わず前へ進もうとしていた。中腰になって先へと急ぐ。陣内は、初期配置とは別に補足陣地や予備陣地が至る所に設定されていた。どこにいくかなどと考える必要はない。手近にある、使える陣地に移動して逐次に戦闘を行うだけだ。一人用、二人用、露天、掩蓋、退避壕と用途・形状は多様だった。自分がどうやってここまで辿り着いたのかよく思いだせなかった。敵の隊形はそのままだったが、ずいぶん数が減っているように思えた。視・射界が開けているということは、敵からもこちらが見通せるということだ。しかし、いつの間にかこれに対する危機意識は散逸していた。銃床を頬と肩で挟むようにして構え、引き金を引き落とす。すぐに照準を合わせて次弾を送り込む、という動作を幾度となく繰り返し、応射があれば――自身の近くで土が巻き上がるなどしたら――身を伏せる。距離は、百は切っていないだろうが、かなり接近している。突撃破砕射撃の命令はまだない。立松はどこいった？　すでに指示が来ているかもしれない、と思ったが、どうでもよくなってきた。次に身を起こしたとき、自分が射撃するよりも早く、敵が、小銃弾によって頽れるのを目にした。下腹部から首筋にかけて数発の弾丸が撃ち込まれ、律儀にその一つ一つに身体は痙攣を生起させる。射入口と射出口から、火花よろしく血液が噴霧され、地面に倒れ込む。倒れた後も、何発かが、死屍に鞭を打つというのを文字通り再現して見せた。槓桿が手前で止まっているのを認める。安達はしゃがむと、考えるよりもずっと早く身体が動作を始めた。安全装置をかけて銃口を上向きに、もう一方の手で空弾倉を引き抜く。防弾チョッキの前面に装着された弾嚢から新しいものを取り出して交換する。気が付くと、薬室には新しい弾丸が装塡されている。

戦闘が緩むことはなかった。尖兵中隊だから、自分たちの数と同じか、それよりもわずかに多い数を打ち倒せば終わるはずだった。が、今眼前を見る限り、敵の死体はそれほどまでには認められない。不意に、自分の小隊が気にかかった。

「立松、いるか」

声を張り上げる。移動し、交通壕へと顔だけを差し出して左右を見渡す。銃声はやまない。誰の姿もない。

「立松、現在地知らせ」

再び怒鳴る。自分だけが取り残されたのかと不安が過る。

「ここです」

立松の声がすぐ近くから聞こえた。安達がそのままの姿勢でいると、一つ左隣の陣地から見覚えのある顔がぬっと現れた。

「陣地の確認に行く。中隊から何か連絡はないか」

「ありません。混線してます」

安達は頷き、交通壕に出た。片膝を立てて雑嚢を前に持ってくる。おれは今どこにいるんだ。地形が昨日までとすっかり変わっていた。特徴的な湾曲を備えた倒木や、ひと際大きい岩などを目印にして陣地を把握していたが、今やそのどれもがなくなり、そのどれもがそこらに転がっている。雑嚢から作戦図を取り出し、地形と照合を試みる。たぶん、監視壕からほんの十数メートルしか移動していない。防水処置された作戦図を確認し、人差し指を這わせる。2分隊が最寄の陣地だ。安達は作戦図を仕舞い、地表から頭を出したものの、ブッシュで視界は遮られていた。記憶を頼りに狭い交通壕を進み、地形と敵状を確認した。彼我ともに、果敢に戦闘を続けていたが、その実彼我ともに、どこかおっかなびっくり、手探りで戦闘をしているように見えた。徐々に銃声が大きくなってきた。2分隊地域に近づいていた。

「安達だ。状況報告」

呼び声とともに、手近な掩体に入る。どこも似たような状況で、砲撃のおかげでせっかくの陣地は、すでに戦跡の様相を呈していた。二つ程小銃掩体を垣間見たものの、そのいずれもが無人だった。足元に撃ち殻薬莢が無数に転がっている。三回目でようやく部下のいる掩体に辿り着く。

三つ目の壕内には二人の隊員がいた。一人は鉄帽を外して頭を抱え込み、こちらの存在など端から認めないという風に顔も上げず、丸まった背中を小刻みに震えさせていた。

今一人は首からとめどなく血を垂れ流し、頰骨をむき出しにして、側壁にもたれかかるようにして倒れていた。顎が半分ない。黒目は限りなく瞼に近い位置で停止していたので、ほとんど白目だった。息をしていないだろうことは明らかだった。被弾したのは首筋と顔面で、左側の顎が抉られて、もう半分の口中をさらけ出している。顔中が、彼自身の血とドーランで汚れているおかげで、誰だか皆目見当もつかなかった。冴えわたる神経は、視覚を通じてもたらされたこの現象を、一秒に満たない間で処理し、すぐに胃液を口いっぱいに逆流させた。安達は両膝と左手をついて、淡い、卵粥みたいな吐しゃ物を吐き出した。ワカメがあった。第二波、第三波と続いたが、後半に行くにつれ、色はなくなり、ただ粘性の高い液体になった。

習性とは立派なもので、吐いている間も、小銃に吐しゃ物がかからぬよう右手でこれを身体に保持していた。左手の袖口から、自身の生暖かい体液がしみ込んでくるのが分かった。

肩口で口元を拭おうとしたものの、防弾チョッキが邪魔でかなわず、結局左手で拭った。泥がついた。

「大丈夫か」

問いかけつつ、自分は大丈夫じゃない、と思った。自分を支えるのは不撓不屈の精神でも高邁な使命感でも崇高な愛国心でもなく、ただ一個の義務だけだった。3等陸尉という階級に付随する、無数の手続きが、総じて一つの義務となり、自分を支えている。安達は、もう勘弁してくれ、と強く思っていたが、身体は常に義務に忠実で、今も指揮下部隊を掌握し、適時適切な状況把握に努めようとしている。

顔を上げることで、ようやくこいつが今井士長だと分かった。今井は目元からあふれる涙をこらえることが出来ず、今それは顔中を汚していた。ドーランと土が溶けてぐちゃぐちゃだった。

「これは誰だ」

安達は自分の後ろで事切れた隊員を、手だけで示す。視界に入れると、すでに空っぽの胃袋からまた何かがせりあがってくる気がした。

「津田さんです」

今井は絞り出すようにしてようやく返事をしたが、すぐにまた顔を両膝の間にうずめた。

ツダって誰だ。砲撃に遭い、銃撃に遭い、敵が射殺される瞬間を目の当たりにして、今は寝食を共にしたはずの隊員の骸を前にして、すっかり気が動転し、記憶が混濁していた。安達はメモ帳とペンを取り出して「ツダ」と書き留めた。負傷者と遺体の後送について運幹が何かを言っていた気がするが、全く思い出せない。

自分の右足が持ち上がり、目の前に突き出る。これは本当に自分がやっていることなのだろうか。頭に血が上っている。でも怒りじゃない。近いが、もっと別のものだ。恍惚に似ているが、もちろん恍惚でもない。足が、今井の側頭部にめり込む。初めて人を蹴り飛ばした。今井は両手で蹴られた部分を必死に押さえ、瞬きも忘れて目を見開いている。

「てめえこの野郎テッパチかぶれ。戦え」

まくし立てる。自分の声とは思えなかった。メモ帳を仕舞い、その場を後にした。重力に引っ張られるように、斜面を下っていく。唐突に行き止まりに当たった。疲れも手伝って、安達はその場に腰を下ろした。ここはどこだ。敵に暴露しないため、ずっと屈んで移動をしていたから、身体の節々にいやな熱がこもっていた。見上げると、かなり麓に、つまりは敵方に降りてきてしまっていることに気付く。肝が冷えた。元々自分のいた監視壕はこの丘の頂上だ。地図を取り出し、どの道がどこに至るか、現在地がどこかを確認しようと試みたが、すっかり形の変わった陣地は、どこがどこにつながっているか、どの分隊がどの地域にいるかということに対応しなくなっている。上を目指して歩くより術はない、と暗澹(あんたん)たる気持ちに苛まれたところで、坑道の上から男が一人転り落ちてきた。丸みを帯びた鉄帽に、淡い緑と、灰色を基調としたドット柄の迷彩服に身を包んだ男だった。互いが互いを認識するのにそう時間はかからなかった。自分とは違う迷彩服、小銃、装備品が、この土地で意味するところはたった一つだ。敵だ。敵兵は、彼から見れば敵の坑道がここまで伸びているとは思いもよらなかったのだろう、足を取られて転げ落ち、今は四つん這いでこちらを、驚きの目で眺めて、他方安達もまた、敵がここまでたった一人、徒歩で進んでくるとは夢にも思っていなかったが、こちらはまだ片膝をついているだけだった。心臓が高鳴り、血が音を立てて巡る。

地図から手を離し、銃身と握把(あくは)とに、それぞれ左手、右手をやり、照準などほとんど合わせずに銃口のみを指向して引き金を引く。一度、二度、三度。こちらの挙動を認めるや否や、敵も姿勢を立て直そうと慌てて身体を引き起こしたが、結果的にこの動作は的を大きくする効果しかもたらさず、AKが安達に向けられることはついになく、三発は三発とも敵の腹から鼻にかけて命中した。敵は、何一言漏らすこともなく、衝撃によって後方に、あおむけに倒れた。殺した相手の顔は忘れられない、というのは嘘ではないか、と安達は踵(きびす)を返してふと思った。敵も顔中をドーランで塗りたくり、目深にかぶった鉄帽のため、彫りの深い顔立ちのために目の色もよく分からなかった。手ごたえも何もなく、いつもと同じ銃声によってもたらされる耳鳴りと、反動による鈍い痛みだけが手首に残された。息が上がる。早く上に戻らないと。視界が狭くなる。砲声はやんでいた。銃声は続いている。近接戦闘がそこかしこで行われている。水しぶきみたいに近くの土がめくれあがり、風切り音が連続して起こる。身を伏せる。後続の敵兵がやってくるのではないか、と危惧し、うつ伏せになって頭を伏せていたが、勢いよく身体をねじって小銃を両膝の間から後ろに向ける。もちろん誰もいなかった。昨夜の雨のせいでぬかるんでいて、立ち上がるのも一苦労だった。全身泥まみれになり、膝のあたりが染みていた。あいつは、本当に死んだのだろうか。あいつも防弾チョッキを着ていたのではなかったか。いや、顔に当てたんだ、死んでいるに決まっている。登りながら、何度も振り返った。もちろん誰もいない。自分の背丈よりやや低い交通壕を、中腰になって進んだ。陣地の出入り口で、他の隊員と出合い頭にぶつかる。お互い気が動転していて、危うく友軍相撃を演じそうになる。

「誰か」

相手が、鋭く訊ねる。日本語だ。安堵感が胸の奥から湧き上がってくる。

おれだ、安達だ。状況を知らせ。ここはどこだ。

まだ頭が混乱していた。自分の発する言葉に脈絡がない。

「大丈夫ですか、ひどい顔ですよ」

「佐藤さんか」

「はい」

「ここは1分隊か」

「そうです」

ストレッチも兼ねて身を起こして周囲を確認する。繁茂する草木のため、見通しは利かなかったが、樹々の隙間から国道が見えた。炎上した車両と敵兵の死体。だいぶ上まで来ることができたようだった。

「四名負傷しています」

「了解」

初めての戦闘だ。お互い訓練で日ごろから耳にタコができるほど聞かされていることを律儀にこなすしかない。報告と部隊の掌握だ。負傷したら応急処置をする、それで部隊の基礎動作が出来ている、と指揮官から、統裁部から評価される。だからなんだというんだ。誰もその後のことは教えてくれなかったぞ。

「継続して戦闘を行うんだ。戦えないやつは集合点に向かえ。動けないものはトリアージをしてそのままにしておくんだ」

1分隊長たる佐藤1曹は、しきりに頷く。小熊さんが小隊の父親だとすれば、佐藤さんは母親役だ。生え際はすっかり後退してしまっている。垂れ下がった目とか福耳とかが、とにかくこの人の人柄をよく表わしている。「踏ん張りましょう」、と佐藤は安達の左肩を二度、軽く叩いた。

指示が、命令が彼らを、自分を支える命綱だ。

「小隊長、小隊長」

どこからか自分を呼ぶ声がし、片膝をついてあたりを見渡すと、立松が現れた。

「中隊長からです」

アンテナが、立松が歩くのに合わせて上下する。安達は立松を引き倒すと、背中のF70からハンドマイクをひったくった。

『1小隊長ォ』

怒鳴る。声を出していないと、気が狂いそうだった。

『状況送れ！』

二人が、安達を見つめている。

『四人負傷、一名死亡！　戦闘継続中、陣内に敵の侵入を確認！　81迫の支援頼む！』

通話要領などもう忘れた。

『現戦力で対処せよ！　終わり！』

なんのための通話だったのか。マイクを放り投げ、立松の鉄帽を叩く。

「一旦戻るぞ」

立松が前を行き、安達がその後ろを走っていたが、唐突に彼が止まったがために、ぶつかり、重なり合うようにして倒れた。いらだちが募り、罵倒しようと顔を上げたところ、その先に隊員が一人左肩を押さえて、正座をして呻（うめ）いていた。正しくは、肩より先が無くなっていたのだった。指の間から、血があふれていた。手袋は濡れ、赤黒くなっている。砲迫にやられたのか、細かい傷が全身に見受けられた。安達と立松は折り重なったまま、誰とも分からぬ、隊員の哀れな姿を息をのむように見つめていた。動きが小さくなり、傷口に当てていた手が下に降りると、ゆっくりと、土下座のように頭を地面につき、それきり動かなくなった。

「あと少しだ、行くぞ」

はたと思い立ち、安達は立松の首根っこをつかんで引き上げた。自分たちの住処はすぐそこだ。

二人は、最初にいた小銃掩体に戻り、果敢に戦闘を続けた。足元に撃ち殻薬莢が増え続ける。

先頭をひた走るT－90が地雷で吹き飛んでから、なんだかんだで三時間近く戦闘を続けていた。あの地雷の爆発は、今にして思えば「ヨーイ、ドン」の合図だった。戦闘の起点は、誰かが決めるのではなくて多分自分が決めるのだ。でも終わりは分からない。ゴールテープは用意されていない。それともこれも始まりと同じで自分が終わったと思った所が終わりなのだろうか。ＢＭＰが後退し、敵兵が遠ざかっていくのが見えた。それでも戦闘が終わったとはどうしても思えなかった。そこここに車両の残骸と砲弾による穴、死体、肉片が転がっている。自陣でも大小さまざまな煙が立ち上っていた。何人やられたんだ？　安達は捨て鉢な気持ちになって掩体の中で腰を下ろし、薄く目を閉じた。尖兵中隊はほとんど壊滅しただろうが、まだ後ろには1コ大隊マイナスと新品の1コ大隊が残っている。旅団固有の砲兵もアタッチされたロケットやら戦車やらもいる。部下が何人も死んで、おれも撃たれていたかもしれない。思念の合間合間に散発的な射撃音が聞こえてくる。

いや、と安達は思い直す。自分がどんなに駄々をこねようが戦闘が終わったと叫ぼうがこいつは続く。やるしかないんだ。

自隊の損害は、身を切られるように痛かった。お前らも同じだろ。安達は彼我双方の上級部隊に憎悪の念を募らせた。もうこのまま出て行ってくれ。次第に考える力も衰えてきた。壕に戻ったら、エンピと水筒を外そう、と思った。使いもしないものを持ち歩いても疲れるだけだ。段々と視界が暗くなり、思考が鈍化する。身体の力が抜けていく。心地よかった。ずいぶん静かになったもんだ。思いだしたように目を開けると、上空では鳥が風に流されていた。空腹と渇きが、身体をさらにだるくした。それでも動く気は全く起きない。

「小隊長、中隊長からです」

立松が四つん這いになって、顔を近づけてくる。

「頼む、少し寝かせてくれ」

本当に眠かった。時計に一瞥をくれる。小康状態になってからかれこれ二時間近い。

十四時を回っている。

「小隊長、中隊長からです」

立松は、安達の言葉を無視した。

いつものとおり、状況の確認をしろ、という内容だった。

『各分隊、状況を掌握しろ。これより確認に向かう』

ハンドマイクから手を離し、小銃の安全装置が未だ外れていることに思いが及び、慌てて切り替え軸を「ア」にする。

安達は「小熊さん、小熊さん」と大声を出して呼ばわった。「小隊陸曹ォ、」と呼び方を変えたところで、すぐ隣の小銃掩体から「現在地」という返事とともに小熊がぬっと出てきた。

「小熊さん、これから小隊の確認に行きますんで、立松といてください。何かあったらお願いします」

この人は、本当はすでにどこかで戦闘を経験しているのではないだろうか、と安達は思った。全然動転しているような様子が見られなかったのだ。

「了解、」と言うなり、立松の横にやってきて、小銃を敵方へ向けて警戒を開始した。

安達は陣地内を、またしても歩き回る羽目になった。最も遠方の3分隊の陣地から回ることにし、重い足を引きずるようにして進んだ。土下座の姿勢のまま、片腕を失った隊員の骸は、未だそのままになっていた。他にも掩体の中で頭をめちゃくちゃにされたやつ、大腿部からおびただしい血を流して事切れたやつ、身体自体が四散したやつと様々だった。肉片というのは、赤い、バカでかい鼻くそみたいだった。服にくっつくと、どういうわけか中々落ちてくれないのだ。手で払うと、今度は手にくっつき、地面に擦り付けると、ようやく離れた。壕内に転がる人肉は、バーベキューソースをつけた肉と、そう見た目は変わらなかった。地面に落ちたら土がくっつくからだ。小隊は、全体で六名が死に、三名が重傷を負っていた。

各分隊長のほうでも、躍起になって指揮下部隊の掌握に努めていたので、安達は三十分の猶予を与え、爾後は監視壕に集合するよう伝えた。

運幹が立松を通じて幾度となく報告の催促をしてきたが、1小隊だけでなく、全小隊が依然として混乱のさなかにあった。

たまに、思い出したように銃声が聞こえることがあった。残敵か暴発かは分からない。気にもならない。人員用交通壕には、そこかしこにほころびが見える。肩部が崩れて通路上に小山を築く。血だまり、水溜まり、泥、倒木。完全に復旧することはもうないだろう。安達は階段状に形成された残骸を踏んで交通壕から地表に上がった。左右にそそり立つ壁が息苦しかった。今日こそ雨が降るべきなのに。見上げると、鉛色の雲が一面に蠢いている。湿気もある。しかし雨だけがそこにない。砲撃と銃撃とによって、つい何時間か前まで高い密度で生い茂っていた樹々が歯抜けになっている。頂上から陣内を見渡す。無傷の場所もまだあった。どこが交通壕でどこが陣地なのか見て取れる場所もあった。枝葉で偽装したいくつかの鉄帽がせわしなく動き回っている。

「小隊長」

立松が、壕内から安達を見上げている。返事はせずに、視線だけを合わせた。

「運幹が、一六〇〇(ヒトロクマルマル)に各小隊長集合って」

「真面目なひとだな」

立松が安達の位置を示す標識だった。分隊長が集まり始める。

各分隊から報告を受ける。死傷者の数は変わらなかった。安達はメモ帳にその氏・階級を速記した。津田3曹、森口2曹、井上1士、渡部士長、鈴木1士、糸井士長。今は、誰が誰なのかをしっかりと思いだせる。併せて重傷者のメモを取り、雑嚢から計画を取り出して見比べる。残り十八名。かなり減った、という思いと存外持ちこたえたな、という思いが同時に去来した。01ATMは全て破損、小隊固有の対戦車火器はLAMが二門に84が二門。残弾無し。

「これでも、まだ続けるんですか」

再編を思案しているときだった。声の主は1分隊長の佐藤1曹だった。1分隊は元の七名から四名にまで減っている。当然といえば当然だが、各分隊長はみな上級陸曹で安達なんかよりもずっと勤続年数が長かった。疑問形を取ってはいたが、語気は荒い。若い陸士を問い詰めるときなんかにそっくりだ。それでも安達はひるまなかった。

「続ける」

心にもないことをきっぱりと言ってのけた。自分でもよく分からなかった。佐藤は、質問をしたにも拘わらず、安達の答えにさらに食って掛かるようなことはしなかった。ひょっとすると、佐藤の方でもこのせりふを待ち受けていたのかもしれなかった。安達は視線をまたメモ帳に戻し、頭の中で業務予定を組み立てる。時間がない。

「1分隊は負傷者の後送を実施。患者集合点まで前進。爾後車両の点検、陣地の補備修正を実施、2分隊は小隊陣地前縁で警戒、警戒方向、要領は分隊長所定、3分隊は当初より陣内で遺体の回収を実施、中隊CP近傍まで搬送。要すれば識別を実施」

まくしたてるように述べ、一応形ばかりの「質問」と言ったが、みな口を閉ざしていた。

「おれはこのあと中隊CPで命令受領だ。小隊命令の時期は別示。休息は各分隊長が適宜命じてくれ」

駐屯地清掃の割り振りみたいなテンションで命じ、監視壕へ戻った。

監視壕は幸いにして無事で、出た時とほとんど同じ状態だった。壕内に転がっている背嚢やRVボックスに、薄く土埃が積もっているくらいだ。背嚢にかぶる土を払って、中から最後のアクエリアスと、銀パックに入ったトリメシを取り出す。キャップを外すと、手袋をしていたがために、指の間から滑り落ちた。しばらく土の上に落ちたそれを眺め、拾わずにひと思いに水分補給を行う。まだ半分以上が残っていた。腰を下ろし、キャップを閉める。トリメシを大腿部のポケットにねじ込む。負い紐を首から外して小銃を放り、手早く防弾チョッキを脱ぎ、その背面に装着してあった水筒とエンピをはずして背嚢に詰め込む。誰しもが満身創痍だった。煙草とライターを取り出す。箱は汗だか泥だかのせいですっかりふやけていた。開けると、内側の何本かはまだ無事だった。紫煙を思いっきり肺いっぱいに吸い込む。壕内に煙が滞留する。喉がまた渇いた。CPまでの道のりを考えると、そろそろ出なければならない。身体が重い。まだかなり残っている煙草を土にねじ込む。

「小熊さん、あと頼みます」

返事はない。小熊はいつもの場所であぐらをかいて、軽く右手を挙げるだけだ。

立ち上がりざまに防弾チョッキをまた着こみ、小銃を手に壕を出た。

安達は中隊CPに至る斜面を下っていた。昨夜通ったときと同じ道であるにも拘わらず、ここもまた砲撃によって惨憺たる様相を呈していた。交通壕の穴の一部から砲弾の破片が顔をのぞかせていた。外殻だろうか。キリル文字とアラビア数字が書かれていた。銀パックを開けて、トリメシを食らう。薄茶色の米が、油でてかてかと光っている。普段なら、こんなものを配給されてもその場でゴミ箱に行くか陸士にでも押し付けていたが、今はひどくおいしく感じてしまった。底の方から丸めて、一粒たりとも無駄にするまい、と思った。もっとも、米粒も鶏肉も、粘土みたいに固く結合していたから、こぼれることはなかった。

　他の小隊でも、当たり前だが負傷者が出ているらしく、患者集合点に向かう一団と合流した。集団の前後に、赤十字の腕章を付けた衛生の隊員が立っている。負傷者は様々だった。砲迫か何かの破片で顔一面を抉られ、今や真っ赤になった包帯で顔中を覆っているもの、足首より先を失ったもの、よく分からないが足を引きずっているもの、歩ける隊員の肩を借りているもの。

　CPに辿り着くまでに、トリメシはなくなっていた。パックは投げ捨てた。階段を降りると、中は暗く、一番奥で小さな灯りが行ったり来たりしている。発動発電機（発発）が被弾したのかもしれない。通路に備えられている白熱球は全て消えていた。ダンプポーチからL型ライトを取り出し、フックをチョッキの紐に引っかけた。

「安達3尉到着しました」

「状況は」

　薄暗く、よく見えなかったが、声から運幹であることが分かった。

「六名死亡、三名後送です。車両は現在確認中。01は全損。その他人員・武器・装具異常なし」

「弾薬は」

「対戦車火器残弾なし」

小銃弾の掌握はしていなかったが、気が付くと「小銃弾残六百」、と口から出まかせを言っていた。

中隊長がのそのそとやってくる。人事陸曹がノートパソコンに向かって、何かを必死に打ち込んでいた。ブルーライトと各人の持つライトで、それなりに明るかった。人事陸曹は、多分小隊の状況について報告書をしたためているものと思われた。

「楽にしていいぞ」

中隊長は、いつの間にかいつもの席に腰を落ち着けている。中隊の面々が徐々に集まり始めていた。

「加藤2尉戦死、私が指揮を継承しました」

振り返ると、小熊と同期の橘曹長がいた。

戦死。そうか、戦って死んだら、戦死になるんだな。安達は妙に納得してしまった。

中隊の主要メンバーが全員揃った。

「中隊は、これより予備陣地へ後退する」

中隊長は予令も何もなく、あっさりと告げた。運幹がすっと地図の横に立つと、指示棒で今いるCPの座標、次のCPの座標を読み上げるとともに指し示す。各小隊の防御陣地、隣接中隊、連隊本部、予備中隊の位置が次々に標示される。

「後退開始時期は一九〇〇を目途とする。予備陣地進入後三時間で防御準備を概成させろ」

陣地変換要領が淡々と説明される。ほとんど頭に入ってこなかった。ここに来てから何度も演練した変換要領だ、身体が覚えていてくれることを願うしかない。3中隊が1、2中隊の陣前に展開、警戒を実施。1中隊から建制順に予備陣地へ移動。こちらの防御準備が整ってから、警戒に出ている3中隊が後退し、連隊予備となる。できるか。自問する。しなければならない。今夜くらい、ゆっくり休めるのではなかろうかと淡い期待を掛けていたが、やはりそんなことにはならなかった。

「一八五〇を現陣地出発準備完了報告の目途とする。予備陣地に弾薬等はすでに集積してある。死体は極力現CPに収容を努めるものとするも、一八〇〇以降は残置。武器等を回収し、位置の記録にとどめろ」

運幹が補足事項を滔々と述べている。国会では相変わらず会議が踊り、国連とアメリカとの調整は依然難航し、ロシア政府も現状の把握に努めているということで、我々を取り巻く環境は何一つ変わっていなかった。音威子府でも戦闘が行われているらしく、戦況は芳しくないということだった。向こうでは航空攻撃も行われたらしい。

「質問」

この組織では、「質問はありますか」、などと悠長な聞き方はしない。ただ一言、「質問」、とだけいう。

「無し」

であれば、返答もまた簡素なものとなる。疑義がないではない。ただ時間が惜しかった。苦境を脱する方法は口ではなく手でなされなければならない。疑義を口にして答えを聞いたところでなんの解決にもなりはしないことを、安達のみならず他の小隊長も全て知っていた。

ぞろぞろと言葉なくCPを出ようとしたところで、「みんないい表情になったな」、と中隊長が声をかけてきた。

何人かが振り向き、何人かは黙殺した。聞こえていなかったのかもしれない。別にその後何か話が続くでもなかった。

武田3佐は顎で出口を示す。いい表情とは、どういうことだろうか。考えようとしたが、「表情」という単語が「ひょうじょう」という音に変じ、音以上の意味が全く分からなくなって考えるのをやめた。今の焦眉(しょうび)は、弾とメシが次に展開する場所にある、ということだけだ。

また登りか、と自陣地に引き返すたびに辟易(へきえき)した。寝たかった。たぶん、小隊員も同じだろう。こんな中で命令を出すのは気が引ける。頭の中で段取りを組む。とにかく優先順位だ。個人装備と、もし小隊の集積所が砲撃で吹き飛んでいないのであれば、弾薬と築城資・器材はまず持っていかなければならない。夜間作業は身体的にも精神的にもつらい。考えるうちに、監視壕に辿り着いた。時間がないが、焦りは禁物だ。ハンドマイクのプッシュトークを押し込む。

『各分隊長はただちに本部へ集合』

用を足しに薄暗い林内に行って、戻って来る頃には全員が集合していた。乾いた銃声が、どこか遠くから響いてきた。応射はなく、ただ一発が空虚に響く。安達は立ち止まってあたりを見渡したが、自身に脅威が降りかかっているわけでもなく、風に木々が揺らめいているだけだった。暴発だろうか。交通壕に降り立つ。視線が注がれる。

「楽にしてくれ」

安達は、言ってから妙な気分になった。古参の陸曹を前に、物おじしなくなっている自分を不意に見つけたのだ。腰を下ろし、あぐらをかいた。防弾チョッキの胸ポケットからメモ帳を取り出し、予定を確認する。

「みんなも座ってくれ」

彼らの表情は固く引き締まっている。緊張や恐怖からもたらされるものではなかった。それらとごくごく近いところにあるが、別種の何かだ。いい表情、とはこのことかもしれない。車座になっている四人の下に沈黙が降ってわいたが、居心地の悪いものではなかった。泥濘（でいねい）化した土から、水気が下着に浸透してきた。

「これより小隊の命令を下達する」

顔を上げて居並ぶ上曹たちを見渡す。たった半日の戦闘がこれほどまでの疲労を人に刻み込むのか。

「時間がないから端的に行くぞ。敵状、我については省略。中隊はこれより後方予備陣地に後退する。１小隊防御陣地等は先週の予行のとおり。装備品は全て持ってくぞ。２分隊は二名を小隊本部に差し出し。小隊物資の搬入に使う。一八四〇（ヒトハチヨンマル）概成目標。爾後は乗車待機。質問」

指示を出してからは早かった。誰も無駄口を利かない。そんな余力が残っていなかっただけかもしれない。安達は小銃を背に回し、両手で５・56㎜の実包が入った木箱を持っている。何度か木の根や石で転びそうになった。運びつつ、これが撤収ならどれほど良いか、と打ちのめされた。小隊のＷＡＰＣは、陣地後方の谷部に、一列に停車していた。分隊のほうではおおむねの荷物は既に積載を終えていた。兵員室は背嚢と防護衣、木箱やエンピが堆（うずたか）く積まれている。隊員が乗る空間などほとんどないのではないかと思えるほどだったが、幸か不幸か、隊員の何人かはここにはいない。

運幹から示された時刻に報告をし、返事があるまでのわずかな時間をささやかな休息に充てた。兵員室は獣臭が立ち込めていた。ＷＡＰＣのクッション性の高い座席は、久々に文明というのがいかなるものかを教えてくれた気がして安らいだ。眠気が襲ってくる。

　予備陣地は主陣地から数百メートルしか離れていない。釧路別保ＩＣを見通せる丘にあった。

　昨日敵が使った国道は、ここで二つに分かたれる。一つは釧路外環となって西進して釧路市街へ伸び、いまひとつは湾曲を描きながら国道44号と合流して市街へ向かう。連隊の見積もりでは、敵は機動の発揮を重視するということで、外環の確保を目指すとのことだった。

　高速は、1中隊の展開する丘と2中隊の展開する丘とに挟まれた谷部を通る。どちらの丘も、敵方に対する視・射界は良好だ。南に逸れて44号と合流する道路は1中隊の前面を通る形になるから、敵がいずれの経路を選定しようともこちらの火力から逃れる術はない。

　三両のＷＡＰＣは、慣れ親しんだ陣地を出発し、それから連本と中隊本部の誘導を受けて予備陣地に進入した。時間はあっという間に過ぎていく。卸下、防御準備、命令受領、命令下達。いつの間にか日付が変わろうとしている。

小隊本部の入る監視壕は、またも頂界線に位置していた。中の造りも全く一緒だ。

怒濤の一日だった。三人はめいめいの位置で気を抜いた。

安達はもう何も考えられず、かといって妙に冴えてはいて眠りもできずにいた。ただ目を開け、壁に寄りかかって座るだけの置物だ。

爆発音と振動が自分を呼び起こす。祭囃子を思わせる、腹の底から揺さぶられるような振動だ。もうこの正体が何かは嫌と言うほど知っている。砲撃だ。

夜間攻撃か。案の定中隊からも態勢をとれという指示が飛んできた。昼間のときと比べると、ずいぶん控えめな砲撃だったが、直撃すればもちろんただではすまない。安達は監視孔から眼下の、見違えるように新しくなった1中隊陣地を見る。鬱蒼と茂る樹々のせいで、黒く塗りつぶされた巨大な岩に思える。目が慣れてくると、ようやく輪郭だけが見て取れた。少しして、斜面の一部がぱっと煌めく。暫時の後、衝撃と爆発音がやってくる。斜面の一部に小さい火の手が上がった。火薬のにおいとプラスチックをいぶしたときのようなにおいが風に乗ってここまでやってきた。昨日の戦闘がフラッシュバックする。緊張がよみがえり、轟音が記憶の向こうでリピートした。

一旦止んだと思って気を抜くと、今度は立て続けに数発、陣内に砲弾が降り注ぐ。しばらく敵火に晒され、多分これはこちらの戦意をそぐための砲撃だと分かった。分かったが、かなり応えた。砲撃自体は、正味十分もなかっただろう。だが、安達は小一時間も壕内に潜伏しなければならないくらいに恐怖を掻き立てられた。それが敵の戦略だということが分かっていてもなお、外に出る気になれず、苛立ちだけが募った。陣内で、単身交通壕に転落してきたロシア兵を不意に思いだす。妙な斑点柄の迷彩服に、肩口から腰回りに伸びる無線機のものと思われるコード類。ＡＫ。もっと嬲ってから殺すべきだった。苛立ちに任せて、何度も何度も射殺のシーンを繰り返し、意識して頭の中でリフレインさせる。想像か、はたまた記憶から呼び起こされる大音響と振動が入り交じり、身を固くするが、辺りは静寂が包み込んでいる。

安達はこの静けさに勇気づけられ、ようやく壕を後にする決心ができた。陣地内は暗く、何度も躓いた。数が少ないとはいえ、砲撃は砲撃だ。無傷とはいかない。昨日の主陣地ほどではないにせよ、さっそくいくつかの露天掩体は使い物にならなくなった。小隊陣地の点検をしていると、狭い通路で木村３曹と鉢合わせた。汗のせいだろう、頰骨のあたりのドーランが薄くなって本来の色を露わにしている。頭の中で自隊の編成を思い出す。木村は１分隊だ。

「分隊長はいるか」

「死にました」

うなじから、肩甲骨までにかけて痒みが走る。佐藤１曹か。そうか、死んだか。なんの感情も呼び起こされなかった。

「ほかに損害は」

「与野士長負傷」

木村も同じで、その声からは事実以外の何物も読み取ることが出来なかった。

「次級者に引き継がせろ」

「了解しました」

安達は、木村を押しのけるようにして先に進み、2分隊、3分隊と状況を確認して回った。こちらは幸いにして損害はなかった。

中隊本部に報告を上げるも、言うまでもなく人員の補充やねぎらいの言葉などあるわけでもなく、死体を患者集合点付近に持ってこい、という宿題を課せられただけであった。

無線で誰かに指示を出そうとした矢先、銃声がこだまする。暴発か、と訝（いぶか）しんだが、直後に連射が、複数起きたことで何かしらの事態がどこかで生起していることを知る。戻ってきたばかりだぞ。安達は心中毒づく。壕内からでは何が起きたのか分からなかった。交通壕に飛び出し、ゆっくりと上体を起こす。またしても銃声が聞こえるが、どこかは分からない。個人用暗視装置（V8）は砲弾でほとんどが粉々になっていた。

「小隊長、3中に遊撃部隊（GF）が出たみたいです」

立松が安達の後を追って来た。

「規模は」

「分からないです。戦闘中らしいです」

立松の報告を聞くなり、理解するよりも先に体が反応し、小隊に対して『全員警戒ポストにつけ』と命じていた。危ないぞ、死ぬかもしれないぞ、風呂に入ってコーラを飲んで、ゆっくり眠りたいだろ、と頭の片隅に追いやられたもう一人の自分が囁（ささや）き続けている。脹脛（ふくらはぎ）が変に熱っぽく、つりそうだった。露天掩体に飛び込み小銃を構えるが、ここまで暗いと敵が来ても分からないだろう。

断続的に射撃音が響いている。山々の稜線が、ほんのりと燃えている。いや、と思い直す。日の出が迫っていたのだった。

『各分隊、配備につけ』

『12』

『13』

しばらく待ったが、1分隊からの返事がなかった。

『11、11、01送れ』

やはり返事はない。

監視孔から外を見る。雲が流れている。天候は回復基調にあるのだろうか。陣地が朝日の下に姿をさらす。雲の影が、ゆっくりと西進していく。陣内を見渡したところで、1分隊の様子は分からなかった。

「小熊さん、確認行ってもらえますか」

監視孔から視線を外すことなく命じる。小熊は、返事の代わりに、そっと壕を後にする。さらに明度が上がる。Gショックに視線をくれてやると、五時を過ぎている。

『01、状況送れ』

立松は、鳴り響く無線の音にも動じずに熟睡している。

『01、01、こちら10、送れ』

運幹からの催促だった。準備完了の報告がまだないことにしびれを切らしているようだ。

安達は立松のもとへ歩みを進め、受話器にて『準備完了』と報告した。嘘だった。交信を終えた直後に小熊が戻り、1分隊の無線機は佐藤1曹もろともずたずたになって使えなくなっていることを知ったが、配置は完了しているということだった。

配置完了からしばらく経ってもなお、敵が攻撃を加えてくることはなかった。緊張だけが続く。偽装を施すのを忘れていたことに気が付き、ダンプポーチからドーランを取り出して顔に塗った。

『赤警報』

無線が唸り、空電雑音が前後に挟まる。黄警報はどうした。いきなり赤なのか。壕内に身を潜める三人の動きが止まった。陣内に、警笛で以て敵の航空攻撃が近いことを知らせる。敵は、砲撃ではなく空爆を行うのか。絶望的な気分になった。監視孔に近いところに立っていたが、いつものように角に移って身を縮める。連隊に対空火器はほとんどない。

自分の鼓動と呼吸音だけが聞こえる。目を閉じた。また痒みがぶり返してくる。皮膚の下で、小さい虫が無数にうごめいている気がする。

「警報、解かれないですね」

目を開ける。立松がこちらを見ている。お前が一番情報に近いんだぞ、と彼の背負う無線機を見つめながら思う。

「ここじゃないんじゃないか」

「段列（後方支援地域）ですか」

「いや、だったら何か聞こえてくるはずだ」

不気味なほどに無線も、陣内も静寂に包まれていた。

「情報とりにいってきます」

対面にいた小熊が言うなり、突然立ち上がった。ここにきてから、常にどんと腰を据えて構えている小熊にしては珍しい反応で、安達はあっけにとられてしまった。何か声をかけようとしたが、気が付くと小熊の姿はもうない。

どれほどの時間が経っただろうか、唐突に砲撃が始まった。複数発、あるいは数十発の同時弾着だった。文字通り地面が震え、壁や天井の土が降り注ぐ。とっさに身を伏せる。攻撃準備射撃か。敵の砲撃で、どれだけ持ちこたえられるかは未知数だった。

轟音とともに、背中を思いきり叩かれる感覚が襲いめまいがした。目を開けているのか閉じているのか分からなかった。とにかく目の前が真っ暗で、鼓動が速くなる。思いきり息を吸おうとすると、口中に砂が入りこんで溺れそうになる。顔をそこからはずそうとしても、うまく距離が取れない。焦りが、混乱が意識を呑み込もうとする。動けない。手足が重く何かに押さえつけられている。声が出せない。いや、自分は監視壕にいるんだ。主陣地ではなく予備陣地に後退して、それから対空警報がかかって。段々と意識が戻ってきた。ここは監視壕だ。突然の轟音と衝撃で真っ暗になったんだ。可能性は限られている。壕が潰れたのだ。自分は今、生き埋めになっている。安達は、冷静に自分の状況を認めた。渾身の力を振り絞るとわずかな空間が出来た。脱出の余地がありそうに思えた。頭が何かに押さえつけられる。鉄帽を通して伝わる感覚からして、何か固いものだ。天井部に、かまぼこ型に覆いかぶさっていたＦＲＰだと思われた。これによって空気の層が作られ、運よく生き延びたというわけだ。背中に残る鈍痛以外に身体に異常はなさそうだ。指もついている。うっすらと、明かりが漏れている箇所が見つかる。自分が埋もれていた位置と、ＦＲＰがそのまま真下に落ちたと推定すれば、あそこはかつて階段があった場所だ。いや、そうであってもらわねば困る。

安達は、這って進み、果たしてそこが階段であったことを認める。立松はどこへいったんだ。死んだのか。安達が、ダメ元で明かりが漏れる穴を広げようと試みると、しかしあっさりと穴は広がり、FRPも持ち上がった。大人一人が出られるスペースを確保し、匍匐の要領で外に出ると、立松が四つん這いになってこちらに尻を向けている。光と音と空気が一挙に開けた。

安達はそのままあおむけに転がり、新鮮な空気を胸いっぱい吸い込んだ。何度も何度も繰り返した。得も言われぬ、生き延びた、という感覚が胸に広がる。顔だけを横に向けてつばを吐き出す。泡の合間合間に砂粒が入り込んでいる。爆音が未だあちこちから聞こえる。戦闘は始まったばかりだ。

「大丈夫か」

自分を取り戻し、立ち上がる。立松もちょうど立ち上がったところだった。

「小隊長のほうの肩部が崩れて、壕が上から潰されるみたいになって、」

立松は、立ち上がってはいたが、まだ気が動転しているらしかった。

「それで、自分はまだ階段のほうが、階段のほうから明かりが見えたんで、身体を押し込んだんです。弾が落ちてくるとき、落ちたときは、」

安達は聞くともなく聞いてはうなずいてやる。

「でも全然分からないです。小熊さんはどこですか？　小隊長は怪我とかないですか？

自分は、自分は、」と身振り手振りを交えてまだ必死になにかを伝えようとする立松の両肩を摑み、まっすぐに見据える。立松も見つめ返してきた。安達は軽く右手でこぶしを作って、立松の左頰にそいつをめりこませた。立松はしりもちをついた。

「銃の点検をしろ」

立松はそのままの姿勢で、首からつり下がる小銃を、まるで初めて貸与されたときのように両手で摑んでまじまじと見つめ、それから安全装置よし、消炎制退器よし、照星よし、と新隊員みたいに点検を行う。

改めて陣内を見下ろす。最初に来たとき、ここまで土がむき出しになっていただろうか。今や樹々はことごとくなぎ倒され、この丘を挟むようにして伸びる国道と高速もあちこち陥没している。落石防止のフェンスは破れ、溶け、土手が崩れだす。

安達は小銃掩体に入り、敵方を監視する。いつの間にか砲撃はやんでいた。戦車が、ＩＣの北側からぬるぬると姿を現す。車体後部から煤煙を吐き出している。潰れた、楕円形の車体に饅頭を思わせる、これまた丸みを帯びた砲塔。砲身はさしずめつまようじとでもいったところか。一両が、律儀にＩＣから高速に上がり、後続の一両は土手から登ってくる。この位置からだと、ＩＣの周辺しか見通すことが出来なかった。後続が何両いるのかは定かではなかったが、四両を超えたところで、もう絶望するには十分の数だった。

対機甲戦闘は、連隊長指示で行われるはずで、KZ(キルゾーン)はICの前後百メートルに設定されていたが、一向に戦闘が開始される様子がない。

「立松、こい」

立松は腰が抜けたのか、かつて監視壕の入口だったところにまだ座り込んでいた。

安達は据銃(きょじゅう)の姿勢を解き、右手に小銃を持ったまま、空いている方の手で立松の首根っこを掴むや否や、地面に引き倒し、F70からハンドマイクをむしり取る。

『中隊長、連隊の対機甲戦闘が発動されません。状況送れ』

返事はなく、今はなつかしいアナログテレビの砂嵐と同じ音を垂れ流している。安達はその場に片膝をついて、受話器を放るや、次いで小隊指揮系のハンドマイクで以て『各分隊毎対機甲戦闘実施』と命じた。1分隊だ、あそこは無線がない。行かなければならない。

再度敵方を確認すると、昨日と同じ要領で、昨日の倍以上の戦力で敵がこちらに向かってきている。普戦同時攻撃か。戦車を先頭に、後ろにはBMPが数両と、兵士が両翼に展開できる地積を最大限に活用して展開している。ロシア軍は普通科なんていわないよな。歩兵か? くだらない疑問が頭をもたげる。自陣から、敵の数に比してあまりにも頼りない射撃が行われた。こちらが一発撃てば、相手は百発で返し、こちらが二発撃てば、死ぬまで弾が降り注いだ。白煙を引きながら、2中隊陣地から対戦車ミサイルが敵戦車に吸い込まれていく。火炎と金属が破断する音、振動。昨日と全く一緒だ。同じ一日を繰り返しているのだろうか。明日も、明後日も戦闘をするのか。ここで終わりか。早く1分隊地域に行かなければ。陣地の地形が違う。主陣地と予備陣地の地形が頭の中で入り乱れる。ミサイルによって引き起こされた爆発は、水たまりの波紋を思わせる、白い衝撃波を同心円状に広げた。周囲に散開する兵士を何人かなぎ倒す。ハッチが跳ね上がり、他にもアンテナだとか装甲、転輪の一部が四散する。ざまあみろ、と思うが早いか、どこからともなく飛来した砲迫によって、2中隊陣地は沈黙させられた。

先頭の戦車が、先ほどとは全く違う、小さな爆発を起こした。こちらはまさに爆発、といった感じで炎は上ではなく、包み込むように広がった。砲声が遅れて聞こえる。連隊に配属されている我の戦車か、とようやく気が付いた。案の定、こちらも数倍になって返ってくる応射のおかげで、その力強い砲声を続けて聞くことはできなかった。

二人は姿勢を低くして壕内を駆けた。駆けつつ、昨日とは比較にならない砲撃が浴びせかけられたのだと思い知った。敵は本気だ。ひょっとすると全火力を昨夜のうちに展開してこちらに指向したのかもしれない。息が上がる。肩が痛い。使える小銃掩体なんてどこにもない。見方を変えれば、穴はどこにでもあった。安達は適当な広さのそれを見つけるや否や飛び込み、立松を手招きする。想像以上に、劣勢に追い込まれているのではないか。いや、劣勢なのは初めからだ。最初の作戦会議を思い出す。任務分析、相対戦力比、敵の可能行動に我の勝ち目。すべてが絶望的だった。安達は安全装置を外し、考えるのをやめた。敵はもう陣内に浸透しだし、敷設した障害はあっさりと踏みつぶされて戦車は突入している。防御は、ほとんど失敗しつつあった。クソ旅団は何をやってるんだ。空自はなぜ出てこない、おれたちはなんでこんなところで泥にまみれて臭くならなくちゃいけないんだ。

防御と呼ぶにはあまりにも心もとない抵抗が試みられた。殺到するという表現は適切ではない。敵も馬鹿ではないからしっかりと身を隠し、ここぞというときに的確に射撃を行ってくる。だから銃声は絶え間なく響いていたが、やたらめったらに撃ちまくるのではなく、お互いがお互いの位置を確認しながら、それでいて相手の弾に倒されることが無いよう慎重に戦闘が行われている。安達も同じで、丘の裾野に展開する兵士に照準を合わせるが、相手はこちらの意図をありありと感じ取っているみたいにブッシュに逃げ込んだり、手近な木や陥没した道路に身を潜める。掩体の周囲に小銃弾が降り注ぎ、地面が一斉に抉られる。葉っぱと木くずが中空に漂う。安達は身を低くし、立松を顧みた。立松もようやく戦闘員としての矜持(きょうじ)を取り戻したのか、小銃を構えて必死に射撃を繰り返しているところだった。もう1分隊はいいだろう。安達は合理的なのか利己的なのかよく分からない判断を下した。この戦闘だ、周囲の状況を見て適切な判断を下しているに違いない。

射撃と伏せを幾度となく繰り返す。視線を隣に移す。立松も同様の動作を行っている最中だった。身を屈めようとしたところで、立松の瞼が限界を超えて持ち上がり、眼球が今にも飛び出さんばかりに丸くなった。滝のように、血が下に向けて吹き出す。たぶん、本当はもっと一瞬の出来事で、実際安達の眼前で起きたことはそのようなありさまではなかったのかもしれない。だが安達の目にはそのように映った。すべてがコマ撮りの連続で、ゆっくりと進む。それまで固く結ばれていた口が半開きになり、小銃弾のエネルギーが鉄帽と頭蓋の内側で膨張し、それが顔中の穴と言う穴から吐き出される。弾の破片か骨の欠片かが口から飛び出し、いくつかの歯を、肉もろとも身体の外に吹き飛ばす。ドーランは血に変わり、まるで皮膚の表と裏がひっくり返ったみたいだった。痛みは感じないだろう、立松はすでに事切れていて、それでも小銃弾は立て続けに彼の身体を目指して飛んできた。喉、防弾チョッキ、腕とあちこちに当たり、柔らかいところは先の如く、あっさりと、肉眼では捉えることのできない鉛の塊に持っていかれる。地面に身体を横たえたとき、立松の顔は、ただただ無残だった。

安達は恐怖に駆られ、駆けだした。潰れた壕を横目に、丘の頂を越えて斜面を下る。息が上がったが、止まればきっと死ぬ。木の根に足を引っかけ、駆けていた速度のまま、地面を転げまわる。すぐに立ち上がってまた走り出し、もう全部投げ出そう、と思った。視界がぼやけている。泥酔でもしたかのようだった。木が、地面が、交通壕がぐにゃぐにゃ溶け合いだす。気が付くと我方斜面のもっとも低いところまで、谷部まで降りてきていた。

「誰か」

安達は両膝に手をつき、肩で息をしていた。はっと振り返ると、人事陸曹がこちらに小銃を向けている。

「わたしです、安達です」

松本1曹は小銃を下ろし、駆け寄ってくる。

「もうCPはありません」

訊いてもいないことをだしぬけに言って安達を驚愕させた。見覚えがある。谷間の開豁地。1小隊の監視壕がそうであったように、こちらの施設も主陣地とそっくりだった。しかし今はどこにも見当たらない。松本1曹が言葉なく人差し指を、斜面の一部に向ける。いくつかの土嚢が積まれていた。砂がこぼれだしている。人の手が加わった痕跡といえばそれくらいで、あとは爆発でできたであろう穴と倒木と、斜面の一部に奇妙な陥没があるだけだ。

「中隊長は」

安達は悄然としながら訊く。

「中にいました。運幹もです。旅団が空爆されたんです。後退を指示しようとしたところで砲撃が始まりました。どこまで伝わったかは分からないです。自分は生きてる小隊か、2中陣地に行こうとしてたら、安達さんを見かけました。1小隊はもうだめですか」

たった一つ丘を隔てただけで、ずいぶん脅威が減ったように感じられた。敵方斜面は地獄だ。部下はまだそこで戦っている。旅団がやられたのか？ 銃声が、砲声が、振動が身体を突き抜ける。頭の中で、警報が鳴り響いている。耳の奥では砲撃と銃声とによってもたらされる耳鳴りが続いていた。連隊もだめかもしれない。自分の中では、今すぐこの場から離れるべきだ、銃も装備も全部投げ出して、いっそ投降したってかまわないと強く思っているにもかかわらず、身体はそのどれをも選択しなかった。松本1曹から視線を外すと、たった今来た道を引き返している。組織的抵抗はもう終わりだ。にも拘わらず斜面を登っていた。自分を突き動かしているのはただ一個の義務だけだった。頂界線を乗り越える。敵の車両が炎上しているのが見えた。昨日と違って開けた場所はほとんどない。BMPが、燃え盛るBMPを押しのけて進む。金切り音が響く。安達は駆け下りた。今度は敵方斜面を、だ。狙われている。銃撃ではじけ飛ぶ土が降りかかる。陣内で果敢に銃撃を行う三人組を発見し、安達は滑り込んだ。仲間が、上司がいることに安堵を覚えたらしく、一瞬笑みを漏らした。若手の乾(いぬい)3曹だった。

「分隊長はいるか」

「死にました。自分が引き継ぎました」

「分隊員は」

「高村と阿部と田中です」

全員陸士じゃないか。それで全部なのか、と訊こうとしたがやめた。たぶんそうなのだろう。

「機関銃手はいるか」

「いないです。MOS(特技)がないです」

「どうでもいい。とにかく撃たせろ。五分後だ」

乾は掩体を飛び出し、どこかへ消えた。指示を出しに行ったのだろう。安達もその後を追うようにして出たが、反対方向へと駆け、1分隊地域へ向かった。五分で辿り着けるか。走りながら考えた。分からないが疲れも痛痒も何もかもが消えている。完璧だった。

1分隊地域では木村が一人、掩体の端でうずくまっていた。屈むとほぼ同時に顎に手をかけ顔を覗き込む。

「ほかの連中はどうした。お前は何をやってる」

「もう無理です。怖いです」

「おれも怖い。昨日は小便漏らしたよ。逃がしてやる。3分隊が射撃したら頂上めがけて走れ。頂上で3分隊と合流しろ。今度はお前も撃て。当たらなくてもいい。2分隊が頂上まで来たら手りゅう弾と煙幕をあるだけ投げていっきに駆け下りろ」

木村の目に、光が戻った。

2分隊にも同様の命令を下しに行ったが、分隊ではなく、もはや組と呼ぶ程度の人数しかいなかった。数分の間に駆けまわった分隊とその人数を数える。たぶん十名とちょっと。今この瞬間も減っているかもしれない。負け戦だ。

時間が来た。頂上から頼りない射撃が始まった。射撃音が陣地に響き、見下ろすと、陣前に肉薄していた敵兵が何名か倒れた。高速は等間隔に並ぶロシア軍で渋滞している。そのうち一両のBMPが目ざとくここを見つけ、砲塔が勢いよく旋回する。無線はもうだめだろう、安達はすぐに判断し、「1小隊、後方頂上まで早駆け」、と絶叫した。周囲の大音響でどこまで声が届いたかは分からない。おれの動作を見て判断してもらうよりほかない。安達は身を起こし、全速力で丘を駆けのぼった。BMPの機関砲は、今までの小銃や機関銃とはくらべものにならないほどの破壊力で、すぐとなりを走る隊員に直撃すると、内側から爆発が起きたみたいに身体を四散させた。それだけであればよかったが、彼の身に着けているもの、彼自身の肉が凶器となって安達を襲った。あるいは小石だったのかもしれないが、どっちであれ、無数の切り傷に見舞われる羽目になった。かまいたちがあるとしたら、こんな感じかもしれない。身体中についた誰かの血と肉のにおいは、酸っぱいような油を焦がしたような、これまでに嗅いだことのないにおいだった。転ぶ。土と泥と血と肉が身体中にまとわりつく。立ち上がり、無我夢中で走り切り、ようやく頂上に着いた時には、木村と自分しかいなかった。たった二丁の小銃で射撃支援とは、もはや自殺行為だ。はたと我に返ると、2分隊地域にだけ、局地的な豪雨でも降り注いでいるみたいに弾が降り注いでいた。無線で呼びかけたが、案の定返事はなかった。

安達は腹ばいになって、右腰あたりに付けられているポーチから手りゅう弾と白煙弾とを取り出し、それぞれのピンを抜くと、交互に投げた。

「走るぞ。息の続く限り走れ」

木村の肩を叩き、斜面を下る。

ここまで、本当に自分の脚で来たのだろうか、と安達は思わざるを得なかった。一キロ以上、完全武装で走っていることになる。OCSでも、連隊の競技会でもこんな重装備でこれほどの距離を走ったことはない。まだ砲声や銃声が遠くから聞こえているが、ずいぶんと散発的になっている。二人は錯雑地から国道に出た。一昨日ここをパジェロで通ったとき、まさか徒歩で、こんな形でここを歩くことになるとは思いもよらなかった。木村は何度も何度も、神経質に後方を振り返った。突然弾が飛んでくる恐怖は安達にもあったが、それ以上に疲れていた。松本さんはどうなっただろうか。自分のつま先が、自分の意思とは別に動いているように思えた。側溝からフキが飛び出している。眠い。いまさら連隊のＣＰに行っても無駄だろう。仮ＣＰが入っていた釧路町一帯は戦闘団段列だ。あるいは、仲間がまだ残っているかもしれない。とにかく今は前へ進むしかなかった。遠くに、いくつもの煙が立ち上っている。

「小隊長、どこ行くんですか」

侘しい行軍のさなか、木村がついに沈黙に耐えかねた。

そんなこと、おれにも分からない。安達は黙っていた。この辺りにも流れ弾が降りそそいだらしく、コンクリートがところどころ派手にめくれあがって、街灯が倒れていた。

「連隊のＴａｃＣＰ（戦闘指揮所）には行かないんですか」

「行かない」

分かっていることにだけは即答した。遠くに、ちらほらと民家が見え始めた。敵砲兵はどのあたりに展開したのだろう。いや、たぶんここいらも射程に収めていたに違いない。段列も。木村は口を噤（つぐ）んだ。何かを悟ったのかもしれなかった。

町に近づくにつれ、焦げ臭さが鼻孔を突く。目も沁みた。色々な物が燃え盛っている。案の定、敵は段列をも徹底的に叩いていた。くすぶり続ける民家、油脂類を集積していた谷間では火の手が、黒煙とともに上がっている。

「なんでもいいから使えそうな車両を見つけてさっさと下がろう」

「駐屯地ですか？」

道路上に、瓦やドラム缶、ガラス片、パイプイス、ペットボトル、時計、半分焼けた書類、千切れた衣服が無数に散らばっている。

「いや、帯広まで下がる。旅団はもうない」

自分の記憶と目前の現実との相違は、妙な感情を呼び起こした。寂しさと悲しさが入り交じった感情だ。なぜかロシア人に対する憎悪も自隊への無力感もそこにはなかった。カナムラ氏が住んでいたアパートは今や骨組みだけになっていた。駐車場には一台、彼女が普段乗っているNボックスがあり、こちらも爆風で横倒しになっていた。ガラスはすべてない。あの車があそこにあるということは、戦闘が始まってもなお彼女たちはこの地にとどまっていたのだろう。

「みんな、避難してるといいんですが」

木村もあの日の午前中は誘導にあたっていた。住民が避難に応じたという報告は、どの分隊からも受けていない。

段列は、やはりなくなっていた。連隊の車両は、どれも無傷とは思えなかった。同業者が力なく徘徊している。二人はすれ違う隊員一人ひとりから情報を収集した。全体像が浮かび上がる。絶望的だった。

段列を指揮していた4科長は、砲撃に遭って早々に行方不明となった。D/S（直接協力）の後支隊も壊滅した。居残る隊員たちのほとんどは戦意を喪失していて、ほとんどが鉄帽も小銃も身に着けてはいなかった。ロシア軍が来たら投降するつもりだと誰もが言っていた。

「空爆があったとき、連隊はすぐに後退の命令を出したんです。でも3中はGFのせいでうまく下がれなくて、全中隊が一線に張り付け状態になって、下がれるところから逐次に下がっていきました」

4科の後方幹部が、花壇に腰を下ろしつつ力なく答えた。すでに彼は上衣すら脱ぎ、ドーランをすっかり落としていた。清々しくすらあった。いつにない晴天だった。暑い。後方幹部は五十がらみの、頬のたるんだ人のよさそうな男だった。部内の、多分SLC（3尉候補者課程）出の幹部だろうと思われた。

「何人かうまく逃げおおせるのを見ましたよ。W（WAPC）が一両、小一時間くらい前かな、おんなじように帯広まで行くって。パジェロも一両来ましたよ。まだあっちに止まってるんじゃないかな。疲れちゃった連中はここでおしまいです」

安達は段々と苛立たしさがこみあげてきたから会話を切り上げた。二十名前後の隊員がこいつの出来の悪いクローンみたいにあちこちに腰を下ろして空を眺めたり膝に顔をうずめたり片腕を枕にしたりしている。命令違反は警務隊に引き渡すことになっていたが、そんなものはすでに空爆で吹き飛ばされていた。階級上位のものが命令に違反した場合、どう処置するのかは示されていなかった。想定していなかったのだ。このままここにいたらこいつらを殺してしまいそうだった。何にも増してこいつらに取り憑いている、まとっている空気は感染性だ。自分までどうにかなりそうだ。

　安達は「あっちに止まっている」とこの男が指示したあたりに視線をやった。枯れ果てた枝葉とバラキューに包まれたパジェロが一両、確かに停車している。エンジンも止まっていた。

「行くぞ」

　木村に声をかけた。その横顔には、ありありと羨望の色が浮かんでいた。

「行くぞ」

　今一度指示を出すことで、木村はようやく安達の後を追ってついてきた。

　近づくと、バンパーには『27連1中』と、白字で記載されてあった。自分の中隊だ。誰か、本部か他の小隊の生き残りがいるのかもしれない。運転席のドアが開け放たれたままになっている。車内を覗き込み、コンソールや後席を確認するが、もちろん誰もいなかった。燃料計が「E」に近づいている。しばらく車両の四周を歩き回っていると、小熊がどこからともなくぬっとあらわれた。両手から携行缶がぶらさがっている。それ以外には何もなかった。

「小熊さん」

　安達は声をかけるが、自分で自分の表情が段々と曇っていくのが分かった。

「あんたどこいってた。装具はどうした」

立て続けに問う。返事はない。小熊は、携行缶を地面にそっと置いた。二人の距離は、十メートルほど離れている。

「小隊長、怖かったんです」

小熊は震える声で弁解を始めた。

「木村、携行缶を持ってこい」

木村は命じられるまま、いかにも冷淡に小熊に近づき、しかし彼の存在など端から認めないという態度でもって、両脇に置かれている携行缶を取るなりそそくさとパジェロに取って返す。小熊のさらに向こうには花壇に座るあのクソ野郎がこっちをぼんやりと眺めていた。

「わたしはずっと尽くしてきました。空挺にもいったし、どんな用務にだって従ってきました。晩婚で、多賀城に、妻と、まだ中一の娘がいるんです」

小熊は次第に声を大きくしながら、自分を説き伏せるように話を続ける。

「補給しろ。残りは後ろに積め」

安達は小熊から視線を逸らせなかった。自分の発する声が、命令だけが頼りだった。

「小隊長、怖かったんです。死にたくなかった」

屈強なひとだ。今もたぶんそれは変わらないのだろう。殴り合いにでもなれば、きっと自分は一分も経たず横たわる羽目になるに違いない。しかしおれには銃がある。小熊もそれを承知しているのだろう、今や両膝をついて両手を合わせておれを拝んでいる。ぶつぶつと「お願いします」と繰り返していた。こんな人間を見たことがなかった。

「完了しました」

振り返ると、木村が運転席に乗り込もうとしていた。

「帰りたいんです、お願いします」

安達は小熊の弁解を全て聞き流し、車へ向かった。

「わたしも、わたしも乗せてください」

小熊の野太い声が背中に刺さる。安達はドアポケットに小銃を放り込むやいなや助手席に乗り込んでドアを閉めた。サイドミラーに映り込む小熊は、相変わらず懇願の姿勢のままだ。

「出せ」

小熊の身体がサイドミラーの中でみるみる小さくなっていく。カーブにさしかかる。小熊の姿が消えた。ロシア軍からの脅威も27連隊とのつながりも全てが消えたように思えた。

「高速つかいますか」

パジェロはいくつかのカーブをやりすごし、見通しのよい平地に出た。青看板が出てくる。国道には人っ子一人いない。

「ばかいうなよ。あいつらも釧路市街までいくんだぞ。もう斥候だって出てるかもしれないぞ」

安達は車内を見渡した。後席に取り付けられていた車載無線機はなくなっていた。向き直ってラジオのスイッチを入れる。雑音だけがむなしく流れている。周波数を合わせようと雑音に耳を傾けていると、なぜだか運幹の指示が飛び込んでくるのではないかと錯覚した。FMはだめだった。

国道には時折、どうしてそうなったのかは無論分からなかったが、ワンボックスカーとか牽引トレーラーとかが道路脇に駐車したままになっていた。AMに切り替えると、普通に放送をしていた。おれたちのことには一言も触れていなかった。釧路川を渡り、釧路市街へと入る。こちらも住民の大半は避難をしていたが、全員ではない。ほとんどの店がシャッターを下ろしていたが、開いているいくつかの個人商店の店奥に人影を見た。敵が誤爆でもしたのか、釧路市街からも煙が立ち上っている。消防はもういない。火はどんどん燃え広がっていくだろう。自分が抑えられない。忽然(こつぜん)と腹の底から何かがせりあがってくる。大声を出してダッシュボードを殴りつけた。収まらない。やたらめったらに暴れた。助手席のガラスに、蜘蛛の巣状のひびができていた。大勢殺された。次はこっちの番だ。安達は誓った。木村はおびえた目つきでちらちらと視線を投げかけてきている。いつの間にか大楽毛（おたのしけ）まで来ていた。渋滞も信号もないから早い。正午のニュースで、音威子府と釧路の二か所で大規模な戦闘があったと、アナウンサーが淡々とした声音で読み上げる。政府広報は、「まだ詳細は分からない、国民のみなさまには冷静な対応をお願いしたい」とコメントしているとのことだった。

「ちょっとトイレ行ってもいいですか」

木村がまっすぐ前を向いたまま訊く。

「どこ寄る？」

「あそことかどうでしょう」

左手には太平洋が、右手には東西に伸びる線路が一本。ぽつりぽつりと民家やパチンコ店が道路沿いに並ぶ。木村が言う「あそこ」がなんなのか、安達にもすぐ分かった。数百メートル先に、見慣れたオレンジ色と緑色と赤のラインが入った看板が見えた。セブンイレブンだった。

「いいよ」

木村は律儀にもコンクリートに引かれる白線に沿ってパジェロを止めた。駐車場に面したガラスは悉く割れている。自動ドアは枠だけだ。入ると、酸っぱいにおいがした。略奪があったのだろうが、まだかなりの数の商品が残っていた。安達は、ペットボトルの並ぶ陳列棚からコーラを取り出して半分ほど飲んだ。それからキャップを閉めることなく床に投げ捨て、次いでサッポロビールを取り出し、プルタブを引いて、こちらも半分ほど飲んでやめた。ぬるかった。陣地で思い描いていたよりずっとまずい。大体おれはあまり酒は飲まないんだ。弁当やパン類はだめだろう。店内のにおいに鼻も慣れてきた。ここよりひどいにおいと光景を見てきた。安達はいくつかの商品を手にレジカウンターへ向かい、腰をかけてむさぼった。

あれからずっと耳鳴りがする。一人殺した。あいつはなんだってあんなところに転がり込んできたんだ。あいつのことが頭から離れない。撃たずに済む方法はなかったのか。あのままあいつを無視していたら、あいつは帰っただろうか。小熊は連れて来るべきだったのだろうか。ひょっとして、おれはこの二つをずっと引きずっていかなくちゃいけないのか。心臓が締め付けられる。緊張に似ていた。

窓枠が振動しだす。地面が揺れているのではない。空気が揺れていた。安達はカウンターから飛び降りてパジェロに向かった。ドアポケットから小銃を取り出す。海から音がする。すっかり晴れ渡った空に、航空機が猛スピードで釧路方面に飛んでいった。四機いた。濃いブルーの塗装を施している。たぶん空自だ。

木村はのんびりと飲みたいものを飲み、食べたいものを食べながら店から出てきた。

「敵ですか？」

「いや、たぶん違う」

音も振動ももうなくなっている。飲み物と食べ物、Ａｍａｚｏｎギフトカードを接収してパジェロに戻った。

走り出してすぐにラジオを消した。うるさかった。もっと世の中がめちゃくちゃになっているのかと思ったが、そんなことはなかった。日経平均は一万を割ったが証券取引所はちゃんと開場している。リスナーは昨今の国際情勢に不安を覚えて、ＳＮＳでのしり合う人々を悲しく思い、明日はうつうつとしながら仕事に行くというメールをラジオ局に送って、ＤＪが感傷的なコメントとともにそいつを読み上げていた。日常がちゃんと営まれていた。訓練で何よりもつらいのは、演習場の外、パジェロの窓の向こうに日常があるにも拘わらず、みじめに穴蔵で眠ったり風呂に入れなかったり寝られなかったりすることだ。そういう点からいえば、今も何も変わっていない。背中が痒い。浦幌川にかかる万年橋に差し掛かったとき、「あそこの脇に入ってくれ」、と道路から逸れたところにある土手を指差した。もう耐えられなかった。

砂利を踏みながら、川べりにパジェロが止まる。木村は訝しみながら安達を見ていた。安達は車から降りるなり、鉄帽を外して投げ出した。防弾チョッキを脱ぎ、靴を脱ぎ、全ての服を取り払った。足の裏に砂利が食い込む。

右足を川に突っ込む。水に浸っている部分が、くるぶしより先が、自分の身体ではない、別の何かに変わっていく。みんな死んだ。安達は川の奥へとどんどん進んで、潜った。身体の奥で鼓動がする。刺すように冷たい水だ。熱がある。身体の奥に、自分の奥に熱がある。川面(かわも)から顔を勢いよく出し、空気を吸い込む。岸を眺めると、木村も服を脱ぎ始めていた。

おれは生き残った。生き残ったのだ。

戦場のレビヤタン

風が吹いている。おれは、その風を肌でしっかりと感じながら、レンジローバーの後部座席で揺られている。黒々とした車体に鼻先の長いボンネット、長方形のヘッドライトに挟まれるようにしてあるマスクのかかった吸気口は、どこか動物の顔に見えないこともない。屋根にはヤキマ製のルーフキャリアが備え付けられており、リュックやRVボックスといったものが乱雑にしばりつけられてあった。

道は申し訳程度に舗装が施されているものの、ひどく傷んでいて、その凹凸をしっかりとタイヤが拾うものだから揺れがひどい。後部座席は特殊な造りになっていて、背もたれが運転席と助手席のそれと背中合わせでくっついている。車体自体は、一見すると世界中のどこにでもあるようなSUVであるが、これは特注車だった。戦うための車である。当然、重量も民用車のそれとはけた違いだ。快適性を上げるものは一切合切そぎ落とされている。シートもサスペンションも硬く、小石を踏んだだけでも、車輪とシャーシを通して臀部のあたりからそいつを踏んだとまざまざと確認させられる。小刻みに、そして不規則に車が振動する。そのたびに、シートにガタがあるのか、ボルトが緩んでいるのか、エンジンと風の音に混じって金属のこすりあわさるような音が聞こえてきた。

窓は開けている。乾いた砂と空気が入り込んでくる。車内に入ると、それは途端に、中に乗り合わせる四人の男たちの汗や脂とまざりあって、蒸し暑さに変わる。サングラスの縁から、砂埃がぱらぱらと入り込んでくるのが分かる。砂は汗と結合して肌にまとわりつく。不快感から視線を下に落とすと、抗弾ベストの右胸にファーストネームの「K」とファミリーネーム、それから会社のロゴと血液型が印字されたベルクロ式のプレートが目についた。大腿部には小銃が横たえてある。砂塵が収まり、Kは再び視線を上げた。首元に巻き付けてあるアフガンストールで首や頬の砂を拭うも、かえってその塊はさらに細かく砕けて広範囲に広がった。皮膚全体に擦過するのが分かって不快感が増す。舌で、乾いた唇をそっとなめる。砂糖のような触感の、しかし決して溶けることのない砂が口中でじゃりじゃりと音を立てた。顔を窓の外に向けてつばを吐く。泡のまじった白濁した塊は、窓の外に飛び出すやいなや、風圧でより速度を上げて視界の外に消えていった。隣を一瞥すると、性別以外、共通点の見つけようのない男が、先までの自分と同じく外に視線を向けていた。無論、サングラスのために具体的にどの方位にそれが指向されているかは定かではなかったが、きっとその奥には、どこか飢えた獅子のような鋭い眼光があるだろうことは容易に想像できた。おれたちは傭兵だ。お金のためだけに、信義も国威も何もかもをうっちゃって武器を使うことを生業とするものを傭兵と呼ぶのであれば、紛うことなく傭兵なのであろう。もっとも、この呼び名を嫌う同僚もいるし、頓着しない同僚もいる。結局のところ、人それぞれというのは、結論ではなく、大前提なのだということを、ここにきて改めて知った。むろん、おれは後者である、とKはわざわざ宣言はしない。なぜならば、自ら公言しないものは、その手合いだからだ。この呼び名を嫌う連中は、殊更にこの紛争地域に対する貢献だとか、復興を強調し、呼び名にこだわる。そんなことは全くの無意味だ。

オペレーターとかコントラクターとか社員とか、いわゆる民間警備会社側はこの名称で我々のことを言い表わすが、些末なことであった。

また外に視線を向ける。時折すれ違うトヨタのピックアップトラックだとか、走っているのが不思議なくらいボロボロな、しかし運転席にはじゃらじゃらと、きらびやかでエスニックな装飾品がクリスマスツリーみたいにくっついているボンネットトラックが通っていく。運転席には、ターバンやアフガンストールを巻いた男が、あるいは家族連れが窓から肘だけを突き出して、そして表情だけがKたちとは対照的に、どこか陽気な面持ちで、あるいはしかめっ面で、無表情で、にやつきながら、怒鳴り散らしながら、歌いながら過ぎ去っていく。

Kの乗るSUVは、キルクークからアルビルへと伸びる国道を北上している。東には、イラク最高峰のシェーハ・ダー山の峰がうっすらと見える。西へ向かうにつれ、山々は急峻な装いから徐々になだらかなお椀型になり、色合いも白から濃緑色へ、そして茶褐色へと変わっていく。イランとの国境をも成すあのザグロス山脈は、湿った空気を全て吸い尽くし、あたりをすっかりと乾燥した大地へと変えてしまう。Kたちはしかし、アルビルへは行かない。土壁で作られた家々、コンクリートとガラスで作られたビル、弾痕、舗装された道路と果物や羊の肉が売られる露店、街路、そしてこれらを外敵から防がんとした巨大な城塞のあるアルビルへは、行かないのだ。木や石が青銅に、鉄に、そして砲弾や銃弾、赤外線や衛星に導かれる誘導弾に、果ては無人機にというふうに変遷する殺戮のための道具やそれ自体を見てきたアルビルの城塞。今は、軍隊の代わりに多国籍企業があまた進駐している。おれも、あるいはその走狗かもしれない。

Kが武装警備員になるよりも前、この国は戦火に見舞われた。むしろ争いがなかった時代を特定するほうが難しい。国の南端で銃が下ろされれば、その北端では爆弾が降り注ぎ、東端で戦車が越境してくれば西端で人が商売をする、そんな塩梅だ。こういったことが自分が生まれるよりもずっと前から続いていたが、今は第二のドバイなぞと呼ばれるようになったアルビルに英国系の、要は旧宗主国の石油会社が進駐して、自治政府と開発契約を取り付け、その会社が同じく英国系の警備会社と契約を交わして、その会社と契約を結んだ自分たち社員が現地に乗り込む。もっとも、今や相手方は自治政府ではなくなっていたが。

　これがＫの今いる国を取り巻く時系列らしきものである。これをもっと端的に言う言葉はいくつもあった。紛争、戦争、殺戮。希釈して表現することも不可能ではなく、不安定の弧の西端とか、戦後復興期とかいうのがそれだ。ここで暮らす人々の生活や国土そのものに対する無関心という現象は、例えば稼いだ銭を地元で暮らす妻子に送る、嗜好品調達のため現地の店に金を落とすといった日常と一緒に溶解し、すっかり不可分になっていた。

　非日常だったはずの紛争が、いつしか日常にすり替わり、その日常もいつしか無関心に変換されていく。あるいは、自分が本来在るべき場所の日常と交換されているといっていいかもしれない。

　この国には、案外子供が多い。イメージ通りの茶褐色の肌を持つ子供もいれば、どちらかといえば白人寄りの子供がいるということもあった。こういう環境にあっても無邪気なやつもいて、外から来たおれたちの中には、それを見てか、子供に会いたくなるというやつもいた。ただ、それもまた現地人と自分の子供とを無意識のうちに、観念的に交換しているとも言えなくはないのだろう。あまつさえこんな環境であるから、先の如き日常的願いもこの広大な荒野の中に、血とともに流れ出してしまうこともあった。

　とにかく、Ｋたちは、七・六二ミリ弾が体に当たれば死に、路肩のＩＥＤ（即席爆発装置）で車が吹き飛ばされればまた死ぬということを全く受け入れていて、その合間にタバコやジュースを買ったり、社員の出身地の数だけあるそれぞれのポルノを見せ合っては一物を勃起させたりしていて、つまるところ何がおかしいのかを特定することに、それこそこの地域にかつてあったかもしれない平和な時代を特定するのがほとんど不可能であるのと同様に、みな見当がつかなくなっていたのだ。

この国にいるほとんどの人間に、それは我々のような武装警備員も含めてであるが、この地を善くしたいとか、食い尽くしてやるというような振り切れた善意も悪意も、今は存するとは思えなかった。

Kたちが向かっているのは、アルビルとキルクークの、ちょうど中ほどにある石油プラントである。ぼんやりと、これまで自分がたどってきた道程と、それとは比較にならないほど長い時間を経てもなお戦いの続くこの地と、自分がこれから向かう場所のことを考えてから、また開け放たれた窓の外を見た。大型トレーラーが轟音とともに横を通り過ぎ、南下していく。燃焼ガスの臭いと、砂埃がその後を追うようにして猛然と巻き上がっていた。

運転手は悪態をつき、肩から肘まで蛇がとぐろを巻き、威嚇するようにして口を開けている入れ墨の入った左腕を窓から伸ばした。もちろんそれを強調するためではなく、それよりさらに先、握りこぶしから突き立てられた中指を相手に拝ませるために。無論、粉塵がために、相対速度がために、当の運転手は自分に向けられた悪意を確認するすべはなく、Kはスモーク張りの向こうで小さくなっていく件のトラックをぼんやりと見つめた。

しばらくすると土煙が晴れ、遠くには日本とは全く違った、急峻で、天空を今にも突き刺さんとする山々が地平線をかたどる。青々とした空には、薄い筆でさっと撫ぜられたかのような雲が連綿と続いている。日差しが、SUVに容赦なく降り注ぐ。真っ黒な車体は、それによってだろうか、さらに熱くなったように感ぜられた。日本から遠く離れたこの地で、自分はいつか死んでしまうだろうか。不意に、他人事のように思った。たぶん死なないだろう。なぜか確信に近い感情が不意に湧き上がるのが分かった。スモークを張られた、リアウィンドウの向こうには、果てしない一本道が延々と続いている。盛り上がった部分は街だろうか。通ってきた気もするし、通っていない気もする。どちらでも、今となっては変わらない。

不思議なことに、オーバーラップするのはここよりもずっと東でずっと寒い十勝の国道三十八号だった。まっすぐ続き、白樺の木が左右に、それらに緑はなく、小動物の足跡だけが時折生物の痕跡をのぞかせるあの雪原である。思い出すだけであの刺すような寒さが、凍てつく、さみしい土地が背筋を通る。汗だけがそんな想起とは裏腹に、額に粒となって浮いていた。

「もうすぐつくぞ」

助手席の、チーム中最も年かさの男がわずかに振り返りざま、口を開く。仕事場に、である。Kは、体ごと進行方向に視線を向けた。視界の端には、もみあげからあごまで、整えられることなく生い茂った髭のある白人がいる。彼もまたサングラスをしていたが、それには薄く線状の傷がいくつもあった。合成革のシートが、あたかも雪を踏みしめたかのような音を出す。フロントガラスの向こうには、どこまでも終わりなく続くかのように思える一本道から、斜めに伸びる道路が見えた。この施設を作った連中には大金があるのだろう。国道よりも、ひょっとすると日本の道路なんかよりも立派な道路がプラントまで伸びていた。それは煙突だとか、パイプだとかが放置された一軒家にまとわりつく蔦(つた)のように渦巻く石油精製施設であった。その巨大で統一感のない人工物の隙間に、どこか前世紀の大戦で海面を砕く巨艦の艦橋を思わせる構造物が点々とあることに気が付いた。なんのためのものだろうか。あの設備はどうやって動いて、何をしているのだろうか。道路の脇には、並行して走るパイプラインがあることにいまさらながら気が付く。途中それは地下に潜って姿を消したかと思えば、またどこからかひょっこりと顔を出して南へ伸びていく。道中、果たしてあれがあったかを思い出そうとしたが、あったような気もしたしなかったような気もした。答えは分からないし、しばらくすればそんな疑問を持ったことさえも忘れてしまうだろうと思い、考えるのをやめた。

現代の城塞。これから十日間、あのプラントを警備する。大した仕事じゃないし、すでに二か月以上をこの地で過ごしていた。Kは、一度大きなため息をついて、座りなおした。

「クルドは、この雄大な山々以外に味方を持たない」

これを教えてくれたのは助手席に座る、Kたちのチームリーダーである。大学出で、向学心と愛国心にあふれていたこの男は、なぜか歴史を好んだ。今もその二つが彼のうちに依然としてあるのかは知らない。ただ、人々の歴史、それが伝説的な、アーサー王とかペルシアの有名な伝道師のものであるにせよ、誰にも語り継がれることすらない、たとえば東海道五十三次に描き込まれた笠をかぶった、名前や生い立ちも知りようがなく、しかし確かにそこにいたであろうことを推定できる人、またはホッパーの描くバーでもいいが、同じく誰か分からないが何かを抱えているであろう、そして想起することでしか彼らに寄り添うことができないような、時間に閉じ込められている人々のものであるにせよ、彼がそれに好意を寄せているのは、Kにも分かった。自身の生い立ちについては、それこそそもそもそんなものは存在などしておらず、昨日今日この地に忽然と現れたかのようにかたくなに口を噤む反面、土地や川や民族、山の歴史については、そこで生まれ育ったかのように饒舌に語った。アルコールの有無は問わなかった。何か目についたもの、たとえそれが銃であっても、その歴史を、自ら確かめるかのように、静かに教えてくれるのだ。

かつてアラビアにあった王国に、ザッハークという王と、イブリースなる悪霊がいた。悪霊は、ザッハークに王位を継がせんがため、この父を殺し、何も知らぬまま、彼はそれを継承した。いつしか悪霊はザッハークの両肩に蛇となって取り憑いた。従者や医者が王のもとをたずね、この蛇を切り落とし、治療を試みるも、蛇は切断しようと、焼こうと、必ずまた元の位置に生えてきた。

玉座に座るザッハークは、いつしか憔悴しきり、来る医者に、もはや何をも期待することはなくなっていた。

「なるほど」

ある医者が、宮殿で王と対面をした。蛇を近くで、慇懃に眺めながら、それが終わると玉座から離れ、台から降りて平伏しつつ言った。

「この蛇は、あるものを食べさせ続けることによって、弱り、ついに消えることを請け合いましょう」

医者の、妙な自信ある物言いに、それまで頬杖をついていた王の顔つきが変わり、わずかに上体を前にして、「続けろ」と応える。

「はい。それに人の頭蓋のうちにある肉を食わせるのです。一匹につき一人のものを」

王は大きくうなずいた。ただ、この医者こそはまさしく悪霊のイブリースであったのである。

その一方で、ザッハークは隣国の暴政を見かねて、救済のために攻め入り、領地を拡大していった。しかし、彼の治世は、彼が攻め落とした暴君をも超す苛政で、さらには日々二人の若者が王の双肩に居座る蛇に脳を差し出さなければならなかった。

いつしか従者のうちの一人が、若者をこれ以上殺すことに耐えられなくなり、二人のいけにえのうち一人を山に逃し、羊の肉をその替わりとして王に差し出すようになった。一人が死に、一人が逃れる。時が経つうちにこの逃れた若者たちは山で民族となった。これがクルドであるという。

リーダーは、アル・アサード航空基地内にあるクルド人が営むティッカの出店で、飯を食っているときにこの話を、自分が小さいころに父親がたまたま平日に休みが取れたので遊園地に連れて行ってくれたのがひどく印象に残っているという風な語り口でさらりと言ってのけた。

テーブルの上には、バケツにも見まがう紙コップにコーラがなみなみとそそがれていたが、気は抜けていた。

Kは、手に持っている新聞紙でくるまれたティッカを顔から離し、見つめた。茶色というよりも、若干黒に近い羊の肉で、場所によっては、事実炭化している部分もあった。チームリーダーである彼は、それを見て小さく、口元を緩めて笑った。

「ティッカはイラク料理だが、トルコじゃケバブと呼ばれてる。イラクのケバブは、トルコだとコフタというんだ。面白いだろ」

「脳みそは入ってないですよね」

懸念事項はまさしくそこにあった。それともう一つ、自分が蛇か、若者か、若者を助けた従者か、それともザッハークか、そのいずれだろうか、ということである。自分がここにいる代わりに、誰かがどこかもっと安全で快適な場所で生きていけているのだろうか。あるいは自分がここにいるのは、すでに犠牲になった誰かのためか。ひょっとすると自分はこれから誰かを殺して、その代わりに誰かを助けるのか、と考えたが、その実どれもしっくりこなかった。喰われる側にはなりたくなかった。

到着を予告されてからもなお、それなりの時間を車は走った。今一度振り返り、目的地を仰ぎ見る。先ほどよりも若干大きさを増した気もする。近寄っているのかいないのかはちょっと見当がつかなかった。周囲が荒野で、比較する物がてんで存在しないのがその原因であることは言を俟たなかった。車両は全部で十台ある。K達四人が乗るSUVは、その最後尾に位置していた。速度を少しも落とすことなく、プラントへと向かう道へと折れる。国道を走っていた時よりも揺れが和らぐ。ゲートを通過するときも、検査やIDのチェック等はなく、そのまま敷地内に進入していった。

朝のブリーフィングを思い出す。格納庫の中に乱雑に、統一感なく並べられたパイプイス。社員がそれに座って談笑している。演壇が設けられていたが、これもあり合わせで、作られているということすらおこがましい代物であった。ささくれが遠目からでも見て取れる、ゆがんだ、色あせた木箱が二つ重ねられて、その上にノートパソコンが乗っていた。

居並ぶ面々はジーンズかカーゴパンツ、あるいは短パンにポロシャツやTシャツ、レイカーズの紫色のノースリーブなど、大学生というにはしゃれっ気がなさすぎるし、軍人の顔つきではあるが、そこに統一性はなく、やはり傭兵集団というのが適当なのであろう。登壇したのはスーツ姿の中年男で、鷲鼻に細くつりあがった目が印象的なクルーカットの元英軍少佐だった。我々の管理官である。彼がプロジェクターにつながれたパソコンを何回かいじると、スクリーンには基地からプラントまでの衛星写真が映し出された。経路、距離、速度、車両間隔、警戒方向、緊急時の対処方法。スライドは変わることなく、逐次ポップアップで色付きの文字や数値が加わっていくだけである。Kは中ほどに座っていて、ふと後ろを振り向いてみると、先ほどまでの喧騒とは打って変わって、みな真剣にスクリーンをにらみつけ、中には必要なことを小さなメモ帳に書き込んでいる者すらいた。この場面だけは、彼らがプロであることを物語っている瞬間だと思う。格納庫の天井は高さ十五メートルほどあって、理由は定かではないが、時折金属製の何かが軋む音がする。ヘリの離着陸があって、ローターで空気を叩く音が外から聞こえる。画面はいつしか、情報であふれかえっていた。無味乾燥な土地が、青でマスキングされた我方陣地と、赤で塗られた敵方に分かれている。グレーの地域や緑の地域もあって、それぞれ緩衝地帯、協力地域と名付けられたものであった。勤務地のプラントは、その緑色の部分にあって、一見しただけでは、脅威などないようにも思える。

「諸君も分かっているとは思うが、結局この色分けはクソの役にも立たない。連中は、規模の大小にかかわらず神出鬼没で、所かまわず出て来る。今だって君たちの後ろから突然爆弾をくりつけたやつが出てこない保証だってない」

と管理官が付け加え、手をピストルの形にして我々に向けて来る。

定時連絡によって我々の到着時刻は、先方にすでに連絡してあったからゲートでのチェックがなかったのである。何台もある車列が停車し、その都度確認行為をするのは自殺行為だ。Kは後ろに流れていく、心なしか電話ボックスに見えなくもない哨所(ポスト)を眺めていた。プラントは、地響きが常時生起しているかの如き騒々しさであった。それとは別に、キーの高い金属音が横断的に施設のどこかしらから巻き起こって、存在感を強調する。強化プラスチック製の安全帽をかぶっているのは現地人か、あるいは越境してきた難民連中か。

初めてこの世界に飛び込んできたときの思いが、わけもなく喚起された。世界を見る。日本から出る。等身大の自分を見つける。そのいずれもが、今思いついた嘘のようにも思えた。本当は、ただ退屈な毎日から抜け出すためだったのかもしれない。結局ここにきても退屈だったのが分かり、つまるところ影のようにおれについてまわるこのアンニユイな感情ないしは厭世観は、おれ自身だったのだ、ということに気が付くにはあまりにも遅すぎた。宗派や人種など、このスモーク越しの窓から見れば、みなグレーの肌の、ハジ（ターバン野郎）だ。彼らにも彼らなりの背景があることは当然知っているし、あるいは隣国の紛争から逃れてきた難民である可能性だってあるが、そんなものは犬のクソだ。彼らがおれのことを元幹部自衛官の日本人であると看破し得ないのと同質だ。責め立てられるいわれはない。荒くれものの元海兵隊員だろうと、より実入りのいいところにきた元ミャンマー軍の一兵卒だろうと、それこそ国も宗教も関係なく、おれたちはみんな横並びのオペレーターに過ぎない。ここにいるのは仲間（グッドメン）か、敵（バッドメン）のどちらかだ。そう、これはひとつの真理であり、秩序であると思う。つまるところ、誰も関心を払わず意識もせず、存することとすら定かではないことこそが真実であるとか秩序の妙味なのだ。だからこれまでも、そしてこれからも滔々（とうとう）と頭の中をめぐる有象無象は、おしなべて嘘だ。今一番肝心なのは、この暑さからいかに逃れるかということであって、我々が銃を持っているときに考えるのは世界や歴史の起源でもなければ、当然そんな中にある人々の懊悩（おうのう）でもなく、ただ静かに引き金を、全く左右に振れることなく、人差し指の腹でまっすぐに引き落とせるか否かということと、それがバッドメンよりも早く行えるかという二点のみである。

キルクークから北西に伸びる国道を一時間ほど走り、仕事のためここへきた。施設に入ってからもなお、十分ほど走り、ようやく目的地へとついた。二階建てのプレハブや、仮設トイレ、コンテナが並ぶ居住区だ。ここには住み込みの労働者や、武装警備員、現地の警察などが住んでいて、さながら一つの街となっていた。プレハブの窓からロープがその隣にかけられて、カーテンのように下着や服が吊るされている様は、まさにそこに生活があって、街であることの証左であった。オイルやガソリン、排気といった臭いにまじって、風が肉のにおいと煙をどこからか運んでくる。車列は、その居住区のさらに北側にある地域へ進出し、止まった。Kは、体感でもう安全になったことが知れたので、すっかり気を抜いていた。ここに来てからの期間はそれなりに経っていたが、現地に仕事で入るのは初めてだった。緊張感こそなかったが、物珍しさから好奇心は刺激された。白塗りのバンが、中華料理を出していた。車の横はウィングルーフになっていて、開けている。

「どこの国にいっても中華はある。それに味もそこまで変わらないから、迷ったらあそこにいけばいい」

運転手がバックミラー越しに話す。微かに、覚えのある香辛料の香りが闖入してくる。

プラント内は、初めに入ったゲートから片側二車線の巨大なメインロードが伸びており、そこから枝分かれして様々な区画に進出できるよう碁盤の目のように整備されていた。

　SUVから降りる。改めて、プレートキャリアと呼ばれるタンカラーの抗弾ベストとその前後に挿し込まれている一枚四キロのセラミック製抗弾プレート、M4自動小銃、それから拳銃と弾倉が収納されているポーチ類の重さが実感される。社名のロゴが入った紺色のキャップとESSのサングラスを取り、袖口で汗をぬぐう。両手を放しても、首から提げるスリングのおかげで小銃が地面に落ちることはない。燃え盛るような太陽が蒼空に煌(きら)めく。山々の稜線が陽光によって縁取られている。いたく綺麗だった。ローバーは、全部で二十台あった。旧式の角ばったものから流線形の新型のものまで不揃いではあったが、その全てに追加装甲が窓やエンジン回りに施され、コンバットタイヤを履いていた。武装警備員は総勢八十名で、Kたちが来る前から止まっていた十台は、前週勤務していたオペレーターたちのものであった。それぞれ四人一組で行動している。助手席に乗っていたチームリーダーの〝キャプテン〟が、現場管理官のところへ行って、何かを話している。プレハブからボストンバッグや登山用の八十リッターのリュックを背負った、自分たちと似たような装備の男たちが出てくる。共通項は、紺色のポロシャツと砂色の抗弾ベストだけである。ネームプレートと、ただ袖口の色が紺というだけで、敵味方の識別をするのだ。混乱のさなかであれば、誤射もあり得るであろうが、秩序に

従っている限り、滅多には生じない。もっとも、勤務明けの連中は、装備を着崩してい
て、たとえばベストの前を開け放っているとか、ズボンは寝間着にでもしていたのだろ
うか、短パンをそのままにトレッキングシューズかブーツを履いているというちぐはぐ
な格好をしていた。
これから十日間、Kたちはここで生活し、警備し、最後にこれから帰っていく連中と、
あるいは新しく本国から送り込まれてくる警備員と交代をするという生活を送る。プラ
ントは巨大で、全周は二十キロ近い。イラク軍がクルド自治政府から奪還したこのプラ
ントは、英国系企業が開発協定を自治政府と結んでいたが、イラク政府が現地を掌握し
たのちは、政府がそれを引き継いでいた。相手が誰であろうとしっかりと金をもらう、
見上げた商売人根性だ。
石油会社と警備会社の拠点はそれぞれ、クルディスタンの首都たるアルビルと、ここ
から南西に三百キロ離れたアル・アサード航空基地に置かれていた。もちろん本拠地は
ロンドンだ。
こうした多国籍軍が駐屯する基地や街には、時折軍用機で運ばれてくる武器が、クリ
スマス商戦みたいに現地で破格で売りさばかれる。トライアル商品だ。国が絡むと議会
の承認で手続きが遅れることが往々にしてあるが、売り込む相手が企業の、それもイラ
ク内務省が発行している銃携帯許可証を持ち、警備会社からそれなりの給金を与えられ

ている警備員に対してであればそんなことはなく、まさにＷＩＮＷＩＮの関係なのである。傭兵は、帰国が決まればその銃をまた別の誰かに売り、あるいは会社に買い取ってもらう。性能試験代わりの評価を報告すれば業者から小遣い程度の金がもらえる。政府軍や多国籍軍はその評価を見て次の購入を、なんの犠牲も払うことなくスムーズに行うことが出来る。死んだ奴の武器が敵の手に落ちたところで歯牙にもかけない。なぜならば、我々の死も、言うまでもなく敵の死も国の犠牲には計上されることはないからだ。この土地は、依然金を生むのだ。ただ、自分も含む仲間たちの手にその恩恵はやってこない。十数年前のような傭兵ゴールドラッシュはすでに終わっていた。国連主導で政府が立ち上げられ、法律が整備され、警備会社に対する国際社会の目も厳しくなっている。あくまでもこれは、先行者利益が継続しているだけにすぎないのだ。この国で武器を使うというインフラを整備した彼らに対する利息だ。その中におれたちは入っていない。

イラクからアフガニスタン、それからシリアへと激戦地は移っていき、警備会社や建設会社、チェーン店がハイエナのごとくそれを追いかける。間違ってはいけないことは、我々が戦争を起こしているわけではなく、ましてや国や人がそんなことを始めようとしているわけでもなく、戦争それ自体が生き物で、その餌が土地と人であるということである。この生き物は巨大で透明で、そして強い。正(まさ)しく聖書で描かれる「レビヤタン」とはこいつのことではないかと思う。そんな偉大な力は、企業ごときは持ちえない。企業はむしろ、レビヤタンにまとわりつくコバンザメか、そうでなければノミかダニといったほうが適切であるかもしれない。だからおれは、そういう強大な存在を憎むことも愛することも、とても畏れ多くてするべき立場にはいない。大きいとか強いとかいうことは、同時に真実であり、秩序であり、そしてそれが故に感知し得ない。だからこそこれがあろうがなかろうが分からないし、生きてもいけるのだ。世界を見ようと思い、全てから無関係に退屈に生を浪費するくらいなら、世界のすべてと関係をもちたいと考えたにも拘わらず、ふたを開けてみれば、とっくに自分は世界の一部で、本当にそこにあるのは自身の無関心であることに気付く。

キャプテンは、アイルランド系の四十がらみの大男であった。ただ、他の社員と違って腕や首筋にある入れ墨は控えめで、前述のとおり教養のある男だった。実際、大卒で軍を経験したことのある人間は、このチームではキャプテンと自分だけであった。キャプテンは、文字通り、以前は海兵隊で大尉をしていた。オキナワにいたこともあり、それゆえであろうか、なにかにつけて面倒を見てくれていた。あるいは、話のレベルが合うのが自分しかいなかっただけかもしれなかった。キャプテンを見ると、なぜだか古巣を思い出す。Ｋも昔は、自衛隊で幹部をしていた。退屈だった。海外に派遣されたことは一度もないし、さらにいえば、厳しい戦闘訓練もあまりしていなかった。それと打って変わって、キャプテンは、ＲＯＴＣと呼ばれる予備士官制度から海兵隊士官となった生え抜きだ。十四年前海兵隊に入ってから、何度もアフガニスタンやイラクに入ってきた猛者（もさ）であるにもかかわらず、それを誇らしく語ることもしなかった。Kと談笑するときも、会話の中心はオキナワでのおいしい食べ物の話ばかりだった。自分は、北海道でしか勤務した経験がなく、なんだか申し訳ない気持ちになる。

ふと、遠くに目を向けると、イランとの国境となっている山々があり、このプラントを睥睨（へいげい）しているかのようであった。この国に来るまで、ここは戦争しかない場所だと思っていた。しかし、実際は肉を焼くにおいがし、排気ガスをまき散らしながらひと昔前のセダンが軽快に街を走り抜けたり、デリバリーもあるのを見て、この国にも歴史があって、自分がただ単にこれらを見ようとしてこなかっただけだったと思い知らされた。

自分の知らない歴史や背景が、ひょっとすると仲間に冠されているあだ名にもあるのかもしれなかったが、一方でいまさら詮索して問いただそうとも思わなかった。大尉だから〝キャプテン〟。安易なあだ名ばかりである。〝ランボー〟は戦争中毒だから、キャプテンが皮肉ってつけたあだ名である。ミャンマー人のジョンは、なぜその名が冠されているのかは知らない。さらに言えば、ジョンの本名の発音もしっかりとできないから、ジョンはジョンだけで十分だった。

他の社員がキャプテンのことを陰で〝教授（プロフェッサー）〟と呼んでいることもまたきっと歴史の一部なのだろう。

キャプテンが戻って来、「おれたちはエリアAのOP2に二直で就く」と言われた。

　プラントは、それぞれ四つの区画に仕切られており、それらは四方位を均等に区切り、A（アルファ）、B（ブラボー）、C（チャーリー）、D（デルタ）と呼ばれている。ど真ん中を片側二車線の大通りが通っている。プラントを四角の地域で囲ったとき、各頂点と各辺の中央にオブザベーションポストと呼ばれる地点が設定されていて、北西の頂点から時計回りに一から八の番号が割り振られている。そのポストには、警備員や、あるいは地元軍警察が警備のために寝泊まりするプレハブが建てられている。勤務は三交代制で、零時から八時、八時から十六時、十六時から零時。第二直は、八時から十六時の間のことである。八時間の警備任務は、何もなければ退屈だし、何かあれば、死ぬ。一から三と、七、八のポスト、要は施設の北側と西側は、四辺ある警備区域のうちで、もっともシリア側、脅威のある側と接している。つい先月も、攻撃があったのはこちら側であった。他にも、イスラム過激派の支配地域を奪取したのがクルド人部隊ということもあって、過激派はことさらにクルド人民兵とその家族を標的とした攻撃も行うようになっていた。今日走ってきた国道においても過去、偽の検問を設置しての虐殺があった。敵は、クルドも政府も、もちろんそれに協力する全てが標的だった。この施設は、あちら側の連中にとってみれば、まさに両肩に蛇を乗せた暴君そのものなのである。

波状的に、散発的に、だからこの施設は攻撃にさらされていた。先の攻撃においても、警備をしていたチリ人が死んだばかりである。このことに関して特になにも思わなかったが、反面、隣にいたアメリカ人がにやりと笑ったのを見逃さなかった。

「どうしてここに来た」という質問はもうしない。自衛隊にいたときも、この会社に来たときも、さんざんこの質問は、キャプテンも含め、したし、された。結局理由なんてどこにもなかったし、どこにでも転がっている。こと軍隊や軍事組織においてなされるこの質問は、自分たちはここにしかいることができない、あるいはここは自分にそぐわないが、何か別の大義のためにはここに身を置くしかないから、来てやったというのがおおむねの理由である。言い方を変えれば、普通と思われている生き方に対する拙いかつ取り返しのつかない反抗と言ってもいい。キャプテンだけが、摩訶不思議な男だった。多くを語らない、絵にかいたような優秀な男であるにも拘わらず、こんなところにいる。大学では経営学を学んでいたという。この会社もそうであるし、他の民間警備会社においても、その経営陣は大卒者で特殊部隊出身であるとか、実戦経験の豊富な元軍人である。まさにキャプテンの経歴を鑑みれば、こんな現場ではなく、空調の効いたガラス張りのビルの一室で、中東やアフリカの地図を眺めながら駒を動かしている側の人間であるはずだった。ここにいるのは、軍歴を誇ることもできないか、軍務につくよりも収入と危険度の高いところに好んでやってくる連中ばかりである。他にももちろんいくつかの理由はあり、例えば、おれの隣にいる白人のランボーなんかは、戦争のために海兵隊に入ったが、彼が入ったころには、アメリカは世界の警察をやめようとしていて、海兵隊はことごとく激戦地から去っていて、ただ待機と訓練をぐるぐると繰り返すばかりで、刺激を得るために民間警備会社にやってきた。すでにこれが二社目で、めずらしくもなかった。一社目も、海兵隊のときと同じ理由で退職をし、いったんは地元のバージニアだかどこかに帰って土木業をやっていたが、またここに帰ってきた。もう、イラクでもシリアでも、民間警備会社バブルはとっくにはじけていた。とてつもない経歴の持ち主がいたとしても、そんな経歴を必要とする警護対象も警護地域も、少なくなっていた。先駆者だけが手にできる特権が、もうここにはないのだ。今は文字通り寄せ集め集団である。現地軍警察には優秀な経歴の社員が講習を行い、現地警備員は、現地で雇った、牛を引いたりトラックを運転するだけの能力を持つ連中に、安いボロシャツと使い古しの銃を与えて立たせておく。

今回は、たまたま相手企業のニーズとしてそれなりの能力を持つ、非現地人で構成されたコントラクターを充てるとなっていたため、欠員が多分に生じていたことによって、Kもこの地にくることができたのであった。めぐり合わせである。この会社に入るより少し前、雇われていた現地人が武装集団に情報を漏えいし、多大な損害を出したために、石油会社側が今回の警備業務に限ってこのようなニーズを出してきたのだった。基本的に、そんなことはめったにない。

Kはここでの生活と、今と、それから過去自分が経験した生活と呼ぶことすらおこがましい記号的消費者としての時間の浪費について、たまに比較することがある。日々何かを買い替えたり、誰かにそれを見せびらかしたり、そうでないときは死ぬほど退屈していたあの過去の生活と、明日生きているかすら分からないほど痩せこけた子供か青年かもわからぬ男が必死に盗みを働こうと目を爛々と輝かせ、あるいは通りで盗んだ工具箱を、反対側にわたって堂々と売りさばく、工事現場から帰ってきた中年が、家でサッカーを見、夜でも外で遊ぶような彼らの生活は、どちらが人として真っ当なのだろうか。妙な観念は、いつしか機械の作動音の中に溶けて、蜃気楼のように消えていった。自衛隊の幹部候補生学校、それから部隊を五年経験している自分は、ランボーより二割ほど給料が高かった。彼はそれでいつもゴネていた。日本では、なんの経歴にもならない自分の能力が、国際的にはそれなりに評価されるのは皮肉だった。見張りのためのポストは、その身を半分だけ地中に埋められた、これまたプレハブ小屋の中にある。後ろには、キャンプで使うようなGIベッドと呼ばれる組み立て式のベッドが二つあるだけであった。一時間交代で、ランボーとジョン、キャプテンとKが交互につくことになった。

ここにいる誰もが、この会社の部品であり、社のロゴをつけた記号なのだ。

ジョンは、イスラム教徒であるにも拘わらず平気で豚肉などを食べたりするやつだった。こっちに来てから、色々なハジを見た。ここでは、差別も何もない。ハジ、くろんぼ、ジャップ、武器を持っているか、いないか、グッドメンかバッドメンか、それだけである。極めて単純明快な法則だ。これらは差別ではなく、区別なのだ。何かにつけてこれを自身に言い聞かせていた。

ポストは、監視線をプラントの外側に形成するようになっているから、必然的にその背後がプラントということになる。もっとも、ここは地中にあるから、今ここから後ろをかえりみたところで、ドアのない入口と、その向こうに土で固められた階段が見えるだけである。二人は今、〝お立ち台〟と呼ばれる台上にいて、長方形にあけられた銃眼から外を見ている。一時間、外を見るだけの仕事はとても疲れる。九時に基地を出発し、こちらに到着したのは十四時を過ぎてからだった。ポストに入ると、まだ前週勤務の社員がいて、「やっときたか」とか「こっからの景色は最高だ」とか皮肉や冗談を言い合ってから交代をした。車両移動から引き続いての勤務は、正直疲れた。加えて、いつくるかもわからないバッドメンに備えるのは、徒労だとも思える。銃眼から見える空は、いつしか褐色を帯びていた。いつだかに見た雲は、すっかり溶けてなくなっていた。地平と天空の間には人工物とも自然の隆起ともわからないものが凹凸をかたどっていた。風が時折吹き込み、砂埃を運んでくる。全部一緒で境界はどこにも見当たらない。ただ近くにある、二重に張り巡らされた鉄条網とフェンスだけが、こちらとあちらの境界であった。

一時間の勤務を終えると、後ろに控えている二人と交代し、Kらが今度はGIベッドに腰を下ろす。Kは、銃のセレクターレバーがセイフティになっているのを確認してから、スリングを首から外し、手の届く壁際に立てかけた。隣に座るキャプテンに一瞥を投げかけると、同じように銃を下ろし、一息ついているようであった。

「退屈な任務だな」

ランボーがだれに言うでもなく、ポストに就いた途端に愚痴をこぼした。事実、退屈だった。そんなことはここに来るずっと前からわかっていたことだったからもちろん、誰もそんな愚痴には付き合わない。

もし戦争らしさや紛争らしさというものがあるのだとすれば、こういうときにこそそれが如実に表れているのだろうと思う。つまり、何も起きていない瞬間や争いの隙間といっていいかもしれないが、たとえばそれは誰も何も発さないか、誰か発していることは分かっていてもあえてそれを黙殺したり、された側も別段気分を害するわけでもないこんな瞬間にこそ武装組織らしさとそれが置かれている環境が体感できるのだ。ひょっとすると、おれがかつて平和と呼称していたものも、構造はこれと同じで、隙間から顔をのぞかせる争いないしはその兆候こそが平和をより確かなものとしているのかもしれない。

この手の組織は、ほとんど決まった複数の人種で構成されていて、それは寡黙なやつ、教養のあるやつ、完全にいかれたやつ、行く当てがなく入ってきたやつ、それからランボーのようなとぼけたやつだ。国境を越えて自分の中に流れる血や国土を意識することは、ある場面では確かに強くなったかもしれないが、存外それはかつての地にいたときのほうがよっぽどファナティックで熱を帯びていた。ここで大切なのは今この瞬間にいかに自分であるかだった。ここは無差別な土地なのだ。だからこそそんな中にあって、ただ一点だけ注意しなければならないのは、元軍人というやつだ。組織から追い出されたか、抜け出したかは分からないが、とかく組織の体質と合わなかった奴は、ましてや無差別的な軍事組織からはみ出したやつというのは、特に注意をしなければならない。キャプテンは、漏らすように、「アフガニスタンだって退屈だったさ。たまにその隙間から弾とか破片が飛んでくるだけだ」

〝アフガニスタン〟という単語によほど思い入れがあるのか、ずいぶんと力が込められているように思えた。そして一拍置いてから、

「おれたちはさ」とキャプテンは言いつつ、ゆっくりと顔をこちらに向けてきた。

「おれたちの命を張って何かを守っているんじゃないんだよ」

と言った。文字通り言っている意味が分からず、小首をかしげた。

「分からないか。おれたちの死は、奴らの死と等価じゃないってことさ」

キャプテンの言う奴らが、バッドメンに向けられているのは分かった。

「一種の信用創造だよ。おれたちが守ってるのは、ここで働く連中でも施設の設備そのものでも、ましてやおれたち自身のことですらないんだ。会社を一個の生命と見立てて、このイメージを護ってやってるんだよ。会社の命は一個だ。死ぬこともできないから、代わりにおれたちか労働者連中が死んでやり、会社の死を擬制して、その代価としてハジの命をいただく。

ただ、バッドメンたちは、いつだって支払う側だ。こっちの命を空売りして、連中に買い戻しをさせる。代金は連中の命だ。今やってることは、経済の初歩中の初歩っていうことだな」

おれは聞きつつ、そういえばキャプテンは大学で経営学を専攻していたんだ、と思い出した。

ふと視界の隅に、ランボーが小さく肩をすくめているのが見えた。抗弾ベストを着た背中からは、どこか嘲笑とも呆れとも言えぬ雰囲気がにじんでいるように見えた。彼を通して、彼の向こうにいる、その考えを一にする仲間たちの声が今にも聞こえてきそうだった。「プロフェッサー」、と。

ただ、実を言えばおれはこれが嫌いじゃない。つまり、プロフェッサー的物言いが、である。むしろ自分も、かつて隊にいたころはこの手合いだったかもしれない。小難しい話をこねくり回す奴は、この組織には合わないが、必ずいることもまた確かなのだ。そして幸か不幸か、このポストには、そんなはみ出し者というには少し大仰な、しかし確かに組織からは逸脱しているものが二人いるということになる。

「次の休暇、帰るのか」

二人は、また交代をしている。休憩の時間は短く、警戒中は長い。キャプテンが訊く。この任務

米軍よろしく、休暇のことはR&R（rest and relaxation）と呼ばれていた。この任務が終われば、四十日の休暇に入る。この会社は、十日間の勤務と、同じく十日間の待機を交互に二回やって、それが終わるとこれまた十日の休養を入れる。この二巡目、つまりは百日が終わると、次の三十日間が休暇となる。Kは初めての任務であったが、アメリカでの基礎訓練期間と、現地におけるチームでの訓練期間、任務の時間を合算するとちょうど百日目となるのだ。本来はこの後は十日の待機をしなければならないわけであるが、訓練中に溜まった振替休日をこれと相殺し、今回だけは四十日の休暇となるらしかった。社員は、命があればこの百日と三十日を二年弱で五回経て、残りの数十日で簡単な警備任務と帰国の準備をすることになる。その間に契約を継続して、また二期目に入るやつもいれば、そうでないやつもいて、まちまちだった。

いずれにせよKにとっては、次の休暇が初めての長期休暇であった。拠点のある航空基地から、軍用機でクウェートシティに入るか、空きがなければ、後送する物品ととも

に、国内の主要都市まで陸路でいくこととなっている。あー、と間延びした思案をする。まだ決めかねていた。

「どうですかね、悩んでます。キャプテンは?」

「おれはクウェートで過ごすよ」

「帰らないんですか」

お互い視線を交えることはない。警戒を緩めることはない。プロ意識、と言えば聞こえはいいが、その実、体に染みついた習性といったほうが正しいかもしれない。

「帰っても誰もいないからな」

噂で、キャプテンは小さいころに両親を、なんらかの事情で失ったと聞いていた。真偽は定かではない。

「家族はいるのか」

「まあ。両親と弟が東京にいます」

キャプテンは、はっと息を吐くようにして笑った。

「息苦しいのか」

Kは、一瞬だけ部隊を出たあとに経験したあの何もしていない何者でもない自分と時間を思い返し、それが息苦しかったのかどうかを確かめようとした。息苦しくなかったと言えばうそになるが、多分それは何もしていないことに起因しているのではないことだけは分かっていた。たとえ何かに属していたとしても、あの窮屈さ自体は、いつからか自分を追い立てていたからだ。組織人だったときも、そうでなくなったときも。そのどちらも、平たく生きていなかったのだ。

想起する時間は一瞬だけだが、その想起されている時間はしっかりと体感された実物で、圧縮されたファイルだ。立ちながら見る、さながら走馬灯のようでもあった。

自分の退職日が決まってから、官舎の片づけを始めた。独身用の一部屋だったが、物は少なくはなかった。箱詰めして、二度と使わないであろう物品は部隊の人間にくれてやった。今ではそれを若干後悔していて、彼らよりも先に、もっとも、彼らが今後どこか命の危険にさらされるところにいくかは定かではないが、このようなところに来ているから、例えば十徳ナイフとか腰につける大き目のポーチ類なんかは意外と使えただろうな、と思っていた。

一通りの荷造りが終わり、宅配業者に官舎まで荷物を取りに来てもらう。残りの二週間ほどを過ごすために残したのはRVボックス一個とGIベッド、寝袋ぐらいのものであった。他には東京では使わないであろう折り畳み式のイスとオーブン、炊飯器、それを載せているラックと小さい冷蔵庫もあったものの、これらはいよいよここを出る段階になったら、リサイクル店に買い取ってもらう手はずになっていた。物がなくなっていることよりもむしろ、かつての物がかつてのままに、そこに鎮座していることのほうがよっぽど終わりを予感させてくれる。朝からはじめた作業に目途がついたのは、日がとっぷりと暮れてからだった。この光景を見て、後ろ髪が引かれる思いに駆られたが、きっとそれは錯覚のようなもので、そんなものは本当はこれまで経験してきた既視感と無限に続くかのように思えるルーティーンの前には完膚なきまでに叩きのめされるに違いない。苦い思いを味わったこの組織と環境から脱出することは、紛れもない正義であるはずなのだ。そう思っていた。

片道分だけの飛行機代を支払ったのはいつぶりだろうか。これから東京に帰る。何も決まっていないが、今しばらくはその自由に身をゆだねたい。航空機の中ほどにある窓側に座ったときにそう思った。離陸滑走が始まり、窓の外には、くっきりと日高山脈が見えていた。

はじめの一か月、何もせず、ただ日々を過ごした。運悪く地元の友人などに会ったりすれば、今何をしているのかを訊かれ、何もしていないと答えれば、求めてもいない憐憫の視線を投げかけられる。そしてその奥にかすかに存在する優越感も。

何もしていないというのは、よほど狂気に見えるのだろう、家族からの扱いも次第にぞんざいになり、居心地が悪くなった。それでいて何もしていない連中とつるんだところで、出るのは将来の不安を茶化し合う、程度の低い傷のなめ合いばかりであった。

初めて軍隊という組織に身を置き、教育を受ける一年目はめまぐるしく毎日が過ぎていった。昔のことなどを懐かしんだりすることもあったが、それもこれも全部ひっくるめて素晴らしいものだと思えた。部隊へいくと、まさに仕事とはどういうものかということを見せつけられたようだった。それでも全てをすっかり覚えることなんかは到底できず、一年目は息をつく間もなく過ぎ去っていった。二年目を迎えると流れに乗って業務を遂行できるようになり、驚くべきことは、三年を迎える前に、すでに来年自分がどこで何をしているのか、ほとんど想像できるようになっていたことだった。そしてそれは絶望的な現実だった。そういう循環がたまらなくいやで抜け出したのにも拘わらず、今は朝、あるいは昼前に起きて、すでに家族は働きに出るか何かしていてすっかりもぬけの殻の実家で一人だらだらと過ごし、働かなければならないという焦燥とせめぎあう怠惰に身をやつしながら布団にくるまり、カーテンから漏れる筋状の陽光を避けるようにごろごろして、それでもやるせなくなって起き上がり、何をするわけでもなく街をほっつき歩いて、夕方か夜、あるいは深夜にまた帰って寝るか、目的のない肉体鍊成程度のルーティーンに身を落ち着けていた。ただ、よしんばまた働きだしたところで、この妙な圧迫感が自分を追い立てて来るだろうことは容易に想像し得たことから、結局こんな生活を二年近く続けてしまい、そしてその時間は、日本では絶望的に長いらしく、社会的には、少なくとも自分が思うところでは、再起不能で、ついには死に追いやられるだろうと思い至った。めぐり合わせもあったであろうが、レビヤタンがおれをそういう死の淵から掬いあげたのだ。

何かに属しているとき、自分がその属している一員ではなく、何か一個の人としてある気がしていたが、そこから離れてみると、立ち現れたのは何もない自分で、ややもすると古巣へ帰ってしまいたいという衝動だった。

キャプテンは、おれがあの国にいると感じる感情ないしは思いのことを息苦しさと言ったが、それが「予定された死」の恐怖だということを知ったのは、ここにきてからだった。死ぬことが当たり前で、いつどこでどのようにそれが降りかかってくるか分からないという大前提は、もう戦いというういびつな環境の中でしか得ることができないのだと思う。

ここは、ひどく貧しい。たくましく生きる人もあれば、絶望している人ももちろんある。しかし、どこか日々生きていくことに対しての執念のようなものを感じた。それがこの地にきて感じた、最初の思いである。この思いが、自分の、それこそこの地のような乾燥しきった精神に吸収されるのが分かった。それは、ひょっとするとあちら側にいる敵にすら及んでいる感情かもしれなかった。

「自分で自分の生身を感じられる瞬間は、あまりないんだ」

銃眼の大きさは、ちょうど頭一個分くらいの縦幅で、横幅が二メートルほどあった。プラントの周囲に巡らされた鉄条網とフェンスの近くには、ライトが設置されていた。

少しの間だけ視線をそこからはずして、キャプテンの横顔を一瞥した。サングラスに髭面の、いつもの顔があるだけだった。キャプテンの言う通りなのかもしれないな、と思った。

「Kもそうだろ」

返事はしなかったが、なぜだか相手にはすっかり同意を与えた気になっていた。おれはこの人のことをきっと尊敬している。

向き直り、外を見つめる。なぜか、かつていた北海道の地を思い出した。狩勝峠は、よく雪雲に覆われる。下から見上げると、雲で行き止まりになっているように思えるが、頂上までいくと、太陽が顔を出す。雲の切れ目から見える十勝の街並みや、真っ白な雪景色が、ここと地続きになっているんだな、と不意に感じた。しばらくしてから、

「どうですかね。分からないですけど、何もしないでいるときのあの焦りみたいなのはすごくいやでしたよ。それにここが自分の居場所じゃないと、すれ違う連中や昔の友達にも言われているようで。きっと本当は誰もそんなこと思っていやしないんでしょうけれど」と思い出したように言った。

返事はキャプテンからではなく、しかし背後にいるランボーからだった。

「クソなんだよ、世の中は。みんなこぎれいな服とクールな車、それから北欧製の家具に囲まれて生きていたいのさ。それが息苦しいんだろ」

振り返りはしない。それが習性だからだ。ただ、話は聞いている。彼の話はあまりにも粗雑で、どうしようもなくくだらなくて軽薄だ。ただ、おれはこのくだらなさもまた愛していた。すぐにランボーは続けてくれた。

「だからここに来た。性器を使わない歩くマスターベーションみたいな連中に雇われて、そういうものをクソの権化と看破する立派なハジどもをぶっ殺すためにここに来たんだろ。国じゃできねえ」

ランボーは、差別主義者で戦争狂だが、その実修羅場をくぐってきたわけではなく、彼は聞きかじった激戦地の中で生きている夢追い人だ。今もだからこそここにいるのだろう。

彼だけではなく、いわゆる先進国であるとか西側諸国とよばれている国で産み落とされた人間は、その誕生日から今日まで、欲しくもないものを買わされるためだけに生かされ、そうでなければ実体の伴わない、広告によって言葉巧みに作り出された恐怖に怯えながら生きてきた。少なくともおれはそうだったし、不慮の事故とか病気と老衰程度しか自身に直接的脅威をもたらさない〝恵まれた〟環境が整備され、乳幼児死亡率も低く、高度先進医療が受けられるような国家に所属する人間がわざわざ中東まで出向いて銃を持つ理由は、そもそも人として壊れているか、購買意欲から逃れるためか、あるいはその両方かでしかない。ここには実体を伴った恐怖がある。ＡＫを持ちターバン（バッド）を巻いた連中がそれだ。ただ、おれたちも馬鹿じゃない。あちら側にいる連中も、こちら側の連中も、実相は動機が同じで、たまたま属する陣営が違うだけなのだ。古株の社員は、身なりや育ちの良い、どんなに控えめに見積もっても地元出身ではないであろう人々、ありていに言えばコーカソイドがあちら側に落ちる瞬間を少なからず見てきた。中には自分の放った銃弾が相手にめり込み、後々その体がすっかり冷たくなって、黒くてらてらと光るボディバッグに詰め込まれたときにそれが判明したこともあったという。ヨーロッパで、イスラムと縁もゆかりもない人間が爆弾ベストを着て駅や繁華街で吹き飛んだり、銃を乱射したりしているのを知らないわけじゃない。最早陣営で区別できるほど世界は単純じゃないということを知っているという点において、おれたちは馬鹿じゃないが、わざわざそんなことを確かめて自分たちの存在意義を危機に陥れようとするほど真実に重きを置いてもいなかった。誰かに作為された身を砕くような摩訶不思議な欲求から逃れられさえすればよかったのだ。だからおれもランボーもここにいて、そんな消化不良の欲求を、銃を通して、火薬とともに吐き出される弾と一緒に見知らぬ誰か、仮にそれが鏡に映った自分であっても、作られた敵であっても、それに撃ち込めさえしたら、構造や真実などは取るに足らないのだ。ランボーの雑な言い分もあながち間違いではないと思っている。

日が傾き始め、交代の十分前頃からのそのそと次のチームが交代のためにやって来た。

キャプテンと、次のチームリーダーが相互に申し送りを実施し、Kを含む他の三人は荷物をまとめて哨所をあとにした。宿営地域には、移動式トイレやトレーラーハウス、現地人のもの、あるいはチェーン店の移動販売車が所狭しと並べられてあった。会社側も食堂車を一応は用意していたが、たいがいはチェーン店のそれで済ませていた。シフトによっては昼夜が逆転するため、食事のとり方も各人各様であった。宿泊のためのコンテナは、二段ベッドが左右に取り付けられている簡素なものであった。Kは早々にコンテナへと引き上げて、眠りにつくことにした。コンテナの入口には、塩ビ管がお椀型に盛られた土の山に斜めに突き刺されていた。人員の出入りのある建物の外には、決まってこれがあった。これはそこに銃口を突っ込んで薬室内にある弾を撃ちだすためのものであった。Kは、弾倉を外してポーチの中にしまい、それからチャンバーを手で引いて薬室内に残された弾を取り出した。セイフティレバーを単発に切り替え、塩ビ管の中に銃口を入れ、脇で銃床を挟み込むように固定してから引き金を引き絞る。撃針が空しく虚空をついて、間延びした金属音が響く。切り替えレバーをセイフティに戻し、屈みこんで先ほど吐き出された弾丸を尻のポケットに入れた。コンテナに入ってからは、自分のリュックからタオルや、母国から持ってきた、そして今なお温存しているとっておきのJTのタバコといくつかの日本製のお菓子を取り出した。紛争地域と言われているところでも、離れた地域では安定している場所もあり、そうしたところでは世界的なチェーン店であるとか、世界に冠たるインターネット通販会社の販路があったりするが、ここは、当然その中には入っていなかった。だからこうして自分の「とっておき」をここぞというときに行使するのだ。だれにでもそれはあって、ささやかな休息と幸福を味わう。

携帯のアラームを任務の四十分前にセットした。ベッドに腰を掛け、小銃を手元に手繰り寄せてセイフティを改めて確認する。銃を立てかけ、靴を脱ぐ。頭で考えるよりも先に、体が覚えている行動だった。隊を離れてから二年強経っていたが、体はいやに色々なことを忘れようとはしない。あるいは、そのようにして世の中が成り立っているのかもしれないとすら思えるときがある。だれも何も考えず、ただ習性だけで生きている虫の世界。

ベッドに寝っ転がり、腕を頭の後ろで組む。ここのところはずっとそうである。指の間をすり抜けていく水のように、自分の記憶がすっかりと抜け落ちているような気がしている。自分がたどってきたはずの細部がどこにもなく、ただ突然に、忽然とこのベッドの上に自分が立ち現れているような恐怖感。

ポストに立っていた時の自分を想起することはあれど、そこから現実味が希釈されてしまうのだ。

福生（ふっさ）の駅近くにある雑居ビルに、この会社の支社があった。日本人向けの採用は、国内のビル警備くらいしかなかったが、近隣に米軍基地があることも相まって、任期満了を迎える米軍人用の採用担当もいた。世界をマタにかける大企業という触れ込みではあったが、少なくとも日本にあるそれの見た目は、この同じ雑居ビルの一階にある地元密着型の不動産屋と、さして変わりはなかった。担当の中年男性が、薄くなった髪を軽く撫ぜながら、国内警備のものでいいですかね、となんの感情もなく漏らした後に、目を凝らして、改めて履歴書を覗き込んだ。今まで名前と年齢程度しか確認していなかったのであろう。まさか自分もいきなり国外で銃を手にして仕事ができるなどとは考えていなかったので、適当に相槌を打った。一転、中年は履歴書を手に持ったまま、少しお待ちいただけますか、と言い残すと中座する。面接をしているブースを出ると、奥の事務所で誰かと何かしら話しているようで、しばらくすると、先ほどの担当とは、性別と年齢くらいしか共通点のなさそうな白人が、のそっと入ってきた。しばらく話をしていると、どうも彼は米軍向けのリクルーターであったらしい。履歴書の軍歴の他に、語学力などの簡単な質問をされたあとに、最後に「海外の最前線で働いてみる気はありませんか」と流ちょうな日本語で訊ねられた。Ｋは二つ返事ではい、と答え、それからわずか二か月後には社員証と出発日時、必要なものが書かれたリストが自宅に送られてきた。

それすらも実感が、今やなくなっていた。一旦上体を起こして、プレートキャリアを脱ぎ、ベッドの横に置いた。自分の生が、ことごとく分断され、連続性を失っていく気がした。

自衛隊をやめて一年ほど経った頃、貯金は半分ほどになっていた。仕事探しは一度だけして、やめた。時間も曜日感覚もすっかり失っていた。

意味もなく総武線に乗り、降りたことのない駅で、例えば津田沼だとか亀戸だとかで降りて、できるだけ自分の生活圏から遠く離れてみようと試みたりもした。しかしそれも長くは続かず、せいぜい二、三日か、ややもすると十時間足らずで帰って来ることもあった。それなりに値の張る自転車を買って、無意味に甲州街道をひたすら西進したり環状八号線を南下したりもしたが、得るものはまるでなく、ただ徒労感だけが募るばかりだった。

ある場面と、人と、背景がまだ描かれていない、描きかけの油絵みたいに昔のことを思い出すことがあるが、そこに肉感というか、温度や皮膚にまとわりつく生の感覚はなく、あるのは、自分が経験したことであるにも拘わらずそれを鳥瞰している現在の自分と、映画と同じくただ時間とともに流れていくシーンだけである。自分にとっては、苦痛や痛みや不快感だけが生きていることを教えてくれている気がしている。

「お前仕事はじめないの？」

たとえば、地元に戻ってふらついていた時、たまたま会った大学時代の友人と飲み屋に入ったときもそうだ。しばらく近況の報告をしあったりなどして、中には結婚をして子供を持ったりしている連中もいるというような話を、あたかも自分がそうしたかのようにして話す人々と席を同じくしたとき。場が温まってくると、おのずと自分に水を向けられて、話さざるを得なくなる。自衛隊というだけで馬鹿扱いされ、それから訓練だけしているという固定観念があるから、もうKにしてみればそれを否定することすら面倒になって苦笑しながら、どうするかな、とだけ言って茶を濁す。仕事と知人と女と金、あるいは車の話が飛び交って、そうでないときは仕事をしているだけの日々がいやで自衛隊を抜け出したのにもかかわらず、結局今もこうしてその堂々巡りのらせんの途上にいることを思い知らされる。耳を澄まして、いや、その必要性すらなく聞こえてくるのは、大声で隣や後ろの席で会話をしている勤め人であろう男たちのそれで、これらもまったく先のものと同趣旨であるから、よりいっそう鬱屈した感情が沈殿してくる。とにかくここを抜け出してどこか遠くへ行きたかった。けれども、なぜか自身の身体か精神、あるいはその両方はこの土地に根を張ったように動かず、自分からありとあらゆる活力を奪い取っていく。何週間、何か月と経つうち、この衝動的で攻撃的に承認を迫る社会に対するささやかかつもっとも過激な反抗は、何もしないでいることだとわかった。それはあるいは、自己肯定からくるものであったのかもしれなかった。

「Aでも呼ぼうぜ」と大学時代の共通の友人の名をあげる。本当は、お前の下の名前だってあやふやなんだぜ、とのど元まででかかった、軽い怨嗟の混じった言葉が行き場を失ってまた腹に刺さる。薄暗い店内では、食器がぶつかる音や足音や人の声など音であふれかえっていた。とにかくうるさく、頭痛がしてきた。

目の前にいる企業勤めの友人は、その属している組織にいかに無駄が多く、何世代か上の社員にITリテラシーがなく、センスがないかを語ったうえで、その企業の資本金だとか事業の大きさを誇らしげに、言外に表現していた。あとからきたAという役所勤めの友人もまた、単語こそ違うが、自身の環境について安寧を吐露する。何もなく、不安定で未決状態で浮動状況のKのことを心底心配しているようであった。くたばれ。おれは内心毒づいた。天井が低く、ひどく圧迫感があった。テーブルをはさんで、反対側に二人友人が座っており、Kは後から来たAがおれの隣に来なくてよかった、と思った。料理を運んでくる店員が、ときおり引き戸を開け閉めする。それに合わせて降ってわいたように音が大きくなる。

「今景気いいよな」

「Kも仕事選ばなければそれなりに稼げるんじゃないか」

余計なお世話だ、とは言わない。

「どうだろうなあ。まあ久々にゆっくりできてるし、もうちょっと色々考えるかな」

Kをよそに、二人はこれから何を買うか、たとえばそれは金融商品であったりカバンであったり服であったりだったが、そのどれも自分を突き動かし得るものにはならなかった。ぼんやりと彼らのやりとりを聞きながら、いつしかKは世界のどこかで繰り広げられる紛争地帯を夢見るようになった。自分の生死以外に興味がなくなってしまった。後生大事に、彼らのようにおおまかに死期とそれに至る経路を選定して器用に歩くことができないおれは、自分でいつでもそれが降りかかってくるような環境に身を賭す以外選択がないように思えた。

ベッドの上で、腕を組んだまま、思い出のスクリーンになっている二段ベッドの金網を眺めている。上ではキャプテンが同じく寝っ転がっている。彼もまた何かを思い出すのだろうか。たぶん、思い出すこともあるのだろう。はたと考えてみると、他者の現在を見て何かを感じることはままあれど、過去に何を思い、何を考えて何を為してきたのか、その道程を気にかけたことはあまりなかった。それは個々人という単位から国家に至るまで、すべてである。本当は、何かを理解するのには、過去も現在も未来も、全てフラットにして考えなければならないのかもしれない。

キャプテンは、どうやら寝返りでもうったようで、ベッドが軋んだ。Kは腕を解いて、クッションを、自分で空気を入れて膨らませる緑色の、日本のホームセンターで買った中国製のそれを左手でたぐりよせて、頭の下に敷いてさらにそのクッションの下に右手を差し込んで壁を向いた。やっぱりあの国はおれには息苦しい。いや、単に苦しい。親のことは弟に任せよう。あいつは昔から器用だったし、両親からの覚えもいい。二人で、なんとなくそうしようと決めたわけでもないのに夜の八時まで、どこか無理して、腹も減ったし本当はもっと早く帰りたかったのに遊んだことがあった。家に帰ったら、案の定母親からこっぴどく、そしてとくにおれが叱られた。帰路、家々から漏れる灯りと食卓の匂いが、妙に悲しさを助長した。ややもすると、あの住宅地自体が異物を排除しようとしているのかとすら錯覚したほどだった。今でも時折、そうした感情を家々に対して抱くことがある。弟のことを考えるとき、劣等感やくやしさよりも、なぜか申し訳ない気持ちが強い。肩が痛いな。たぶんキャリアが重かったせいだ。寝よう。

Kはゆっくりと目をつむった。

次に目を覚ましたのは、爆発音がためであった。すさまじい音響であった。そこからは工場内で非常を知らせるサイレンが鳴り響いた。コンテナにいた四人は、当然全員目を覚ましている。キャプテンは無線で状況を確認しようとしたが、錯綜しているらしく、必要な情報は得られなかった。スピーカーからは無線の雑音と、どこの国の言葉ともしれぬ音がとぎれとぎれに絶え間なく流れている。Kは、言われるまでもなく、プレートキャリアをすでに着、ブーツのひもを編み上げている最中だった。枕元にかけてある、汗のしみ込んだアフガンストールを首に巻き付け、小銃を手に取った。キャプテンもほぼ同様の所作を終えたところらしく、ベッドの上から飛び降りて来る。「いつでも出られる準備をしておけ」と言い残すと、どこかへと走り去っていった。コンテナのドアは開け放たれたままで、外の喧騒とサイレンがより一層大きくなって聞こえてきた。砂っぽい空気と、秋口だというのに若干熱気のある空気も一緒にやってきた。時計に一瞥をくれると、太陽の姿こそもうなかったが、陽光だけはまだしぶとく山の向こうで燃えていた。この地の夕方は長かった。

次のシフトまでの時間を考えると憂鬱になった。このすぐ後に、あるいは何者かの襲撃があって死ぬかもしれないにも拘わらず、自分はその死ぬかもしれない事象の後にくる退屈な仕事中の睡魔について心配していた。はたとこの事実を認めると、可笑しくなった。ここに来る前と、いや、それよりずっと前から自分の性質は何も変わってなどいないのだ。

数分してから、キャプテンがまたコンテナに飛び込んできて、「ランボー、正面ゲートに車を回せ。他はついてこい。非常線を張る」とだけ、本当に必要なことだけをさらりと、明日の天気でも伝えるように言った。実を言えば、Kは実戦が初めてだった。にもかかわらず、心中上ずるようなことはなかったし、手はしっかりと弾薬を薬室に装塡していて、訓練通りの動きをなぞっていた。ランボーは急ぎコンテナを飛び出し、車をコンテナ前にアイドリングさせた。残る三人はそれに乗り込むのではなく、ドアの下につけられているステップに足をかけ、天井のキャリアにつかまった。Kは車の右側に立っていたから、左手でそれをつかみ、右手は小銃の握把をつかんでいる形であった。車は、エンジン音を轟然と鳴らし、正面ゲートへと向かった。ゲートから延びる片側二車線の道路では、工員たちが黒々と上がる煙を見つめていた。

車の天井を挟んで、反対側にいるキャプテンに、怒鳴るようにして何があったのかを訊いた。返事は短く、ただ「自爆だ」とだけ言われた。土煙の向こうで、幾重にも張り巡らされた配管がうごめいている。それはあたかも、車が止まっていて、彼らの方が蛇のようにとぐろを巻いているようにすら見えた。

ゲートから五十メートルほど手前の位置で車は停車した。散開し、周囲の警戒を行う。ゲートにある二重のフェンスは全て吹き飛んでいるのが、黒々と上がる煙が一瞬開けたときに見えた。何台かのトラックが、元の色など分からないほどに燃え盛っている。それを取り巻くようにして負傷した人間が、それこそ映画に出てくるゾンビみたいな動きで、よろめきながら歩いていた。車列は十台ほどあり、先頭車が爆発したようだった。

周囲では、英語やアラビア語の怒号が飛び交っていて、あるいはそれ以外の言語もあったかもしれなかった。警報音と時折起きる小規模な爆発、人々の絶叫は、まさしく今までテレビで見ていた光景だった。小銃を改めて握りなおし、セイフティがかかっていることを確認する。ただ、不思議と、この光景を見ても、依然として自分の死だけがどこか遠くにあるように思えた。

「外に出て非常線を張るぞ」

キャプテンが、再度車のステップに足をかける。残りのオペレーターたちは、言われるがまま車に駆け寄る。

「ゲートの横を通って、車列の最後尾につけろ」

キャプテンは、屋根のキャリアに再度つかまりつつ、頭だけを助手席の窓ガラスから覗き込むようにして入れると、運転席にいるランボーに命じた。ランボーの表情は、見えなかった。車はスピードを上げてゲートへと向かって行く。風はなく、東側の地平からは紺色に近い夜が迫っていた。まだ生暖かい外気のために、チョッキの下でゆっくりと体が蒸され、シャツが体にへばりついた。いまさらになって、寝起きでのどがかわいていることを思い出した。粘性のある唾液が喉元でべたつく。顔を進行方向からわずかにそらしてそれを吐き出す。口角に、唾液が糸を引いてわずかにつく。それを空いているほうの手で拭ったりはしない。銃口が明後日の方向に向いたりしたらことだ。燃え盛るトラックの横を通るとき、確かに物が燃えている熱と、ガソリンとプラスチックが溶けるにおいが混ざり合ったものが鼻腔を突く。こんなところは、やっぱりどんなに控えめに見積もっても、人のいるところじゃないと思う。だけれども、キャプテンも自分も、他のみんなも全然そんなものは歯牙にもかけずに、誰に言われるでもなくさらに危ないフェンスの外に、普段はポストからあちら側なんて言っている世界に容易に飛び込んでいく。

最後尾のトラックは、ドアが開けたままになっていた。運転手は、すでにどこかへ逃げ去ったのだろう。車が停車するやいなや、各人はそれぞれ二十メートルほどの距離を空けて、その場に片膝をつき、周囲の警戒に移った。プラントへと向かう車道はこの一本しかなく、追撃があるとすれば、ここが一番可能性が高かった。過去に発生した自爆テロを鑑みても、いったん一撃目を加え、人が集まりだしたときに別働の数人ないしは別の自動車爆弾が攻撃を加えてくることがままあった。救急車やパトカーに偽装していることもあったという。キャプテンが、クウェートシティのピザ屋でコーラを飲みながらこともなげにそんなことを言ったことをふと思い出した。しばらくすると、道の向こうからけたたましくサイレンを鳴らしながらこちらへと向かう救急車が見えた。一見しただけで、四台ほどはあった。隣にいるキャプテンを一瞥すると、小銃を構えている。ぎょっとした。どれほど近づいただろうか、キャプテンは当初上空へ向け、指切りで連射をする。銃声は、爆発音そのものより、チャンバーが後退する金属音のほうが耳に残る。それから思っているよりもずっと大きな音が鳴るので、耳の奥が少し痛くなる。ただ、どれもこれも、慣れたものである。驚くのは最初の一発目だけだ。二発目は少しだけひきつるような感覚。三発目から先は、もう何も感じない。救急車からも、発火が見えたのだろう、速度を落とした。それでもまだこちらに接近してくるのを見ると、先ほどよりも長めの連射を、救急車の進路である道路に向けて撃ち込んだ。土埃が小さく、そしていくつもできた。さっきと違うことは、おれも、他の三人もそれぞれ銃口を救急車に向けているということだ。救急車はようやく停止し、キャプテンがこちらを振り向くこともなく「カバーしろ」と言いながら接近していくのを合図に、四人が一斉に動き出す。車両の左右にそれぞれ二名ずつ分かれて、後方にいるオペレーターは、前方のそれを射線に入れないように、約四十五度後方について、歩速を合わせる。ジョンが先頭で、ランボーがそのサポート、キャプテンとKという組み合わせであった。緊張をしていないといえば嘘になるが、体のこわばりをよそに、体は訓練をしているときと同じようにいつの間にかセイフティを下げていて、下向き安全姿勢でいつでも射撃をできるような態勢になっていた。キャプテンは、ドアの近くにまで来たとき、小銃をつかんでいる両手を放し、腰に装着してある拳銃へと手を伸ばす。近距離での射撃については、より狙いをつけやすい武器に切り替えるのだ。頭では考えない。これもまた訓練で培ったものが、自然と出るだけだ。Kもそのやや後ろから、それまで地面に向けていた銃口をなめらかに運転席へと指向する。ドットサイトの光点には救急隊員が、白いヘルメットをかぶる褐色肌の髭面が重なっている。相互支援の態勢が確立されたのを肌で感じたのであろう、Kの射線に重ならぬよう、拳銃を肩に引き寄せ、左手で車のドアを開けたキャプテンが大声で下車を命じる。何を言われているか分からなくとも、こちらの表情と手にしたものが、命を奪いうるものであるということを察知するのは、極めて容易だ。

人が本当におびえたときの表情は、目を見れば分かった。泣き叫んだり、絶叫したりはせずに、ただ静かに目を見開き、顔の筋肉が硬直していた。こちらがさらに、追い打ちをかけるように声を張り上げると、それを合図にしたかのように、相手も何かをまくしたてるように主張を始めた。運転席から降りた救急隊員は、両手をあげて、時折ジェスチャーだろう、片一方の手はあげたまま、もう一方のそれで胸を小さく人差し指で指したのちに、ゲートのほうへとそれを向ける。何度か同じコミュニケーションを取ったあとに、キャプテンの「銃をおろせ」の合図のもとに、とりあえずおれの初めての修羅場は終わった。

キャプテンは顎を、ゲートへ向かえ、という意味を込めて、わずかにしゃくった。相手は何か文句をわめいていたのであろう、これもまた言葉が分からなくても、こちらに向けた憎悪か、憎悪とまでは言わずとも、敵愾心(てきがいしん)がごときものを向けられたら分かるものだな、と思った。それから、どうしてこんなことをしてしまったのだろうか、と少し後悔に似た気持ちを感じた。救急車は、四人の間を走り抜けていき、Kはそれを見送った。

違う国で、自分の知らない言語でののしられても、嫌な気持ちを味わうということにまったくなんの壁もないのだな、ということが分かった。そしてそれは、今まで言葉を言い訳にして、心の奥底で自分たちの言葉以外は存在しないと決めつけて、その上それを扱う人々を人間扱いしていなかったことを認めた瞬間でもあった。後味の悪さを胸の内に抱えた。自らが招いた退屈や焦燥から逃れるために、わざわざこんなところに来たが、分かったことは、どこにでも人がいて生活があって、それらと自分は不可分で、本当に必要だったのは、自分との徹底した闘争であり、何かから逃げたり怯えたりすることではなかったのだ。

世界を変えることはできないし、世界はいつだって同じものを、それは時に闇夜が併呑する砂漠であるとか、首筋を焼くような暑さであるとか、砂埃とともに吹き付ける強烈な西風を供給するだけだ。土地や環境は、ましてや消費社会や紛争も生を構成する要素ではない。その中にあって、各々がいかに振る舞うかということこそが生きるということなのだ。

キャプテンは無線でしばらくやりとりをしたのち、「このまま非常線を維持しろ」と言った。後ろを振り返ると、相変わらずの騒ぎだった。緊急車両が新たに着いたことで、さらに騒ぎが大きくなったように感ぜられた。

収拾がついたのは、夜を迎えてからだった。応急的に、新たな哨所とゲートを作り、さらに直線で施設までは来られないように車止めを道路の左右に置いて、蛇腹鉄条網も設置した。もっとも、それを目にしたのはこのプラントを出る日のことだった。この日は、通常の任務に加えて、一時間置きに交代での巡回が加わって、おれたちももちろんその例外ではなく、シフトの時間外にこれをこなさねばならず、今週の勤務は外れくじとなった。それが終わったのは事件の二日後で、これによってようやく睡眠不足から解放される。

最終日、哨所ではノートパソコンを持ち込んでいるキャプテンが、報告書を打ち込んでいた。イラク戦争前後に比して、警備会社に課せられる義務はずいぶん煩雑になっており、無法者ではいられなくなっていた。この国では、もう権力が復活して久しい。ただ、その権力が真に国民の意志によるものであるかどうかは定かではないし、満足にこの国のことも知らない自分がそれをどうこう考えることすらおこがましいのかもしれない。

しばらくして、キャプテンが作業を終えたらしく、電源を落としてタバコをくゆらせはじめた。

「帰る場所があるなら」と不意にキャプテンが切り出す。

「帰ったほうがいいぞ」

休暇の話だった。Kは下唇を突き出し、肩をすくめた。

「それに、それっきりこっちに戻ってこなくたって誰も責めやしない。今やおれたちのほうが出稼ぎ組なんだ」

「昔は違ったんですか」

キャプテンは、失意とも寂寥ともとれるような長く、深いため息をついて、ついにこの問いに答えることはなかった。とはいえ、その詳細は聞かずとも、この数か月見聞きしたことを鑑みれば、大体の想像もつくというものだった。

正規軍が乗り込み、その後世界中どの街角でも見ることが出来るチェーン店、それから国際的な警備会社が乗り込み、しばらくしてそれも落ち着くと、今度はその制服を現地人が着、現地人同士で戦う。時には隣国の人間とも。出稼ぎといえば一般的に、たどたどしい言葉を使いながらレジを打ったり肉体労働をするその国の人民でないものをいうが、ここでは先進国において専門的かつ先進的軍事教練を施された人間のことを指す言葉でもあった。

つまるところ、出稼ぎ組であろうと現地人で構成されたものであろうと、そのほうが国や企業の看板を背負った連中が何かをしたり、あるいは死んだりしても、他の批判もずっと小さく抑えられるのだ。いや、批判があればまだいいのかもしれない。実際は無視され、仮に認識されたとしても、それは例えば最新のガジェットや金融商品の宣伝に上書きされて、あったことすら忘れてしまう。

今こうして銃を持って、ともすればいつ死んでもおかしくないという状況にあるおれのような人間ですら、現地人同士が撃ち合いをしようが、同業者がＩＥＤで吹き飛ばされようが、何も感じないのだ。

おれたちは日々殺されている。人によってはそれを搾取と呼ぶのだろうが、生も死も奪い取られ、巧妙に隠された状態を表象することばを、おれは知らない。ただ、死だけは確かに在る。救済としての死が。それは、自分で決められるものでもなければ、ましてや老いの先に静かに待っているものでもない。生きていない状態から脱出するためには、死を取り戻さなければならない。

ひょっとすると、あっち側にいる連中も、さらには国境を越えた向こうで先進国とか西側なんて呼ばれている地域から義勇軍として参加している彼らもまた、そんな緩慢なる生からの脱出を試みているだけなのかもしれない。ともすれば、両陣営に分かれてお互いに死を提供し合うこの関係は、まさに原始的な交換社会なのではなかろうか。

漠然としてとりとめのない生は、確固たる存在の死のみによって定立し得るのだ。それを嘯（うそぶ）いて、死は誰しもにとって例外的で、時に存在しないかのように黙殺して通り過ぎるということは、コマから回転力を奪うようなもので、生は倒れたきり二度とは動かない。我々は愚かにも、ありとあらゆる言語と資本を動員して、よりよい生活とか未来、そうでなければ貧困、仮想敵というイメージを作り出して生を支えてきた。そうしていつしか出来上がったのは、肥大化して動けなくなった豚のような生だ。

過去の自分が、ともすればほとんどすべての人々が抱えているかもしれない不安の正体は、その偽物の死だ。国威や民族に対する脅威を、そのまま自身の脅威と錯覚する。

誰かがおれの仕事を奪えば、貧困や無職、不安定という鵺がごときフェイクが死を装って襲い掛かろうとしてくる。しかし実際に襲ってくることはできず、そこから逃れるためにおれたちは排他的に、攻撃的になるが、実際の敵は死を留保しているものにこそある。しかしそんな敵愾心もここでは必要ない。なぜならば死はすぐそこにあるし、奴らは、つまりバッドメンは死をしっかりともたらしてくれるからで、奴らがそのまま死の脅威であるからだ。民族や国家への脅威が自身に転化されるのではなく、自身への脅威そのものが確固たるものとしてそこにあるのだ。だから彼らに対する最大限の返礼は敵対意識でも差別意識でもなく、防御行動なのだ。そこに好悪を混ぜてはいけない。我々が忌み嫌われる最大の理由は、きっとここにあるのだろう。

死をそばに置いて生きているものこそが社会にとっての最大の脅威なのだ。

「どこにいっても、自分の問題は自分でしか解決できませんし、逃げられないことが分かりました」

キャプテンは、Kが何を思い悩んでいるかは知らない。ポストに立つ、ランボーだけが「女みてえにめそめそしてても何も変わらねえよ」と言って、水みたいな唾液を歯の隙間から外に吐き出した。ああ、乾燥しきっていまいましい、とその後にひとりごちた。

ゲートでの爆発以外は、敷地内に不発の迫撃砲弾が落下した程度で、大きな衝突は特になかった。十日の任務を終え、四人は航空基地へと帰投し、そこから米軍の定期便でクウェートまで飛行したのち、現地で四人は解散した。キャプテンはクウェートで過ごすらしく、何も決めていなかったKは、いまさら帰りのチケットを取るのもバカバカしく、移動の時間も考えると、それだけで疲れた。結局、現地にある本社の宿舎に戻った。あとの二人はアンマン経由で母国へと一時的に帰ると言っていた。もっとも、二人とも飛行機の時間自体がぴったり合うことはなく、二、三日はこっちで時間を潰さざるを得なかったが。本社は、多国籍軍のキャンプ内にある。皮肉にも、家主たる軍人たちのそれよりも、資本がある分、警備会社や駐留する企業のほうがよっぽど立派な建物に住んでいた。空調は効いていたし、なによりチームの全員が部屋にいないから、一人部屋だったということが、より快適性を向上させてくれていた。インターネットも完備されていたから、仮に母国が恋しくなったとて、なんら問題はなかった。こういう不具合のなさが、かえってさみしさを助長した。

キャプテンの死を知ったのは、メンバーが徐々に出そろい始めた、休暇の終了二日前だった。交通事故だった。

ペシュメルガと呼ばれるクルド人主体の武装勢力がいる。過激派が支配するモスルを奪還した際に活躍した部隊だ。中には女性のみで構成された部隊もあったという。奪還は米軍主導の有志連合とイラク政府軍による共同の攻勢だった。キルクークへ向かう道中で、この部隊が北部に集中しているということを、自分の昔話をするかのようなトーンでキャプテンから聞かされた。初めてイラクに来たときのことだった。ペシュメルガは「死に行く人々」という意味があるそうで、キャプテンはこれにギリシア神話に登場する死神であるタナトスをかぶせて、彼らに対して畏敬の念を抱いているというようなことを言った。

「インドからペルシア湾に至る利益を確保するためには、どうしてもイラクをその支配下に置かなければならなかったんだ」

キャプテンは、車窓から後ろに流れていく土塀作りの低層住宅を眺めながら言った。屋上や二階の窓には洗濯物が所狭しと並べられていて、一階はだいたいが商店であった。土煙と日差し、排気ガスのにおいが車内に立ち込める。

「最初セーヴル条約でクルドの自治は守られていたが、そんな事情もあってそれは破棄されて、代わりに空軍がやってきて、北部はめちゃくちゃにされた」

それから今度はイランやソ連、イラク政府に米英と、接近と衝突を繰り返し、それが百年以上続いているということを教えてくれた。

「だから北部が、この前政府軍と衝突しなかったのには驚いたね」とキャプテンは続ける。

イラクとトルコ、またはイラクとイラン、もしくはその三者いずれもが、チグリス、ユーフラテス両河川を原因とする衝突を繰り返していたが、そこにクルドが入り込むと、不思議なことに彼らの利害が時に一致することがある。クルド労働者党を攻撃するための越境攻撃を、イラク政府がトルコに認めたこともあった。クルドは湾岸戦争の折には、多国籍軍の支援は受けられなかったものの、自治権を勝ち得るまでに至ったが、戦争終結後は利害を巡って今度は民族内での衝突が相次いだ。

Kがキャプテンを想起するとき、瞼の裏に描かれるそれは彼が銃をもって戦う姿だったり、あるいは海兵隊時代の迷彩服だとか、私服で那覇の街をうろつく姿ではなく、SUVの助手席で、サングラスをかけて、窓から手を出して歴史と自分の思いを語るあの姿だった。

「タナトスっていうのは、ギリシア神話にしては珍しく、初めに出てきたときはまるで容貌に特徴がなかったんだ」

珍しいの意味も、ギリシア神話もまるで分からなかったが、なぜか石膏でできた、筋骨隆々の裸体の男を思い浮かべた。もしかしたら、それが造形とか容貌というものにあたるものなのかもしれない。

「それがいつしか死体を町から町へと運ぶ中で神として描出されて、後世になって人の魂を奪っていく死神として描かれるようになったんだ」

キャプテンは、死体を「ボディバッグ」と呼んだ。それが話の中で全くかみ合っておらず、ひどく可笑しかった。

ペシュメルガとタナトス、なんか似通っててクールだろ、とキャプテンは言わなかった。だけどおれは、それがとてつもない心象風景として、憧憬(しょうけい)とともにしっかりと刻み込まれた。キャプテンもまた、タナトスに迎えられてしまったのだろうか。いたるところに死が転がっていて、その結末が交通事故だとは、Kは思いもよらなかった。でもそれはやはり劇的な死だと思うし、キャプテンは解放され、それから死を取り戻したと思う。

警備会社は、いくつかの作戦区域を持っていて、それぞれに現場管理官がいて、現地を統括するのはここにいる統括管理官である。そしておれは、その統括管理官に呼び出され、リーダーに任命された。キャプテンの遺体は、病院から救急車で基地に搬入され、来週アンマンからサフォーク郡チェルシーまで移送されるということであった。街から街へと、遺体が運ばれる。チームには、新たに英陸軍出身の、陰気な青年がやってきた。

警備会社の警護の方式は、大別して三つある。個人警護と、移動警護、それから定点警護である。迎え撃ち、身を護るものが多い定点警護が、もっとも脅威が低く、移動対象の警護がもっとも難度が高い。ルートはもちろんその時間も、武装警備員にも運転手にも直前まで知らせない。いつどこで誰から情報が洩れ、待ち伏せにあうとも分からないからだ。だが、そこまで厳重に情報を統制してもなお、武装勢力の拠点が崩壊した今、彼らはかえって国内はおろか、世界中いたるところに出没し、ありとあらゆる攻撃を加えるようになっていた。つい昨日までこちら側だった人間が、ある時あちら側に転落していて、自動車もろとも吹き飛ぶこともあるから、むしろ今の方がかえって厄介かもしれない。おれも、えらい連中だってそんなことはわかっていた。誰しもがあちら側に落ちる余地はあるし、それは常に未分化の状態で身体の中で同居しているのだ。頭で数百キロの行程を車両機動するコンボイと自分たちを想像して、辟易した。Kが依然オフィスにいたことに気が付いた管理官が、やや驚いた顔をして視線をあげる。短く刈り上げた髪は軍人のようであったが、ネクタイを締めずに、襟をややはだけて着るワイシャツや、しっかりと線の入ったスラックスはまさしくビジネスマンのそれであった。

「まだなにかあるか」

「いえ、何両のコンボイを何人で護衛するのか詳細を聞きたく思い」と言ったところでさえぎられ、「細かいことは来週からだ。荷揚げがアンマンであって、先方からニーズがあるからこっちの勢力が決まるのはそれからだ」

彼が言い終わってもなお立ちすくんでいると、管理官は目をわずかに見開いて、促すように、それでいてこの会話自体の終わりを告げる合図を、両の手のひらをこちらへ差し向けて送ってきた。

死を期待することは異常ではない。死そのものは誰にでも訪れることだからだ。それを死ぬ寸前になって受け入れるか、それとも最後まで拒否して苦しむかはその人次第である。死は終わりではないが、生もまた始まりではない。いずれも未分化であるのだ。自らを、死に対する憧憬を持つという一点において異常者とするのは、やはり正当ではなく、死それ自体を異常事態として扱うことこそ摩訶不思議な仕組みなのだ。わざわざ我々はそれを言わないし、理論的なことは、ひょっとするとあちらにいる連中も我々もわかっていないのかもしれないが、その違和感については喉を震わせたり、腹の底から絞り出すようにして空気を振動させて他人の鼓膜に届けようとはしない。ただ、日々の生き方だけがそれを能動的に語るのだ。名詞としてではなく、ある種の状態としてのペシュメルガ。キャプテンは、まさにそのような人であった。一見不連続に見えるような一生こそ連続的な人の生なのだと、おれは信じている。同一でいて全て別々で、しかも平行的に存在しているのだ。

「自分がばらばらになってる気がして、軍をやめたんだ」

初めてキャプテンと会ったのはイリノイ州で、各国の警備会社が、時には軍が講習を受けるための施設においてであった。Ｋも研修のため、初めはここにいて、その教官がキャプテンだった。七階建ての、なんの特徴もない建物の中にある一室が自分の居室で、間取りは全て同様のものであった。Ｋの部屋にコロナの瓶を片手にやってきたキャプテンは、自己紹介にしてはあまりに簡素なことを言った。そしてこれが初めて彼を知るきっかけであると同時に、彼が自身のことを語った最後の瞬間でもあった。彼の心中を慮(おもんぱか)ることのできる言動は控えめに言っても少なく、ありていに言えば絶無であった。キャプテンはこのあと「ただ、ばらばらなほうが人らしいんだと今になってわかったよ」と言ったのが彼を物語るすべてであった。

「ビールもらったんだ、飲もうぜ」

ランボーが、無地のTシャツにジーンズ、靴だけが仕事でも使うトレッキングシューズというい出で立ちで入ってきた。手には半ダースのバドワイザーがある。基地の中は、基本的には禁酒だ。飲める場所がないことはないが、限定されている。民間の施設を除いて。

二人はキャンプで使う折りたたみイスを手に建物の外に出た。人の出入りがあるドアから少し離れたところにイスを開いて座った。基地の周囲は、ライトが煌々(こうこう)と照らされていて、他にも時折軍の車両が走る音などが響く。

乾杯も何もない。座るなり、ランボーは缶を投げてよこした。彼は先にプルタブを起こして飲んでいた。おれもそれに続く。

「キャプテン、死んじゃったな」

軽い口ぶり。これに適当な返事が思いつかず、自分のほうではなぜか日本語で、「そうだなあ」とひとりごちるようにして漏らした。イスに深く座りなおし、空を眺めた。星がいくつも輝いている。時々涼し気な風がそっと通り抜けていく。ビールは最初からぬるくて、あまりおいしくなかった。舌の上でいつまでもべたべたと苦みが残る。おれは、まだ人の弔い方を知らない。悲しくないといえばうそになるが、かといってキャプテンの遺体もその瞬間も目にしていなかったので、実はどこかで生きているといわれても、否定のしようがない。

「だれかいるのかな」

ランボーが言う。だれか、とはもちろん国で待つ、文字通り「somebody」だ。いてもいなくてもキャプテンはきっと気にしないだろう。そんな気がしている。

「K、キャプテンの引継ぎだろ」

「そうだよ」

会話が続くかと思われたが、ランボーは、ただ肩をすくめただけで言葉をつなぐことはしなかった。彼は今もおれに嫉妬をしているのだろうか。はたまたそれはすっかり杞憂で、元からそういう態度をしているだけか。ただ今はそのどちらでもよかった。

どれほど沈黙が続いただろうか、もうまずいビールも二本目に手をつけていて、それも中ほどまで減っていた。ランボーは何を思ったのか、突然裏声で「人は死んだらお星さまになるのよ」と、おどけて、甘ったるいトーンで話した。

最初ぎょっとしてランボーを見たが、暫時ののち、吹っ切れたように笑った。ランボーも我慢できなくなったようで笑った。外周のサーチライトが煌々と照り、その中で砂埃がちらちらと舞っていた。どす黒い闇の中で星が煌びやかに輝いていた。

その翌日に勤務割が渡された。ブリーフィングが終わって、さらにその次の日からが勤務となった。

はじめ車列は、低いビルや、ファストフード店が点在する街を抜け、それから荒野を走り、また低層住宅に入るといった代り映えのしない道を走った。

おれたちのほとんどが、敵も味方もないことを本当はすっかり分かっている。対立宗派というものがあって、しかしその中でさらに民族が入り乱れ、経済政策についてのイデオロギーで分派され、かつての体制と反体制で分かれ、つまりはたった一つの要因で二つに分かれて戦うことなど、本来不可能なのだ。同一民族でも違う宗派があり、同一宗派の中で親米派と親露派で分かれる。そういうことに目を瞑って、おれたちはあくまでバッドメンとグッドメンで彼らも、そして我々をも分かつ。それが生き残るということだからだ。

イラクの住宅街は、一度建てたとてそれで終わるものではないらしく、眺めていると二階の上にさらに作りかけの壁があったり、張り出したバルコニーがあったりとさまざまであった。戦乱を逃れた民族が、他の地域で掘っ立て小屋を建てるときも、そのかつていた地域の様式をそのままにして作るものだから、見るものが見れば、いつどこから来たのかおおよその見当がつくらしい。このあたりは全部キャプテンの受け売りだった。

ヨーロッパ製のトレーラーは、全部で六台あった。加減速はせず、ひたすら間隔を一定にして走る。その六台の先頭、中間、後方にそれぞれ一台ずつ警備会社の車両がついている。Kたちはその最後尾に位置していた。

すれ違う車全てが我々に敵意を抱いているように思えたが、しばらくするとそんなことも忘れて、実際横切る車を見てみると、いつもの家族連れやタクシードライバーの姿がある。この世界は、いつだって自分の気持ち一つで分断も統合もされうるもろいものなのだ。

五十メートル先に、トラックのコンテナが見える。かつてキャプテンのいたシートには、おれが座り、ドライバーはジョンになっていた。ジョンはダッシュボードに電波式スピーカーを取り付け、携帯から音楽を流していた。

不意に、その音楽の隙間から風船が破裂するかのような音が一度鳴り、全員に緊張が走った。ジョンの方を一瞥すると、シートに背中を押し付け、つっぱるようにしてハンドルを支えていた。

「バーストした」

タイヤが、である。

速度が落ち、フロントガラスの向こうを走るトレーラーが段々と小さくなっていく。

Kは無線でトラブルがあったことを先頭車と本部に通報し、作業の概成時刻を伝えた。

「路肩につけろ」

国道からそれ、脇の荒野へと入る。バックミラー越しに後ろの二人を見ると、二人とも天井にある取っ手を手に、体を支えていた。ただでさえ道路状況の悪い国道から出ると、そこはまさしく荒野だった。砂漠といえば、細かい砂粒が、それこそどこか極寒の地の雪原のように風紋をそこかしこに作り、吹き溜まりがあるように思えるが、ここに来てそういったものは所詮イメージでしかないことを知った。この荒野は、まさに不毛の土地だ。ごろごろとした岩や灌木(かんぼく)、それから戦車、ヘリの残骸が転がっている荒野だった。

車が止まり、Kがいの一番に降り、周囲の警戒をするとともに、「ジョンとランボーは交換作業にかかれ。新入りはおれと警戒だ」と指示をした。併せて、警戒方向と位置を顎で示した。新入りは車の後方に片膝をつき、汗をぬぐって示された方向をじっと見つめていた。Kは、時折国道を通る車を見たり、どこを見るともなく全体を眺めていた。ランボーは相変わらず減らず口を叩いて、こんなところで襲われたらひとたまりもないなと言ったりしていた。

唐突に、新入りが立ち上がり、二百メートルほど先にある、土色に変色した戦車の砲塔を凝視する。Kは、その視線の先と新入りとを交互に見やる。サングラスを左手でわずかにずらし、改めて目を細めてその先を見ると、人がそのハッチを開け閉めしたり、中に出入りしているようだった。一瞬のうちに、先ほどのバーストが故意になされたものであったら、そしてそれから警備のなくなったコンボイの後方から自動車爆弾が突っ込んだら、ここにいる我々があたりに潜むハジに蜂の巣にされたら、というようなことが走馬灯のように流れてきた。ジャッキアップを終え、ボルトをゆるめるジョンや、荷台にあるスペアタイヤを出しているランボーは、そんなことに気が付いている様子はなかった。新入りは、何を思ったか突然そちらに向かって走り出した。おれは殴られたかのような衝撃を受け、あわてて制止したが、聞こえているのかいないのか、それとも何か手柄を欲してか、止まる様子はなかった。Kもそのあとを追った。走りながら、stop、stopと言ったが、新入りは止まらなかった。走りながら、このクソ野郎と、日本語でひとりごちる。砲塔との距離がどれほど詰まっただろうか、すでにそこにいる人の顔が見える位置にきたとき、果たしてそれが子供であったことが分かった。彼らのほうでも必死の形相でこちらに向かってくる銃を持った別の国の人間を見て慌てたらしく、何か叫びながら砲塔から飛び降り、駆けだした。今になって気が付いたが、そこからさらに数十メートルほど先に、藁や泥、石積みで作られた家が目についた。かまぼこ型で全体的に砂の色をしていて、荒野の地面が隆起したようにも見えないことはなかった。入口とその周囲だけは膝か腰くらいまでの高さの長方形のブロックが不揃いに重ねられており、蹴れば倒れてしまいそうであった。しかしそんな中にあっても、木で作られたドアはしっかりと立てつけられていた。子供たちは、二人ともジーパンに無地のTシャツという姿で、脱兎のごとく扉を抜けて家の中へと逃げ込んだ。新入りもすぐに追いつき、家の中へと飛び込むが早いか、ちょうどKが追いつき、抗弾ベストの首のあたりにあるキャリングハンドルをつかみ、力いっぱい後ろへ引っ張った。新入りは地面にあおむけに転がり、しばらくしてから銃を持っていないほうの腕で身体を支えてこちらを見つめていた。なぜか泣きそうな顔をしていた。おれには分かる。こいつは怖かったのだ。恐怖の正体を突き止めたくて、自分でも分からずに駆け出してしまったのだ。Kは視線を逸らし、家の中に目を向けた。そこには、母親に抱きつく子供たちの姿があって、母親と、さらにその向こうにいる父親と思しき男が、なんの感情もない顔でこちらを見ていた。自家発電機があるのだろう、トロール船を思わせる一定のリズムで稼働する音が聞こえてきた。テレビではサッカーの映像が流れ、歓声と解説がわずかながらではあったものの、外まで漏れていた。室内には絨毯があって、低いテーブルとマットレスに布団、まだ食べかけの肉と野菜をいためた料理が皿の上にのっているのが見えた。男はマットレスに、たった今自分の足元で転がっている新入りと同じような姿勢でいる。

おれはなぜか、苛立ちを覚え、新入りの身体をまたぎ、股間の下に体がくるようにしてしゃがみこんだ。小銃にセイフティがかかっているのを確認すると、それを背中に回して、こぶしを握り締めた。革手袋がこすり合わさる音が聞こえてくるようだった。新入りはまだ訳も分からず、こちらを茫然と見ていて、もしかしたらあの母親に抱きつく子供たちもその腕の中で同じ顔をしているのかもしれなかった。おれはまず右腕を、振りかぶることなくまっすぐ新入りの顔めがけて突き出した。頭をあげていたから、新入りは殴られた反動で地面に後頭部を打ち付け、唸るような声とも嗚咽（おえつ）ともつかぬ音を喉から漏らした。次いで左腕を左から右へ、つまりは新入りの右頬めがけてフックの要領でぶつける。今度は右腕を振り上げ、力いっぱい顔面にこぶしをめり込ませようとしたところで、背後から男の怒鳴り声が聞こえてきた。馬乗りの姿勢のまま振り返ると、両手を振り上げ、怒鳴り散らすさきほどの男の姿が見えた。パジャマみたいな薄手の生地でできた民族衣装を身にまとった髭面で褐色肌の中年が身振り手振りでこちらに向かってがなり立てる。新入りはおれの足元で、頭を抱え込むようにして縮こまっていた。もし彼が止めなければ、このままこいつを殺してしまっていたかもしれないと思うと、怖さよりもなぜかおかしさがこみあげてきた。Kは立ち上がって、新入りの横に行ってから、腕をつかんで起こしてやった。

　Kは依然玄関のあたりで喚（わめ）き散らす親父に軽く会釈すると、新入りを引っ張って、歩いて車へと戻っていった。しばらくすると、怒声も消えた。振り返ると、小さい格納庫みたいな家の扉は閉められていた。戦車の車体は地中深くに沈んでいて、それが旧ソ連製のＴ72戦車であることが知れた。砲身は中途で折れていて、あたりには見当たらなかった。全てが錆でおおわれていたために、一体これがどの戦乱で使われ、誰によって破壊されたかは見当もつかなかった。

二人が戻るころには、当然、作業はすっかり終わっていて、ちょうどこの位置からだと砲塔と件の家は一直線上にあって、直視できないような位置関係になっていた。二人はやきもきしていたようで、おれたちの姿が見えると、それはにわかに怒りに変わっていった。どこにいっていたんだ、とか何をしていたんだとかいう罵声をまた浴びて、Kは苦笑とともに、すまないとだけ言った。その後から、うつむく新入りが遅刻してきた小学生よろしくばつが悪そうについてくる。ランボーが顔を覗き込むと、鼻血を流し、頬が腫れているのが分かり、困惑の表情でこちらを見てきたが、お互い何も言わなかった。全員が車に乗り込み、何事もなかったかのように発車した。

背後へと流れていく、いつだかに見たあの山々の景色。その山の向こうには、覆いかぶさるようにして巨大で長い雲があった。ここはまだヒマラヤに分割される前の偏西風が流れている。上昇気流と相まって、上空では見た目よりもずっと強い風が吹き荒れているのだろうが、しかし雲は鈍重に、けだるく東へ流れていく。そしてそれが不意に「レビヤタン」に思えた。やつはこうしてあちこちの世界を睥睨しながらゆくのだろう。

人を殺めたり、死をひた隠しにしたりする連中というのは、巨大資本でもマネーそのものでもなければ、ましてや神様とかいうものでもない。そんなものは元から存在しないのだ。あるのは、ただそれらがあって欲しいと願う各個の思いだけであり、そしてそれこそが、その集合体こそがレビヤタンなのだ。恐ろしいことに、自らが生み出したと、願ったと思っていたものはそんな意志とは関係なく、自らとは遊離していき、水滴が集まり一塊になるがごとく、累積的に膨れ上がっていく。

この怪獣は巨大で強く、人と土地を喰らうが、決して尊くはなかった。

万民がこのレビヤタンと戦い、死を取り戻さんと励んでいるかと思えば全く逆で、実はたった今この瞬間もなお「死」を、鎖につながれている人々は、むしろそれを望んでいるが故に、自分の「死」と誰かそのものをこの怪獣の栄養として与えている給餌係であったのだ。

何にもまして悲しいことは、自分もまたその一人であったということである。

なぜならば、おれは前述がごとき大なるものとの対峙を日々悄然としつつ待ちわびてはいなかったからだ。何か一つ、希望が叶うのであれば、それは世界平和ではなくて、二日ほどの完全な休養と空調の効いた部屋で冷たいコーラを飲むことを望む者であるからだ。休暇は終わったばかりだが、任務解除への欲求はむしろそこととの時間的距離が近ければ近いほど、いっそう強いのだ。慣れれば、怖いものはなくなる。

汗が流れ、鼻を避けるようにして顎まで滴る。背中は蒸し暑さとベストの重さによって惹起(じゃっき)される掻痒(そうよう)感がしきりで、それがまた不快感を助長する。

不快感ほど恐ろしいものはない。だから今現在自分にとっての焦眉は、人々が死と向き合わずに怪獣を育成し、それが大暴れしたとて手が付けられず、どこかで街や兵隊が蹂躙(じゅうりん)されてもそ知らぬふりをしていることを白日のもとにさらすことではなく、尻のポケットにある異物感を突き止めることと、いつの間にか靴の中に侵入してきた砂を徹底して排除することであるのだ。おれは弱い生き物だ。今も昔も、「死」をそばに置いてなどいなかった。

死んだものだけが多数者で正しく、我々は一人残らずこの怪獣を扶養する、王の側近だったのだ。

ウィンドウを下げ、腕を折り曲げて肘だけをそこから突き出す。風と砂が入り込んでくる。フロントガラスの向こうに、粒のようなコンボイが見えてきた。空いている方の手で尻のポケットを探ると、果たしていつだかの小銃弾が出てきた。Kはそれをまじまじと見つめると、ベストの左胸にある小物入れにしまった。

キャプテンは死に、完全にこのだまし絵のような世界と折り合いをつけた。彼はまた大勢を殺してもきただろうが、殺しただけである。

死後の世界を特権的に約束するあちら側にいるであろうカラシニコフを握ったバッドメンも、こちら側において、金銭に、つまるところこの世においてもっとも永続性が、半ば不死の力に近しいものが文字通り存在すると信じているグッドメンたちも、資本も国家も脅威も、全ては観念的に作られ、暗黙の裡に共有されていると看破し、そうしたことに否定的でありつつも、敢えてこれに目を瞑って同じく作られたことが自明である陣営に分かれて戦う我々も、自らの審判の日に際して、聖戦か遺産かを差し出すことによって、やはり自らの死をその埒外に置けると信じて疑わないその姿勢は、全く同質なのである。

荒野が後ろへ流れていき、さらにその遠くに集落が見えた。コンボイの最後尾がだんだんと大きくなって、コンテナの扉がフロントガラスいっぱいに広がる。

窓の外に顔を向けると、いつだかと同じ風が吹いていた。

市街戦

日が暮れ始めている。歩き始めたのが九時であったから、たぶん今は十七時を回ったくらいだろう。時計を確認する気力も体力もなかった。三〇キロは歩いただろうか。Kは背嚢を背負っている両肩がひりひりと痛みはじめているのに少し不安を覚えた。あと七〇キロ。戦闘服は上下ともにそのほとんどを汗に濡らしていて、乾いている部分のほうが少なくなっていた。着替えたい、風呂に入りたい、コーラを飲みたい。つい一日前は、閉鎖され、管理された環境にはあっても、少なくとも身だしなみは整えることができた。一ヶ月前も同じだ。一年前であれば、大学にいたから、今からは想像もできないほどに時間が余っていた。汗にまみれて、不快に怯えることなどあの時は考えもしなかった。ましてや自分が自衛隊に入るなど。

銃が重い。腰回りの装具が身体を圧迫して、そこは不自然な熱を帯び始めていた。Kの頭の中は雑念に覆われていた。過ぎ去った時間に戻れないことは重々承知してはいても、受け入れることはまた別であるらしい。あるいは、一年前であれば不可逆性は働かないのではないか、とまで思えてしまう。こと苦痛ばかりが跋扈する中にあっては、行き足とは逆に、気持ちは後ろへ後ろへと、過ぎ去った空間と時間を追いかけはじめる。

はたと、思い出したように顔をあげる。

部隊は人気のない谷部を行進していた。Kらを除いて他に車も人もない。T字路に差し掛かったとき、水垢と錆が遠目からでも分かるオレンジ色のカーブミラーが不意に目に入った。隊列は、一様に同じ格好をしていたため、Kは別に自分が他の誰かであっても構わないような気がした。自己の不在感にKは、なぜか安堵した。ミラーに映った自分の顔は、ただでさえ起伏のない顔のそれぞれの部品が、疲れのおかげで今にも消え入りそうに見えた。気が滅入って、視線はまた足元に下っていった。行軍中、疲れがたまってくると視線が足元にいく。半長靴のつま先が右、左とあたかも自分の意志とは別な何かに動かされているかのように交互に前進するのを見て、そしてその両足のわずかな隙間と、頭の中に明滅する記憶に迷うのだ。

前を見ると、三〇人ほどの候補生が一列に、みな足取り重く、連なっている。Kは、自身の所属する『演習第二中隊・一小隊』の『三分隊』に身を置いていたから、Kの後方にはさらに約一二〇人以上の幹部候補生がいるのだろう。加えて、この中隊とある程度距離を置いた先には、別の候補生隊、現在その名称は演習第一中隊となっているが、その一団約一五〇人が同じく苦痛を満面にぶら下げながら歩みを進めているはずであった。みなどういう気持ちなのだろうか。Kはぼんやりと考える。

また徐々に視線が下にいきつつあるとき、前の候補生が振り向きもせずに、手をあげた。その手には三本の指が立てられている。

行軍は、部隊移動のための行動とはいえ、立派な作戦行動のうちの一つである。発声や無用な行動は極力避けなければならない。敵から捕捉されやすくなるからだ。この三本指の意味は『休止三分前』を意味する。次は中休止であるはずだから、三〇分は休めそうだ。荷物を降ろし、半長靴と靴下を脱いで、背嚢からベビーパウダーを取り出してそれを足にふりかけて乾燥させる。長距離行軍となると、靴の中が蒸れて、放っておけば肉刺ができ、それが破裂し、かかとの皮は全てむけ、最後はその苦痛から隊列を落伍せざるを得なくなる。その方がこのただ無用に歩かされるという不毛な行為を免除されるので身体的には楽ではあったが、Kがひとりいるだけで、輪番で回ってくる分隊火器や荷物をひとり分余計に持つことができる。口にこそ出さないが、候補生の全てが陰陽にお互いを必要としていた。この組織では、自分がどれだけ大きな功績を残すかよりも自分がどれだけ周りに小さな助けを与えられるかが重要なことであった。人並み以上に何かができても自身のことしか頭にない者は、あるいは人並み以下にしか物事を処理できない人間よりも悪とみなされた。人よりできない者は、存外好意をもって受け入れられる。仕方がない、と言いつつ周りは小さな愛情と同情を以って手を差し出してやるのだ。

弱い人間の存在は、そうでない人間の励みになる。幹部候補生全体のうち、約半分が防衛大学校出身者で、四年間厳しい規律と過酷な訓練に身を置いてきた者たちだ。Kのような一般大学出身者は、防大出身者と比べると当然劣っている部分がある。それゆえ、自らよりできない候補生は特に一般大出身者から歓迎された。もっとも、それを開けっぴろげにして言うものはいない。Kもそうした優越感を多少とも持っているひとりであった。ひどく淀んだ優越感ではあったが、ごく内的であるものだから、とKは自分に言い聞かせ続けていた。

なんとはなしに、Kはこの組織に入ってから体感したことを思い出した。落伍するわけにはいかない。決意というほど固いものではなかったが、取りあえずは歩き続けるためのことは全てしよう、と思った。

ベビーパウダーをかけたならば、次は鉄帽のあご紐を緩めて蒸しきった頭にさわやかな空気を入れる。疲れは判断力を低下させる。思考を止めないためにも、この休止は大切に使わねばならなかった。Kは頭で効率的な時間配分を考えつつ、一点重要なことを思い出す。休止を終えてから次の一行程、つまりそののちの一時間において、幸いにして自分になんの役職も回ってこない。そうであれば、その申し受けや申し送りのための時間も必要としない。休止時間三〇分は全て自分の時間にできる。二〇分休止をして、五分間、先ほど行った動作と概ね逆の順番を行って二分前にはいつでも歩けるようにしておく。二〇分は休める、Kは前にいる候補生の手信号を見てから、一連のことを考えた。まだだろうか。Kは時間が気になった。

左腕をあげ、時計に視線をやる。一七三三。休止は、たいていきりの良い時間に始まるはずであるから、多分十七時三十五分からであると思われた。Kは気を落とした。手信号から、二分は経っていたと思ったからだ。あれから多くの動作を順序だてて考え、あとは実行に移すだけであった。それにもかかわらず、あれからまだ六〇秒しかたっていなかった。

行軍中、時間の流れはひどく遅い。気もそぞろになり始める。そのつどKは、なんとはなしにあたりをみやる。部隊は相も変わらず人気のないひび割れた舗装道路を進んでいた。山々からは、到底そのようなところには人が住んでいるとは思えなかったが、人家と思しき建物からは灯りがぽつぽつと浮かんでいた。車道は中央分離帯も車線もないが、多分二台くらいは並んで通れそうだった。歩行者なんてものは、もとより想定されていないのだろう、窮屈そうに歩行者用の白線が側溝と肩を並べている。日は完全に沈んでいたが、まだうっすらと、褐色を帯びた明度が雲の中に乱反射していて、橙色とも乳白色ともいえぬ色を浮かべて空中を漂っていた。山々はどこか張りぼてのように見え、その向こう側は何もない平坦な土地が続いているようにKには思えた。

行軍中に限ったことではないが、Kは目にうつるものがあまり現実味を帯びていないように感じることがあった。写真や絵を見ているように感ずるのだ。その反面、そうでないことはよくわかっていた。ただ、相反する考えを同時に抱えてその双方に納得していても不都合なことはないはずだ、ともKは思っている。

歩いているうちは辛くはあっても、確実にその枠か額縁みたいなものを超えていけるような気がした。苦痛が伴っているとき、その道は確かに存在を感じることができる。Kはそういう心持で歩いていた。そうでないと、心がすぐにでも折れてしまいそうだった。長く歩くとき、目的地までの線上のどこに自分がいるかを確かめてはいけない。Kが自衛隊という組織に入ってから学んだことの一つだ。一歩一歩、苦痛を確かめながらあまり前を見ないで、目的地を考えないで進む。存外、こちらのほうが身体にも心にも負担が少ない。

誰も一言も発さない。足音と候補生の息遣い、装具と小銃のぶつかる音だけがこの寂しい山道に響きわたっていた。

不意に前の候補生が右手を小銃から離し、握りこぶしを作って挙げた。同時に、その候補生の足取りがゆっくりとしたものとなり、そしてついには止まった。握りこぶしは、休止と停止の合図だった。ようやく堂々巡りの思考から抜け出せる。自分が一分前に思案した休止計画からようやく一二〇秒が経過したのだった。Kも前の候補生と全く同じ手信号を、後ろを振り向くこともなく作った。振り返るという体力が惜しかった。ようやく座れる、Kは安堵した。

きみたちはいいねえ、と教壇の上に立つ、生え際の後退著しい小太りの男が言った。鉄帽のつばを右手の親指で押し上げて視界を広げる。中年の男を視界に捉えた。Kは、この少ししゃがれた声に聞き覚えがあった。その脂ぎって鼻ばかり自己主張をする顔にも。あたりを見回すと、学生服とセーラー服を身にまとった、子供というには成熟しすぎた、しかしながら大人と呼ぶにもまだ青白い男女がいた。ああ、ここは自分のいた高校だ。Kは思い出す。教室の最も左の列、窓側の中ほどに自分の座席がある。Kが今座っているところもちょうどその辺りであった。地理の教師は、授業のはじめかおわり、あるいはその両方で侮蔑とも羨望ともつかない小言を毎度毎度言うのだった。

「団塊の世代がごっそり抜けるから、きみたちが大学を卒業するころには就職に困るようなことはないからねえ」

小銃の負い紐が左肩に食い込む。ひどく痛い。小銃を撃つのに、利き手は関係ない。撃つときは、たいてい銃床という小銃の尻の部分を右肩に押し当てる。そうであるから、小銃を肩から提げるための負い紐は左肩に掛けることとなる。その上から背嚢を背負うと、重量がきれいに両肩に分散されていたとしても、片方に一五キロの重さがかかった。その下に小銃の負い紐があるために、左の肩のみが不均一に圧迫され、一〇キロも歩くと、次第に痺れが出てくるのだ。

Kは勉強机の上に丸みを帯びた八九式小銃を横たえた。よく整備されたこの小銃は、机の木目にうっすらと鏡映しとなって映えた。それを見つつ、Kは、これは記憶と苦痛の交差点だから休める、と判断する。

Kは初めてこの行軍という極めて不毛で、ただ暑さとか寒さとか、鋭かったり鈍かったりする苦痛であるとか、不快とかに耐える動作を経験してからたびたび現れるこの幻想の対処には慣れてきていた。休めるときに休めば、またきたるべき苦痛に堪えられるのだ。

遠くから声が聞こえてくる。ひとりで淡々と喋っている、よく通る男の声だった。聞き取りやすい。どうも会話という感じではなさそうであった。

ふと振り返ると、またしても風景がきりかわっていることに気がつく。ここにも見覚えがあった。六から七畳程度の広さを持ち、部屋の中央に背の低いテーブルが、それを挟む形でソファーとテレビが据えてある。Kはソファーの上にいた。右手には棚があり、最上部には写真がいくつか立てかけてあった。中年の男と女、その間、あるいは右であったり左であったりに、成長の度合いの違う見慣れた顔があった。自分だった。ここは実家だ。居心地がよかった。装具を含めた自重が、安っぽい合成革のシートにめりこんでいく。ソファーは、スプリングが古いせいだろうか、新雪を踏みしめたような、ぎゅっぎゅっという音をたてた。先ほど勉強机の上においてあったはずの小銃は、いつの間にか自分の大腿部にその銃身を置いていた。視線を銃からテーブル、さらにその前方にあるテレビに向けると、液晶画面からは窓から差し込む陽光と交じり合って読み取りにくくなったテロップとアナウンサーの姿が見て取れた。そういえば確か実家のテレビは、窓の隣に置いてあったな、などとどうでもいいことも思い出した。夢か記憶かは分からないが、思い出せば自然と風景にアクセントがついていった。見たいものが見えるものになるらしい。

そしてテレビ画面を見て分かったことがあった。どうやら先ほどの声の主はテレビのアナウンサーで、今はアメリカであった金融危機のことを、少し興奮気味に伝えている。画面がアナウンサーから中継に切り替わり、その中でスーツに身を包んだ大勢の人間が右往左往している場面が映し出された。彼らの頭上にはいくつもの液晶ディスプレイが並んでいる。多分証券取引所というところであろう。きっとこれは自分の記憶だな、Kは冷静に考えていた。それから少しの侘しさとともに、焦燥感に満ちたスーツの人々を見つつ、あの時も、そしてこれからもあまりこういう人間のいるところとは関係のない日々を過ごすのだろうな、と思った。それから彼らもまた自分たちのような人間とは関係のない、少し苦しい日々を送るのだろうなあ、できればそうあってほしい、と恨めしい気持ちになった。

誰かが生きえた空気の薄い生活を、自分も生きることができただろうか。過去を思い起こすときには、必ずといっていいほどに現在が、さながら影のようについて回る。あるいは電車の窓を通して外を眺めるのと似ているかもしれない。後ろに流れていく景色を眺めれば、近づくにつれてその形は次第に変わっていき、自分と一瞬並行になるが、通り過ぎてしまえばいつしか見えなくなる。自分が確かに見ていたはずのものはなくなり、ついに車窓に透けて映るのは自分の姿だけになっている。気がつけば、窓に反射する自分の姿を透かしつつ新しい景色を眺め回しては、焦点も合わすことなくぼんやりと物思いにふける。過去を過去そのものとして受け取ることはできない。一見すれば、過去のために現在があるような錯覚に陥る。もう過去らしい過去も、過去そのものも体感することも想起することもできない。Kは無性に物悲しい気持ちになった。

「おい」

Kは目を覚ました。自分の背負っていた背嚢をほぼ枕のようにして、足を伸ばし、休止していた。夢の中で実家のソファーに座っていたときとまったく同じ体勢だった。

「出発五分前だぞ」

Kを起こした主が言った。防大卒の同期で、Sという候補生だった。意識をして歩いていないと、自分の前にだれがいるのか見当もつかなくなる。せいぜいわかることといえば、同じ分隊員であるということぐらいである。このSという候補生は、頭はあまりよくないが、からっとした性格で、いかにも青年将校然としている候補生だ。Kは、こいつらはあのときなにか思っていたのだろうか、と夢か記憶かで見たテレビの中で困り果てるスーツの群れを思い出した。Sのように学生らしい学生生活を送ってこなかった彼らとも、世界にあふれかえる概念上の紙幣に惑わされるスーツの彼らとも、少なくとも自分は違う時間に生きている、Kは自分に言い聞かせた。

Kは出発五分前という単語から、少し急いで行動しようと思った。急いで靴下をはいて半長靴に足を突っ込む。ゆるめていた装具類を締めなおして点検をする。弾帯、それを吊るすためのY字サスペンダー、弾倉を入れるための弾のう四つ、水筒、救急品袋、銃剣、ダンプポーチ、防護マスク、サスペンダーに装着されているL型ライト。装具に異常はなかった。点検を終えたところで改めてほっとした。装具に異常がなかったこと と、だらしなく寝そべっている姿を教官に見咎められることがなかったからだ。

装具の点検が終わると、気が滅入ることではあるが、三〇キロの背嚢を背負う。小銃の負い紐、Y字サスペンダーを通して背嚢の重さが早速肩を圧迫する。行軍中、ほのかな温かみをもって全身にまとわりついていた汗と湿気は、この休止のうちに冷たくなっていた。背嚢を背負うと、その冷たく湿ったシャツと戦闘服が背中に密着して不快感を一層増す。苦痛だった。鉄帽のあご紐もしっかりと締めなおすものの、こちらもやはり冷たく湿っていた。生乾きの布ほど人を不快にさせるものはないと思う。何度経験してもこれだけは慣れない。ましてや元々が自分の体液であったことを思うと、また辟易(へきえき)した。

立ち上がり、小銃を自分の保持しやすい位置に調整する。時計を一瞥すると、もう十八時三分であった。

Kは急いで背嚢のベルトを全て締め上げ、最後に弾帯に装着してある水筒を取り出して、キャップをあけた。キャップを裏返してそのくぼみに水を入れて二杯飲む。お猪口(ちょこ)程度の大きさしかないが、水の補給はまだ先となると思われたので大切に飲まねばならなかった。口に含んでからも、しばらくその中で液体を転がして、十分に潤いをいきわたらせる。行軍中、水を一切とらなければ倒れてしまう。しかしながら、とりすぎてもすぐに脱水症状を起こして、もはやそれ以上歩くことはかなわなくなる。そうであるから、候補生間においては全員での取り決めで、水は休止中必ず飲むようにするが、その量はキャップで二、三杯に抑えることとしたのだ。これは前回の五〇キロ行軍において、あまりにも落伍者が多かったために、その対策として採用されたものだった。

後ろの候補生がKの肩を叩く。消耗をしないように、身体全体ではなく、首だけを動かす。視界には、握りこぶしから親指だけを突きたてた合図があった。これは武器、装具異常なし、出発準備完了という手信号であった。Kは小さくうなずくと、同じように前に立っているSの肩を叩き、Kも異常のないことを手信号で知らせた。

Sは振り返り、苦笑いとも微笑ともつかない表情を浮かべつつ、言った。

「K、あまり行軍中寝ないほうがいいぞ。疲れがたまるから」

ああ、とKはあいまいな返事をした。もう遅かった。夢を見ていたということを改めて理解することでなんとはなしにいっそう疲労感を覚えた。

部隊は十八時五分ちょうどに、前進を開始した。あたりはもう暗闇だった。

一日目の目的地は、佐賀県嬉野市鳥越である。宿営場所だ。歩き始めた佐賀県小城市から、今いる多久市までの距離よりかは少ない距離で到着すると思われたが、それでも到着時刻は二十三時をまわりそうであった。

部隊は黙々と歩き続けた。山道、川沿いの道、トンネル。たびたび目につく自動販売機には、打ちのめされた。普段ならば見向きもしないものではあったが、かかわることができないと分かっていると、その分意識をしないではいられなくなる。目に留まってから、歩数が増えるのに比例してじわじわとこの飲み物を排出する機械のことが頭の中に浸透していく。これには歩く意欲が実に削がれた。殺意すら湧いた。

ひとりの女性が自動販売機の前で立っていた。なんとなく見覚えのある後姿だった。髪はきれいに手入れをされていて、目をこらせば一本一本まで見分けがつきそうなほどである。黒いワンピースを着ていた。女性が振り返ると、目鼻立ちのくっきりした顔が見てとれた。人懐っこい笑みを浮かべている。前髪も、同じくやはりきれいに整えられていて、眉より下の位置で真一文字に切りそろえられていた。

何か口を開いていたが、周囲の雑踏でよく聞き取れなかった。

「ごめん、なに」

Kは少し声量を大きくして問うた。

「なんか飲む？」

Kはしばらく考えてから、なんかあったかいやつ、と答えた。

女性は、Mだった。大学時代の同期だ。行軍中はどうも目に付くもの目に付くものが自分の記憶とか、希望とかに連結されて、戸惑う。

同じ区隊の同期にこのことを話したとき、人間は窮地に陥ると今までの記憶から、そこから抜け出すための手段を瞬時に探す、つまりこれがいわゆる走馬灯なのだ、演習中、思い出にすがる人間はKだけじゃないよ、という説明をされたことを思い出した。ゆるやかな苦痛を伴う行軍は、緩やかな記憶のトレースをしてくれるらしい。Kは勝手にそう結論づけた。そして何よりも、私語が許されない作戦行動中、昔のことに思いを馳せる候補生はどうやら自分だけではないということも知って、なんだか安心した。

「なに考え事をしているの」

Mは、Kに話しつつ持っているカフェオレを手渡した。

Kは相変わらずぼんやりとしていた。しばらくしてから、返事をした。

「昔のこととか、先のこととか」

缶を受け取って、プルタブを引く。一口飲んでから、戦闘服の左足にしのばせてある煙草に手を伸ばし、吸う。足の裾近いところに備え付けられているポケットも、しっかりと汗に浸っていて、煙草のケースはふやけた野菜のようだった。

「ちょっと歩かない？」

Mはふらふらと歩みを進めた。あたりは木々に囲まれていたが、先ほどまで歩いていた山道の鬱蒼とした感じではなかった。金木犀のにおいがしそうな、甘ったるい木々だ。街灯があり、ベンチがあり、中央には少し濁った池があった。それを取り囲むようによく整備された道路があって、その上には人がちりばめられている。かつてKが住んでいた家からほど近いところにある井の頭公園だった。演習場のような今にも動き出しそうな自然とは違う、心地の良い作られた自然だった。ホームシックというのは、空間よりも時間に向けられるものなのではないだろうか、とKは思った。思い返せば、このまだ何をしても、あるいは何もせずとも誰からも咎められることのない生活を送っていたときも、どこか所在無い日々を送っていたように思う。もちろんこの感情も、今というファクターが記憶とどろどろに溶けあっているものであろうから正確なものではないのだろう。早くも四〇分前の考えに助けを求めていたのかと思うとなんだかおかしかった。緩やかな走馬灯の中に走馬灯を見た。合わせ鏡のようだった。

足取りが重い。できることであれば背嚢の中身を全て捨ててしまいたかった。そしてシャワーを浴びて汗を流し、乾いた服に着替えるのだ。

Kがそのようなことを考えている間にも、Mはどんどん歩みを進めていた。Kもなんとはなしに、ついていく。

Mは、振り向くこともなく話す。

「ねえ、来年からどうするの」

「自衛隊、入るよ」

「へえ。大変そうだね」

Kは少し俯いて、笑った。

「おまえだって就職決めないと大変だろ」

「たしかに」

Mも笑っていた。

「でもいいよ。I君もYちゃんも、結構みんなまだふらふらするみたいだし」

Mは、Kも知っている友人の名をあげた。Mはそうして仲間を見つけて安心しているのだろうか。疑問に思ったが、そういった中でKひとりが、たとえ自衛隊という辛い環境と考えられるところであろうとも、一人公務員になれることを思うと、淀んだ安心感を覚えた。

「そんなものかあ」

Kは誰に言うでもなく、漏らした。

「そんなもんだよ。働けるとこも少ないしね」

Mの言葉は真実だったし、彼女の語感にも悲愴感のようなものは別段感じ取れなかった。

右足の親指の付け根がちくちくと痛み始めた。どうも肉刺ができたらしい。時計に目を落とすと、行軍開始から二〇分経っていた。今回はなかなかいい調子だった。

「そろそろ帰ろうかな」

Mが言う。

「送ろうか」

「うん。どこまできてくれるの」

Kが、行ける所まで、と笑いながら答えると、Mも笑った。

「西荻窪まで遠いよ」

「そこまで歩くの」

「うん。歩くの、好きだから」

二人は、取りあえず井の頭通りまで出ることにした。井の頭公園を東側に抜ける。京王線の駅を横切り、踏み切りをわたる。このあたりは吉祥寺の近郊とはいえ、住宅地であるから街中を素直に進むよりも人が少ないので歩きやすい。似たような家々の間を縫うように進むと、井の頭通りに出る。記憶のためか、夢であるからか、普段車通りの多いこの道路は人も車もまばらだった。靄（もや）がかかっていて、見通しが悪い。白い靄のなかにふんわりと人工の光源が乱反射していた。冬だったろうか。Kはあたりを見渡しながら思い出そうとした。

そうした折、自分の着込んでいるものに意識が引っ張られるのを感じた。物をありのままの物として受け取れる機会はそう多くないと思う。ただ苦痛を伴うときだけ、その物に執着が湧き出てくる。Kは、ただ重いだけの背嚢や油でぎとぎとになった小銃にも自分の体液で湿った戦闘服にも嫌気がさした。

いいかK、甲高いがゆえに聞き取りやすい男の声がKの耳に響く。

「いいかK、我々自衛官は、官僚ほど頭はよくない。五輪選手ほど運動もできない」

Kが声の主を一瞥すると、以前所属していた区隊の教官である区隊長がいた。Kは入隊してから身についた、上官に対する無意識的な発声、はい、をいつの間にか口にしていた。区隊長はそれを聞いていたのかいないのかは定かではないが、言葉を続けた。

「だがな、三〇キロ歩いたあとに誰よりもすばやく思考できるのは我々でなければならない」

「はい」

今度はちゃんと意志を持って答えることができた。ただ、吟味をするのはそのあとだった。まずこの場面がいつだったかを考えた。確かこれは幹部候補生学校に入ってから最初に行われた行軍のときの場面であるはずだった。そしてこの爬虫類顔の区隊長は、Kの所属する候補生隊の五つある区隊の中で最も厳しいといわれている区隊長だった。

考えつつ、そんなものか、とKは思った。この組織はいまだかつて戦争というものをしたことがなかったが、案外戦争なんていうものはそういうものかもしれない、と考えた。人を殺す恐怖とか殺される恐怖とかいうのは、本当はそこにはないのだろう。この苦痛にまみれた訓練とその意図を鑑みれば、そう考えずにはいられなかった。そういう戦争のイメージに伴う被虐とか加害の恐怖というのは、多分もっと平穏無事になったときに遅れてやってくるのだ。そして戦争なんていうのは、実は常に不快との戦いなのだ。風呂に入れないことだとか、コーラを飲めないこと、ベッドで眠れないこと。そういう不快は慣れるが、恐怖とも共存する。この不快の恐怖は常に殺人という行為に対するそれを上回る。苦痛にまみれた今においては、そうした考えしかKには浮かばなかった。

行軍の経路は、人気のない道ばかりが選定される。教官たちはどこからそうした道を選ぶのか、いささかの見当もつかないのだが、毎回演習場以外の行進経路はそうした道が選ばれる。そうであるから、必然的に街灯も車通りもほとんどなく、暗くなれば前をみても、候補生の輪郭がうっすらと見える程度となる。今も現にそうであった。Ｋの前を歩くＳの身体は、輪郭が不明確であるが故に、両側の雑木林と溶け合って、実際よりも大きく見える。そんなＳが徐々に歩調をゆるめて、Ｋと並ぶ形で歩き出した。その肩には、小銃のほかにＬＡＭ（ラム）と呼ばれる個人携帯対戦車ミサイルが提げられていた。無論、実弾は装塡されていない。Ｋは気が滅入った。

　これは分隊火器と呼ばれるもので、各分隊に一個配備される。各分隊員はこれを輪番で持たねばならない。そしてそれを持つ者が隣にきたとき、それはよっぽどの理由でもない限りは交代を意味していた。

　このＬＡＭという兵器は単体でも一〇キロを超える。ただでさえ個人物品、装具、小銃で四〇キロ近い荷物を保持しているにもかかわらず、その上ＬＡＭまで持つことは、苦痛以外の何ものでもなかった。行軍中、この兵器につぶされる候補生が後をたたない。この兵器がとくに忌み嫌われる理由は、重いという一事にあった。これを携行するための負い紐が一本しかなく、重量を分散することができないということも、毛嫌いされる理由に助力していた。ただ、自分がやりたくないという理由以外に断る理由が見当たらないために、Ｋはこの一見男根を思わせる対戦車ミサイルを受け取らざるを得なかった。

　ＫはＳからＬＡＭを受け取ると、負い紐を首から提げ、自分の前にこの兵器が真横になるように保持した。首に負担がかかったならば、両手でこれをかかえるようにして持つのだ。腕が疲れたら再度首にかける。これを繰り返して、その間隔が短くなっていよいよそのいずれもが不可能となったときに、これをさらに自分の後方の者に申し送って、終わる。

時計を眺める。一九一一。あと三〇分歩けば、大休止であった。一時間の休止と食事の時間だ。何もそうする理由はなかったが、そこまではこの兵器を持ち続けようと思った。あたりはすっかり暗くなっていた。隊列の中で浮き沈みする、各候補生の背嚢にくくりつけられている小さな蛍光テープだけが道標だった。見上げると、その黄緑色の小さな光が一列に頼りなげにぷかぷかと小さく上下していた。どうやら部隊は、いつの間にか山を抜けて田んぼの中を進んでいたらしい。あたりには目立った人工物はないが、視線をさえぎるものがなかったし、何よりも山中と違って左右からの圧迫感がなくなっていた。だからすぐに田んぼだと、Kにはわかった。暗がりではあったが、ずっと遠くに真っ黒に塗られた夜空とは違う、さらに黒ずんだ山の稜線も見えた。それら稜線の下にある山肌の一箇所に、月明かりが落ちていた。山がその体の奥から暖かな灯りを発しているように見えた。

Kは、暗い中を歩くのはあまり好きではなかった。道には田んぼにいるであろう虫や両生類どもの不気味な鳴き声や羽音が響いていた。歩いていると、ときどきその虫が顔にぶつかってきた。払いのける気も起きない。不思議と、戦闘服に身を包んでいると汚れに鈍感になる。

　代わり映えのしない真っ暗闇の田んぼを進み、つい数十分前と全く同じような景色の地点で部隊は大休止に入った。同心円状に部隊が回って歩いていたといわれてもなんら疑問は感じないほどに、あたりの風景に変化はない。

　Kは分隊長に上番した。前分隊長から申し送りを受けると、それぞれF20と呼ばれる長方形の弁当箱が如き無線機とヘッドセットを受領した。分隊から警戒員を二名、隊列の左右に配置し、K自身は分隊の先頭において見張りを実施した。この間、休止はできないが、背嚢を降ろせるために少しは楽であった。そこで来るはずもない敵を警戒した。しばらくしてから、時計に目をやる。二〇二三。出発まであと一七分。Kは後方で休止中の分隊員と警戒を交代し、食事に入ることにした。分隊員はいかにもだるそうに重い腰をあげると、Kのいた場所へと移った。Kは背嚢を置いた場所へと歩みを進めて、座った。背嚢にくくりつけられている雑嚢から戦闘糧食と呼ばれるパック飯を出す。背嚢に入れる荷物は全て規則正しく並べていたから、たとえ目を瞑っていても中から取り出したいものは確実に取り出すことができた。Kは取り出した糧食に視線を落とす。今日は白米と、ウィンナーカレーだった。量のわりに、カロリーが極めて高く、味が濃い。

　Kはあぐらをかいた足の上の比較的安定したところに飯を置いた。まず白米のパックをあけて、次にカレーパックの切り取り口を半分まで開ける。白米はプラスチックスプーンで片側半分にまで寄せて、空いたスペースにカレーを流し込む。冷めていたから、湯気は出なかった。ただ、疲労困憊の身体の前には、今はこのカレーよりも美味しい食べ物が全く思い浮かばなかった。一滴一粒たりとも無駄にしたくなかった。Kはカレーパックを底のほうから丸めて、中に残っているルーを絞りだして、切り口から直接口に流し込んだ。冷たいが尾を引くような味がじんわりと口内に広がる。鉄帽のあご紐を緩め、むさぼるように食事をした。とにかく、今日最後の飯だった。この休止が終われば、最後の二行程、ほとんど休みなく歩き続けなければならない。水筒のキャップに水を入れて、三杯飲んだ。

「ここのカレーおいしいでしょ」

Mが言った。

奥行きのある長方形の店内。入り口をあけると左手にカウンター、右手に四人がけのテーブル席、もっとも奥には同じく四人がけのテーブル席が二つ並んで据えてある。MとKはこの一番奥の席に陣取っていた。カウンターには井伏鱒二の詩だかが額にいれてかざってあった。

「コーヒーはいまいちだけど」

Kは答えた。

会話はそれっきりでしばらく二人はぼんやりとしていただけだった。

Kは今いる場所を思うと、急に不安になった。閉じ込められたような錯覚をしてしまうからだ。それはどこにいても同じだった。地図もなにもあてにはならない。結局自分の苦痛がなぞった道だけが連結されて世界が形成される。実家のある住宅街と、それを取り囲む自分のよく知る街。Kには、自分の世界がこれしかないように思えた。そしてここから自分は抜け出せないのだ、とも。囚われの身を呪う以外に、自分にできることは何もなかった。

Kの世界地図は、決して地球とは一致しない。もちろん、今いるところやよく足を運ぶ街、それ以外の土地にも行ったことはあったが、どうにもそれまでの過程が、Kには胡散臭く思えるのだ。電車やバスから眺める風景は、ただ後ろに飛んでいくだけで実は窓が画面となっていて風景と思っていたものは画面中の出来事で、Kが電車と思っていたものはただの箱で、本当は元いた場所から少しも動いていないといわれてもKには否定できなかった。どこかの外国の風景も誰かの思い出話も、その存在を真正面から信じることも信じないこともできた。自分の足で歩いているときでさえ、視界に映るものは確かに在るけれども、その反対側には多分何もないのだ。だからこそ、今のKにとっては今いる九州だけが苦痛と実感とを連ねて確かに実存しているように思えた。

どれだけ押し黙っていただろうか、Mがおもむろに口を開いた。

「ねえ」

井伏の達筆な字に焦点のあわない視線を投げかけているKが、呼び声に応じるようにして視線をMに移す。返事はしない。

今後自分の身に降りかかるであろうありとあらゆること、こと不幸に関しては、自ずとわかるような気がした。その不幸の中には今後Mが言うであろう言葉も含まれていた。Kは大学のことやMの興味を引きそうな話題を投げかけつつ、彼女が言いたいことをうやむやにした。不幸からは逃げることしかできない。

行軍をしていくと、側溝に人だかりができていた。戦闘服を着用していたが、小銃や装具を持たない隊員であった。多分、安全のために部隊に同行している救護の隊員だろう。よくよく目をこらしてみると、教官の姿もあった。みなが同じ迷彩柄の服を着て同じ行動をしていてもその一挙手一投足にはよく人柄が出る。たとえば今その人だかりを形成しているうちのひとりは、自分の区隊の区隊長である。微妙に右足に体重をかける立ち姿だとか、腰にあてる左手の位置だとかでよくわかるのだ。そして人だかりを作る理由というのは、訓練においてはそう多いものではない。大体は候補生が倒れたとか、そういう類のものであった。

行軍の列はその横を流れていく。Kは横目でそれを見ながら、人だかりの隙間からかすかに背嚢を背負ったまま横になっている候補生を目にした。さすがに倒れこんでいる者が誰なのかとあたりをつけるのは難しかったが、自分の所属する区隊長がそこにいるということは、自分の区隊の人間であるのだろう、と推測した。Kは倒れた候補生が誰かはわからなかったが、少しの同情と、少しのおかしさをおぼえた。きっとこの総合訓練たる一〇〇キロ行軍を終え、久留米に帰投したときには、この倒れた人間はそのことで話題にことかかないことを瞬時に想像できたからだ。そこに侮蔑などない。

同期がひとり倒れこんだ以外は、その後とくに大きな事故などもなく、部隊は淡々と行進を続けていった。一度小休止をはさみ、再度行進が続いた。

あたりの風景はそう大きくは変わらなかった。たとえば側溝があったり、あるいは民家があったり。それらを抜けると、獣道よりかは少しましな道があった。深夜の行進は、昼間と景色の見受け方を大きく変える。民家一つとっても、昼間にそれをみたならば生活感などは一切感じないものがある。当然のことながら、それはこの行進経路のいずれもが人のいないところを経路としているためであろうが。ただ、そうした家々も夜間、灯りがついているだけで印象を大きく変える。灯りだけは人がいることの証明であった。どんなみすぼらしいあばら屋であろうとも、ぽつんと無意味になんの脈絡もなく街灯があったとしても、それは人の足跡であった。Kには常にそう思えた。そして、そうした風景を風景として受け取れないところが一人旅と行軍のどこか似通っているところだとも思った。車窓から後ろへと飛んでいく景色に見るものは、そこに住まう人々の生々しい生活であるとか、空気とかいうよりも、結局はそこに自分を見るのだ。そしてその後ろに飛んでいく景色の速度なんて実際瑣末な問題であったということをKは行軍を通して知った。苦痛にゆがめられたこの行列に集団という言葉はやはり適当でないのであろう。きっと候補生はそれぞれの記憶を連ねて、たまたま目的地が同じであるために一列になってしまうのだ。言語による意思の疎通というものは、やはり共通の文化でのみ行われるものなのだ。軍隊という作為的な文化から導出された言語の上に成り立つコミュニケーションは、その隅々までがどこか作り物めいていた。

一〇〇人であろうが一〇〇〇人であろうが、それ故に行軍は常に一人だ。すべての隊員が別々の精神的土壌の上を歩くから、彼らとは旅をともにすることができない。

そうであればこそ、Kは歩きながら確かに自分を垣間見ることができた。Kも歩きつつ、後ろに飛んでいく景色の中に自分を見つけていた。どこを歩こうとも、最後には全てそれは自分に帰ってくる。家々も迷彩服もジープも街灯もなにも意味がなかった。なにもKを守ってはくれなかった。

その日の二十三時過ぎに、部隊は鳥越宿営地に到着した。周囲は田んぼで、宿営地はその真ん中にぽつんとある雑木林だった。しかしながら、一五〇人以上の人員をその中にちりばめてもまだ余裕がある大きさだった。宿営地に入ると、一〇メートル以上はあろう高さの木々が生い茂っていた。そのため、月明かりは遮断され、暗がりはいっそうその身体を濃く、大きいものにしていた。宿営地に入る前、遠くからは人工物の明かりが明滅しているのが見えた。動いているのもあったし、静止しているものもあった。きっと小銃とか戦闘服とかとは縁のない人々が生活しているのだろう、とKは思った。

先行していた小隊本部の候補生たちが各分隊を、割り当てられている地域に誘導していた。蛍光テープが小さく切り取られて、それが地面に矩形に散らばっている。そのうちのひとつが三分隊のものであった。ただ、この暗闇で一体全体自分たちがこの雑木林のどのあたりに位置しているのかは皆目見当もつかなかった。

割り振られたところのちょうど中央あたりに衣のうと呼ばれる七〇リットルほどのサイズのカバンが山積みにされていた。これは、出発前に分隊員がそれぞれ二人一組となって作った補給物資であった。訓練前に、必要となりそうなものをあらかじめこの中に入れくんでおくのだ。替えの半長靴であるとか、戦闘服であるとか、あるいはちょっとした糧食であるとか。KはSと一緒に入れくみ品を衣のうに詰め込んでいた。同時にその二人組はその日の夜を共にする候補生でもあった。Kは暗がりの中からSを見つけ出し、それから衣のうを引っ張りだして自分たちが今夜宿営するのに適している場所を探し出した。

「各分隊長は宿営地の設営が完了したならば速やかに小隊長に報告。あわせて武器・装具の状況についても報告せよ」

声のした方向に視線をやるが、暗がりであるためによく見えなかった。多分小隊本部の人間であろう。Kとしては、さっさとこの汚らしい下着も服も全て脱ぎ捨ててスリーピングと呼ばれる寝袋に包まって寝てしまいたかった。ただ、あいにく分隊長としての勤務が残っていたために、それはかないそうにもなかった。取りあえず背嚢を地面に放り投げ、身軽になる。

「たぶん全員異常ないよな」

Kは S に訊いた。

「最後の休止のときなにもなかったからな、多分大丈夫だと思うよ」

Sも荷を降ろしつつ言った。

「ちょっと報告行ってくる。設営、頼んでもいいか」

Kは頼むだけ頼むと、返事も聞かずに足早に三分隊の地域を出た。蛍光テープが雑木林じゅうにちりばめられているのだろう、あちこちからぽつぽつと黄緑色の灯りが見えた。それでも暗かった。あたりにいる隊員を誰ともわからずに捕まえては小隊本部の場所を訊いた。宿営地全体が若干の傾斜となっていて、生い茂っている木々の根があちこちにあってひどく歩きづらかった。矩形に区切られている場所にはいつの間にか背の低い二人とか三人用の簡易天幕が立てられていた。もっとも、天幕といっても、中はサランマットの上にスリーピングを敷いただけのもので、もう寝るのがやっとという代物だった。ただ、そのような状況でも、そうした隔壁が作られると人というのは自然と気が安らいでしまうものらしい。姿こそ見えないが方々からちょっとした談笑や放屁とか着替える音とかが響いて、あたかも久留米にいたときの居室のような様相を呈してきた。

「おまえらうるせえぞ。今も状況中なんだぞこら」

どこからともなく教官の罵声が響いた。あたりは一瞬にして水を打ったように静まりかえった。

Kは談笑の中にいないことに胸をなでおろした。教官からの叱責は、それが全体に向けられたものであっても、その全体に与(くみ)しているかいないかで、心労の度が違ってくる。ただ、教官の叫び声のおかげで、小隊本部のおおよその位置が特定できた。その声の方向に歩みを進めていくと、案の定小隊本部があった。報告もそこそこに、Kはもといた場所へときびすをかえした。

分隊の地域に戻ると、Sは簡易天幕を設営していた。

「ありがとう。報告終わったよ」

「了解。そっちの角、引っ張ってくれ」

作業の手を緩めることなく、Sは答えた。

簡易天幕は背嚢の中にあるポンチョを二つ組み合わせて作る。正方形のポンチョを二つつなぎ合わせて長方形にして、それから四つの角に杭を打ち込み、そのうち一辺の中央に膝くらいの高さがある支柱を立てて完成する。あとは中に二人のサランマット、スリーピングを平行に並べて、背嚢を枕がわりにする。装具や小銃は候補生と候補生の間に置く。

Kは天幕に入る前に装具や小銃をその中に詰め込んで、自分はその外で服を全て脱いだ。衣のうからウェットティッシュを取り出して身体をぬぐった。別に歩く以外のことはしていないはずなのに、自分の身体がひどく汚れているように思えたし、事実そうであるらしかった。一回一回拭うたびにティッシュは汚れでざらつき、そして重くなった。あとは衣のうから新しい下着と戦闘服を取り出し、着替えてからスリーピングにもぐりこんだ。眠りに落ちる前に、Kは腹ばいになって背嚢のさらに外側にある衣のうに手を突っ込み、中からいくつものお菓子を取り出した。出発前、教官たちの目を盗んで自分の衣のうに忍ばせておいたものだ。いくつかのチョコレートとグミ、ゼリー飲料を腹に流し込むと、いよいよ眠気が頂点に達した。本当のところを言えば、これだけ疲れていては眠ることはたやすかったが、Kとしては、それはあまりしたくはなかった。演習中は、身体的疲労もさることながら、精神的にも消耗する。そうなると、往々にして眠りにつくときは昔の夢を見る。たいていは記憶をなぞっているだけのことなのだが、自分の行動如何によっては確かにありそうな、あってもなんらおかしくない道筋を夢は辿っていく。そして次の日に目を覚ますと、夢の中の日々を確かに過ごしているがために、起きたときとの時間的、空間的乖離に幻滅する。何かを思い出すとき、その距離が長ければ長いほど、かえって現実ではその長さは萎縮を余儀なくされる。だからこそ目を閉じてから、たった数分で目を覚ましたかのように思えてならない。そうであれば、眠りになどつかずに身体的疲労を蓄えても、そのまま長い夜を過ごしたかった。喉元まででかかったこんな考えを、水筒のぬるい水で飲み下した。今回は飲み口から直接飲んだ。結局、気がつけばKは記憶だか夢だかに引きずられるようにして眠りについた。

時計を眺めると二十一時を回ったところであった。教壇を中心に、扇状に広がる大学の講堂にKはいた。扇の弧に向かうにつれて座席は高くなっている。Kはそのもっとも後ろの列にいた。それは同時に最も高いところでもあった。全体を一望できる席だった。学生たちはそれぞれの荷物をまとめて帰り支度をしているところだった。何人かの学生は教壇に立つ講師に質問をしているところであった。まだ講堂の左右に垂れ下がっているスクリーンにはパワーポイントの映像が映し出されている。『国家二種（平成二十一年度）』という文字があった。どうやら公務員試験対策の講義を受けていたらしかった。

「帰ろうぜ」

Kのとなりにいた友人にせきたてられる形でKも荷物をまとめる。顔を見ると、全体がぼやけていて、それを誰と特定するには至らなかった。そしてその取り巻きにしても同様であった。私服なのだから、誰かわかってもよさそうなものだが、皆同じ服を着ている軍隊よりもかえって個人を特定するのが困難なようにKには思えた。

Kも含めて、この一団は五人いた。

「このあとどうする」

「飯でも食べにいくか」

一団はばらばらと横に並んで歩いたり、縦に並んだり、思い思いに歩みを進めていった。大学の講堂を出て、その敷地内にある並木道を抜けると、吉祥寺まですぐだった。アーケードや百貨店を潜り抜けて彼らはレストランに入って談笑をはじめた。注文をして、飲み物を飲み、次々と運ばれてくる模型のようなあたたかい料理を口に突っ込んだ。

「おまえどこ受ける」

「地元市役所と県庁かな」

「おれは裁事と国Ⅱ」

Kも大体同じような回答をした。

「みんな民間受けるの？」

誰かが、別段誰にとってかわられてもいいような友人のうちのひとりが口を開いた。

「受けないなあ」

Kだけがすぐに答えたが、他の四人は少し考えているようだった。Kにつられる形でそのうちの二人は「おれも」とこたえ、残りはわからない、と言った。Kは別に何か大きな理由もなかったが、自身の父親が公務員であり、その助言もあって民間は受ける気にならなかっただけであった。加えて、受けると決心するには少し時期的にも遅かった。Kらのまわりにいる同期は、就職活動はもはや山場に差し掛かっていた。そのうちの何人かはもう行くべきところも決まっていた。もっとも、今後の行く末を大まかに決められた彼らも、未だに自らの選択肢を増やすことについては躍起になっていた。大学の就職課がそうした学生たちをたきつける副因となっていたのは確かだが、何よりも彼らと全く関係のない、そして死ぬまで一度も面と向かって会話もしないような遠い土地に住まう人々のあおりをKたち大学生はみごとに受けてしまったのが一番の理由であった。彼らの一つ上の年代の学生たちは、企業から形の上では勤労の許しをもらったにもかかわらず、企業はそれを一方的に破棄したりした。就職には困ることはないだろう、などと言われてきたKらにとって、この一事は衝撃的だった。金融危機の産物だった。世間のことを見聞きするうちに、確かにこの件で文字通り進退窮まり、自らをして死に追いやる人々が少なからずいたらしいが、Kらにとってはむしろ生活をすり減らして日々を生きねばならなくなったことから、死よりももっと生々しい問題としてこれらが目に映った。

「まあ、民間受かってもだめになることもあるからね」

誰かが分かりきっていることを改めて言った。音にすると、だめになっている人たちと自分たちがあたかも違うように思えた。

それからしばらくの間そこでとぐろを巻いた後に、Ｋらは席を立ち、会計のためにレジに並んだ。Ｋは右手を後ろにやり、尻のあたりにあるポケットに手をやったが、どうもポケットそのものがなかった。視線をやると、上下ともに戦闘服であった。財布などあろうはずもなかった。視線を上げると、いつの間にか友人らはスーツに身を包んで一列に並んでいた。はっと思い出したように周囲を見渡す。そこは会議室のような無機質で広々とした青白い部屋であった。部屋にはパイプイスだけが整頓して並べてあった。部屋の奥側にだけ、長机があって、その反対側にいかにも職員然とした人間がいた。振り返ると、席には振袖の女や、スーツ、袴姿といった人々がそれぞれ固まりを作って座っていた。大学の卒業式だった。Ｋは思い出した。

式自体はすでに終わっており、今は卒業証書授与のための事務的な作業の最中であるらしかった。確か自分はこのあと大学の友人らとの交流もそこそこに、羽田空港を経由して久留米へと向かう手はずとなっていた。

卒業証書を受け取ると、Ｋは会議室の外に出た。こぎれいなロビーだった。ここにも卒業生たちが雑踏を形成している。みな同じようなことを口々にささやいていた。

「そういえばＡいないな」

友人が誰に言うでもなく、言った。

「あいつ留年しただろ。『新卒まだ捨てられない』とか言って」

「ああ、そうか」

なんとはなしに、Kにもその名には聞き覚えがあった。友人のうちの一人だろうと思われた。そして留年した理由も、ある意味選択肢の一つであったからであろうと大まかな予想もついた。今この場にいる友人のうちの何人かも、卒業後も今とあまり変わらぬ生活を続けて今年もう一度どこかの省庁や市役所を受験するという話であった。

「じゃあKを送るか」

Kらは卒業式会場をあとにし、駐車場へと向かった。それなりの人数がいた。この時いたのは、いわゆる〝いつものメンバー〟と仲間内で称していた面々であった。Mもその中にはいた。彼らは二台の乗用車に分乗して、羽田空港へと向かった。芝公園やレインボーブリッジを通過するとき、Kは感慨深さを覚えた。それは、あるいは寂寥感であったかもしれないし嫉妬心であったかもしれなかった。さまざまな感情が渦巻いていることだけが確かであった。眺めつつ、この街が自分を忘れてしまうことが許せなかった。

「でもまさかKが自衛隊入るとは思わなかったよ」

運転席にいる男が、バックミラー越しに話す。

「おれも思わなかった」

Kは自嘲気味に答えた。

「でも幹部なんだから、えらい人になるんでしょ」

からかうようにMが言った。

「幹部候補生だよ。卒業すれば確かに三〇人の部下を持つ小隊長にもなるらしいけど。なんにしても実感湧かないよ」

同世代人たちは、大体年月を基準にして結節を設けては次のどこかへ行く。それは時間も空間も違うところである。中にはそれを固守する人々もいるらしいが、そういう人々はいずれ嫉妬か侮蔑か分からないが、少なくとも悪感情のうちに認識されないまま置き去りにされる。

何かが終わるとき、人はその終わりという一事よりもまだ終わっていなかった頃の残滓を見つけた時にこそ、確かに終わってしまったことをまざまざと見せ付けられる。だからそういう匂いを放ち続ける人は、忌み嫌われるのかもしれない。Kはなんとなくそういう気がした。

そしてそうした仲間がいると、Kは、文字通り何もかもが一変する世界に行ってしまうことが自認できたから、その世界にいっている間も自分がかつていた場所はずっとあり続けていつか、それもそう遠くないうちに自分が元いた場所に帰ってこられるのではないかと錯覚してしまう。もし徴兵があったとしたら、きっとこんな思いになるのだろうと思った。

幸いにして、首都高は渋滞していた。

「飛行機、何時」

Mが訊く。

少し待って、とKは答えてカバンをごそごそと探ってチケットを取り出した。二十時三十五分の羽田発福岡行きだった。

「二十時半だからもう少し余裕あるよ」

Kはチケットをまたカバンの中に少し乱雑に押し込んだ。視線を、ゆっくりとまた外へと戻す。

車は、いつの間にか高速を降りていた。周りには相変わらずビルがあったが、海は見えなくなっていた。

「K、もうすぐつくよ」

運転席の男は先ほどと同じ動作で言った。

車内は、街灯の光が一筋の線を作って、作動中のコピー機みたいにボンネットから車内を抜けて後ろへと流れていった。夜になっていた。Kは戸惑った。

「あれ、どこいくんだっけ」

助手席の女が笑いながらKに答えた。

「寝てたの？　I君の家だよ」

ああ、Iか、と聞き覚えのある名前を口には出したものの、どうしても顔が思い浮かばなかった。運転席の友人とそう大差ない見た目の友人であるのだろうな、ということだけは想像できた。

東八道路を西に進み、西国分寺を経由して立川に出た。多摩モノレールの下を通って玉川上水駅まで行った。西へ西へと行くにつれて、車も人通りも少なくなっていった。時計に目をやると、まだ二十一時だった。

友人の家は、玉川上水駅から歩いて三分ほどのところにあるアパートだった。車をその裏に寄せて止め、乗っていた四人はIの部屋を目指して歩いた。彼の部屋は二階の角部屋だった。

Iと呼ばれる友人は、案の定取り立てて特徴のない友人のうちの一人であったが、居心地のいい彼の部屋には見覚えがあった。何度もここに足を運んでは、時間を湯水のように使った。夢の中で何かを思い出そうとしてもできないことは、何度も試してその度に失敗をしていたから、知っていた。だからKは、三回目くらいでそれをやめた。

玄関にあがると、手前と奥にそれぞれ一部屋ずつあって、奥の方に高さの違うテーブルが二つくっつけられていた。その周りに色の違う座布団と形の違う座椅子が乱雑に並べてあった。テーブルの上にはカセットコンロと鍋が置いてある。それから奥の部屋も手前の部屋にも、先客みたいに漫画とかCDとか楽器とかがあちらこちらに座っていた。

「おー、やっときたか」

Ｉは寝起きなのだろう、ジャージ姿で、頭をかきながら玄関まで迎えにきた。あるいは学生時代なんていうのはこのようなもので、万年寝起きみたいなものなのかもしれない、とＫは思った。ＭとＹという助手席に乗っていた少し派手でがさつな女がスーパーのビニール袋を手に提げている。ビニールがこすりあわさる音がしばらく続いた。

Ｋが大学の講義を終えて家に帰ると両親はソファーの上で二人並んでテレビを眺めていた。Ｋは、もう食事はしたから、とだけ言ってソファーではなくテーブルの近くにある座布団に腰をおろした。

生活音とテレビから流れてくる雑音だけが部屋に響いていた。Ｋは自分のいる部屋とそれを覆う家と、そこからひろがる土地全てに圧迫感を感じた。

「父さん、おれ自衛隊入るよ」

まだ決定事項ではなかった。試験はまだ二ヶ月も先だった。

しばらくの沈黙があったが、父親の顔はだんだんと赤くなっていき、返事を聞くまでもなかった。その一事だけでＫは恍惚とした気持ちになってくるのを自分でも感じた。それだけで、入隊という選択肢は現実味を帯び始めた。

Ｋと父親はそのあと何度も口論を続けた。結局入隊の一ヶ月前には諦めに変わり、父はこのことには触れなくなっていた。

父がＫに大きな反対を示した理由は、実際のところＫにはわからなかった。イデオロギーであったのかもしれないし、想像の及ばないところであるから、その不安によるものであったのかもしれない。

いずれにしても、Kの自衛隊への入隊という一事に対して、若いKの友人らはそれを同情で受け止めたが、父親だけは怒りという感情の発露で迎え入れた。Kにはそれがひどくうれしかった。

不幸になることは若者の特権だ、Kにはそう思えてならないときがある。そして普段ある生活観から抜け出すことは、たぶん不幸なことなのだろう。この時もそういう気持ちであったかもしれない。今となってはかつての代わり映えしない生活が幸福であったのかどうかは、Kにはよくわからなかった。が、Kは口論の際浴びせかけられたいくつもの父の言葉を大いに励みとして、ありとあらゆる選択肢をかなぐり捨てようと決めた。結果から言えば、その決意は事実そうなった。

はたと瞬きをすれば、視界には、また羽田へと向かう湾岸線からの光景がひろがっていた。

世界が確かに狭まっていくことを打破するには苦痛以外ないと思えた。窓から見えるキリンみたいな港のクレーンや品川区の高層ビル群が、まだどこにもいっていないこの時から、Kには懐かしいものに見えてきた。こういった感情が芽生えはじめているということは、やはり何も起こらない狭い生活観はきっと幸せなものであったのだろうと思う。車内では友人たちが和気藹々と会話をしていた。二〇代の一大事であるはずの就職に失敗したものたちは、なぜかそれを面白おかしくして話していた。

それらを見ながら、Kは心の中で全てを責めた。この大都会を、友人たちを容赦なく痛罵した。なぜ引き止めなかった、なぜ守らなかった、おまえたちにはその責務が確かにあったはずだぞ、と。思いつく限りの罵詈雑言を浴びせた。

ゆっくりと瞬きをすると、あたりはそうあることが当然かのように景色を変えた。どこかにいくことは、時間を移動することと同義だ。ある時間を過ごしたり認識したりすれば、当然のことながら今いるところとは違う場所に連れて行かれる。

Kは中央線にいた。ドアの上にはめ込まれているディスプレイには次の停車駅が映し出されていた。

『吉祥寺』

その文字を認めたが早いか、電車は唐突に停車した。視線を窓に移すと、車両はまだ高架橋の上で、駅ではなかった。西荻窪を出て、六〇秒しか経っていないはずだった。きっと先頭車両からは吉祥寺駅が、最後尾からは西荻窪駅が見えるはずだった。住宅街のあいだに居場所を見つけては手をつなぐ電柱たちが小刻みに震えていた。よくよく車内を見渡してみると、電車も揺れていた。慣性ではなく、他の力によって揺られている。

地震だった。結局電車はそれから一時間近くその場から動くことなく、Kが家についたのはさらに二時間経ってからだった。家路についていたときも、道行く人々は口々に地震のことを言っていた。

家に着き、ソファーに身体を沈めてテレビをつける。画面のなかではいつものアナウンサーが興奮気味に地震のことを伝えていた。全てのチャンネルがそうだった。時間が経つにつれて増えていく死傷者の数に、Kは胸が躍った。海に呑まれる街を見るうちに、哄笑（こうしょう）がおきそうだった。

その日から、地方公務員であるはずの父も知らない人々のために身を粉にして働かざるを得なくなった。その一方でKの毎日は大きく変わることがなく、勉強を続けるだけだった。

地震がなかったら、自分は自衛隊に入ったであろうか。Kはふと疑問を感じた。この地震からしばらくして、大学や街には自衛隊の勧誘があふれかえった。ただ、あふれてはいたが、しっかりと注意深く見なければ見落としそうな勧誘だった。あるいは元からそこにあったのかもしれない。

自衛隊の願書を出してから、受験票が届くまでそう時間はかからなかった。両親がこれを目にすると、いよいよ豹変した。何度も考え直すように、時に怒りで、時に愛情で、親心で手を替え品を替え諭された。その度にKは意思が固く硬直していくのを感じた。その年の中ごろには全ての受験を終えて、あとは選ぶだけだった。Mとの関係も終わり、この閉ざされた空間から逃げ出すには自衛隊以外の選択肢がKには思い浮かばず、こっそりと応諾書にサインをし、他の省庁や市役所に対しては全て辞退の意を示した。

机の上には一枚の書類と、ボールペンだけが置いてある。前の席には迷彩服に身を包んだ候補生がいる。左右を見渡しても同様であった。みな一様に面前に紙と、ボールペンが置いてある。

大学の講堂を思わせる室内には、候補生が居並んでいる。長机一つに対してイスが三つという組み合わせだった。それぞれの席につく候補生までもが前もって用意された設備のようだった。

「きみたちにはこれからこの宣誓書にサインしてもらいます。これを書いたのちは、いかなる困難に直面したとしてもそれを放棄することは許されません。やめるなら今のうちだから、よく考えて書くように」

教室の最前列にいる初老の男が、よく通る声で言った。顔に刻まれた皺とは打って変わって、身体は迷彩服の上からでもごつごつしているのが見てとれた。

この書面一枚記入するためにあてられた時間は一時間だった。名前を書き込み、押印する。たったそれだけだったが、人によってはそれでも短く感じていたらしかった。Kは名前をさっさと書いた。私語もできないために、退屈でしかなかった。

頰杖をついてぼんやりとあたりを眺めていると、居並ぶ頭の中から一本の腕が伸びているのを認めた。しばらくその腕を眺めていたが、なんの異変も起こらない。Kだけでなく、挙げた当人もしびれをきらしたのだろう、すみません、とその腕から声がした。

「はい」

と、宣誓を迫ったくだんの自衛官が進路を声の主にとる。

Kから声の主までは、二列ほど離れていたために、何を話しているのかは全くわからなかった。しばらく問答が続いていたようだったが、書面を机に残したまま、手を挙げた男は教室をあとにした。それから立て続けに五人、この場をあとにする候補生が出た。署名を拒否したことは明らかだった。

Kはそれを見届けてから、ひるがえって自分のことに思いを馳せた。そうすると、自然と時間の流れは早く感ぜられた。結局自分のうちでも確固たる決断も下せぬまま、時間となってしまった。最後に、

「これで君たちも今日からはれて自衛官だ」

という声を背中に聞いた。

整列して居室に戻るも、その日は別段することもなくベッドに座って過ごした。

次の日からは思いのほかやるべきことが多くなった。たとえばプレスと呼ばれるアイロンのかけ方を教えられた。自衛官にとって身だしなみを整えることは必須であるらしい。入隊前、Kは自衛隊に対して漠然としたイメージしか持たなかった。そして往々に

してそのイメージとは偏ったものであった。ひとつだけ、正しいものがあるとすれば、それは閉鎖された環境において厳しい規律があるということだけである。泥まみれになって汚らしい格好で過酷な訓練を毎日強いられると思っていたが、確かに演習においてはそれに近しいものが行われていたけれど日常生活においては制服や戦闘服にアイロンをかけ、ベッドをホテルのそれのようにし、生活環境を清掃する。これが毎日だった。生活に慣れはじめ、一通りの書類を書き終わったころから授業が始まった。戦術や戦史といったものだった。

それ以後は、ほとんどがルーティンとなった。起床、点呼、清掃、朝食、朝礼、課業、昼食、体力練成、課業、夕食、風呂、命令受領、清掃、自習と一日は過ぎ去っていく。過密スケジュールだった。

区隊の朝礼が終わり、午前中の授業が行われる教場へと区隊が行進をする。『二人以上の自衛官が集まれば、それは部隊と呼ぶ』が区隊長の口癖だった。久留米市にある幹部候補生学校の柵の中にいるときは、必ず隊列を組んで目的地まで前進しなければならなかった。

まだ夏前であるにもかかわらず、久留米の地は日差しが強かった。そうであれば、心なしか風もないように思えた。朝礼や行進のためにわずかに身体を動かすだけでも、体と制服のわずかな隙間から汗が滴る。一滴一滴に存在感があった。

戦術の授業は、候補生全員にとっては作業であった。存外、全ての自衛官においてもそうなのかもしれない。Kは授業を受けながら、対抗部隊と題された教科書をぱらぱらと手で遊ぶ。

授業のパワーポイントは、ソ連時代の戦車やヘリコプターの画像と性能が映し出されていた。教科書と照らし合わせても、やはり敵はソビエトを想定しているらしい。ばかばかしい、Kはそう思わざるを得ない。

もし今の時代に全盛期の共産国の復活を熱望する人間がいるのであれば、それは自衛官だな、とKは教科書の中に自衛隊全体を見取る。

「K」

威圧的な声がした。瞬間的にKは後悔をする。日常生活においては、区隊長をはじめとする教官陣の締め付けが厳しい。候補生にとって授業は唯一ある安息の地であった。ただ、そうした授業を担当する教官の中にも軍人然とした厳しさを持つものがいる。そしてそのスイッチがどこで入ってしまうかは、候補生にはわからない。Kが後悔したのはスイッチを入れてしまったのが自分かもしれない、ということに対してであった。ゆっくりと視線をあげると、しかしそこには教官もパワーポイントもすでになかった。

実家のソファーから眺めるテレビは、代わりばえのしないニュースであるとか旅番組とかである。テレビに限らず、自分以外からもたらされる自分以外の変化はKの気持ちをひどく落とす原因であった。追い込まれたような気持ちになる。焦燥感といってもよかった。Kはいてもたってもいられなくなり、玄関にあるサンダルをつっかけると足早に外へと出た。目的地はない。

住宅地を眺めながら、ふらふらと夢遊病者のように歩みを進めた。考えがなければ、自然といつもいく街へと近づいていく。Kは人にも帰巣本能があるのだろうか、と思わざるをえなかった。駅の改札を抜けて中央線に乗る。

結局、高円寺で降りた。

自分がいつも通っていた街のひとつだった。そして駅改札を抜け、北口を出て五分ほどにある喫茶店に入った。ドアを開けると、かつてなじみのある面々がいた。こっちこっち、と手招きされるままにKは席についた。みな口々に思い出話に花を咲かせている。

「いま休暇なんだっけ。いつ帰るの?」

Mだった。

ああ、今休暇か、とKは思い出した。

「さあ、来週くらいじゃない」

「自衛隊、厳しい?」

Mが楽しそうに訊いてくる。

「厳しいけど、何も決まってないよりは楽じゃないかなあ」

笑いながら、混ぜ返したつもりだった。

ただ、Mをはじめとする友人たちは歯牙にもかけていない様子であった。何人かは、Kと同じように自分の所属する場所があって、そういった人間は着ているものがかつてと同じでも、匂いがあった。そうした友人たちは、友人というよりも違うところで働いている自分のように思えた。

がさがさとものをこすり合わせる音が店内に響き渡った。見渡しても、まわりは何事もなかったかのように過ごしている。友人たちの声がだんだんと遠ざかっていき、何も聞こえなくなった。カップを置く音も咀嚼(そしゃく)音も、店内の軽快なジャズも、全て鳴りをひそめ、相変わらずビニールを丸めたときの音ばかりが鳴っていた。

Kは目を覚ました。一瞬、実家の見慣れた木目の天井が見えたが、錯覚だった。目の前には迷彩柄のポリエステルが広がっているだけだった。簡易天幕だ。頭を横に向けると、Sが暗がりのなかで足のない虫のように蠢(うごめ)いていた。

「なにしてんの？」

Sはぎょっとした顔でKに向き直った。

「いや、起きちゃったから煙草吸おうと思って」

Kは声を潜めて笑った。時計に目を落とすと四時だった。あとたった一時間でまた行軍が始まる。

「おまえも吸うか」

Sは一本差し出してきたが、断った。言うが早いか、Kもひそかにズボンのポケットに忍ばせていた煙草に手を伸ばし、取り出す。戦闘服に身を包んだままでも安眠できるほどに、Kは自衛官になっていたことをこのときふっと感じた。

「においでばれないかな」

少し不安に思ったが、教官も人だ。眠らないわけがない、そう自分に言い聞かせた。四時という時間は、安心感がある。

多分Sも同じことを考えていたに違いない、大丈夫だろ、とだけ言って火をつけた。煙はスリーピングの中に吐き出し、極力外に出ないようにした。

「明日何時に状況終了だっけ」

Sが同じく、声を小さくしながら問う。

「さあ、確か一二〇〇（ヒトニーマルマル）には終わるはずだけど」

「終わったら大野原（おおのばる）の廠舎（しょうしゃ）だよな。あそこムカデが出るからいやなんだよ」

Kは廠舎のことを思い浮かべた。最初の演習でいった廠舎も大野原だった。演習場には廠舎と呼ばれるアバラの建物があって、天幕を設営しないときは基本的にそこで起居する。ひどく臭く、衛生状況が悪いのだ。中にはきれいなところもあったが、大野原の廠舎は前者のほうであった。候補生は、みな『馬小屋』と呼んでいた。

「まぁ装具点検するために寄るだけだから一時間もいないだろ」

まぁな、とSは答えて煙草をくわえた。もうフィルターまで火が迫っていた。

「最後にちょっと寝るか」

ああ、とKは返事をして煙草をサランマットの下にある土に押し付けた。吸殻は少し穴を掘ってその中に埋める。

幹部候補生学校に入校して一週間ほど経った日に、防衛大学校卒の候補生たちが久留米にやってきた。Kら一般大学を卒業した面々は「気をつけ」から「敬礼」といったいかなる動作一つとっても軍隊からはかけ離れていて、烏合の衆だったが、彼らは違った。入校してきたとき、彼らはすでに一様に制服に身を包み、隊列を組んで整斉と報告をすませていた。Kたちは隊舎の窓から次々にやってくる「自衛官」たちを眺めていた。彼ら防大生のなかには、制服の外からでもその体つきが分かるものがいた。

居室は一六人部屋で、まだ半分しか埋まっていなかった。残り半分は防大生のために残されていた。候補生は、二人一組となって今後は生活を行うこととなる。無論、一般大生と防大生と、である。

この居室にも次々と防大卒の候補生たちが入ってきた。

「Kってやついるか?」

入るなり大声でそう問う男がいた。坊主頭に全体的に角ばった顔をしている。輪郭とは打って変わって、目や口といったパーツは全て小ぶりで、どこか少年のような男だった。

「おれだけど」

Kは少し声を大きくして返事をする。

「よろしく。バディのSです」

バディとは隊内で二人一組のことを意味するが、このときはまだ名ばかりで、本当は自衛隊についてなんら予備知識を持たないKらの陰の教育係として防大卒の候補生が充てられた。教官陣はそこに上下関係はない、と言っていたが、中には四年間遊びつくしてきていた一般大生を目の敵にする防大卒の候補生もいた。幸いにしてSは、さっぱりとした性格で心まで少年であるらしかった。Kが引いたのは当たりくじだった。

新たに着校した候補生が来て、すべての手続きが終わるのに二週間以上の時間がかかった。初めての休日もそれからはじまった。

「第四区隊、外出前点検準備完了」

『小隊長』という役職の候補生が区隊長に報告をする。外出前、候補生はベッド、ロッカー、身の回りの全てを整理整頓しなければならない。区隊には居室が二つ割り振られていて、それぞれのベッドの前で各候補生は「整列休め」の体勢で点検を受けることとなる。首尾よく点検が終われば、外出となるが、往々にしてこの点検は二度三度と続くものであった。初めての点検は三時間かかった。外に出るのにここまで時間をかけなければならないのか、とKは驚いた。初めてのことで、面倒というよりも新鮮さのほうが大きかった。

点検が終わり、教官陣が居室から去ると、候補生たちはおおげさな喜び方をした。みな口々にどこにいくか、何をするかを相談していた。門限は二十二時である。このとき、すでに十時を回っていた。遠出はできないが、二週間ぶり、自衛官となってから初めての外の世界である。この環境から抜け出せると思うだけで胸が躍った。Kはロッカーから私服と靴を取り出した。ひどく懐かしい感じがした。

Kは戦闘服を脱ぎ、ジーンズとTシャツに着替えた。

「K、どっかいくあてあるの?」

Sだった。

「とくにないけど」

「どっか行くか?」

よく考えずにああ、とKは答えた。初めての外出は自衛官と一緒に迎えた。

営門までは、隊列を組み前進した。指揮を執る者がいて、それに率いられる。それぞれ身分証を提示して警衛と呼ばれる門番のチェックを受けるのだ。この門を抜ければ晴れて外の世界だった。

隊列は、門を出たとたんに四散した。もともと存在しないかのようであった。私服に着替えた候補生たちの背中をKは見送った。私服姿であれば際立ってもよさそうな候補生らの個性が、なぜか失われているように感じられた。人は身にまとうものにその人となりが出るというが、必ずしもそうではないのかもしれない。

「天神まで出る?」

少し考えてから、そうしよう、と言った。

Kは、あふれる人とビルが見たくなった。

二人はタクシーをつかまえて、西鉄久留米駅に向かい、急行電車でそのまま天神へと向かった。

かつては普段といわれていた休日の過ごし方を、場所を変えて行っただけであったのに、全てに色がついているようだった。華やかだった。Sとは世間話程度の会話しかしなかったが、彼らが四年間いかに理不尽な環境で過ごしてきたかを匂いとともに知ることができたような気がした。彼らが外出にかける意気込みは、尋常ではなかったことを点検前の風景とともに思い返した。

門限から三時間早い時間にKらは久留米に戻った。学校に戻る前、駅前商店街にある、いわゆる夜の店に二人は入っていった。これもKにとっては初めての経験であった。肌と服が半々の、Mとは全く違う『女』という生き物だ。金を払って女と会話をするということに抵抗がないではなかったが、Sに引きずられる形できてしまった。

薄暗いテーブル席でSとK、それから店の女が二人という形であった。

Sいわく、ひとりにしっかりとひとりの女の子がつくというのはなかなか良心的である、とのことであった。

Kは店の女がきてからもあまり進んで会話はできなかった。横目でSを確かめると、時にいかがわしい会話をしながら哄笑をしている。顔に似合わず、こういった店には慣れているらしい。もっとも、Kはこのあと防大出身者は大抵こうした遊びに頻繁に行っていることを知った。

「Kさん、自衛官でしょ?」

あまり自分の仕事のことについては言いたくなかったが、店の女はすぐに見抜いた。髪の毛が短く、週末にまとまった金を落とすのは、幹部候補生と久留米では決まっているらしい。自衛官と見抜かれないほうが困難であった。九州のアルコールに打ちのめされたが、なんとか門限までには帰ることができた。

「あの子可愛かったな」

営門をくぐってから隊舎に行き着くまでのわずか三〇〇メートルほどは、まだ解放感のある空間だ。Sは新しいおもちゃを与えられてはしゃぐ子供のような声音で下品なこと次々に言った。Kは適当に返事をしつつ、どこかで早く明日からまた課業が始まればいいと思った。休みはまだ二四時間もある。

Kは目を覚ました。

誰に起こされるわけでもなく、〇五〇〇きっかりに起きた。横目にSを確認すると、最初の休日のときとは全く別人で能面のようなSがいた。演習中、けたたましい起床ラッパで起こされることはない。しかし起床時間はしっかりと定められている。誰かが起き始めると浅い眠りにつく候補生はそれにつられて起きる。その物音が隣の天幕、さらに隣の天幕と伝染していき、みな物憂げに起きだす。

五〇キロを超える行軍の疲れは、一日や二日の睡眠でとれるものではない。起きた面々の顔を見れば満身創痍であることが見て取れた。Kにしてもそうであった。ただ、表情とは裏腹に身体はきびきびと動き回った。一〇分としないうちに天幕は撤収され、背嚢は昨日ついた汚れ以外、出発前と同じ形になっていた。

食事の配給が〇六〇〇から始まった。みな一様に手に飯ごうを持ち、並んだ。表情は明るくない。この日は『温食』と呼ばれるもので、トラックで久留米から輸送してきたものが配られた。あわせてその日の昼食も配られる。ハンバーグだった。

みな昨日とは違い、黙々と食事をする。

教官の叱責を恐れていたこともあるが、何よりも長時間の休みがあるのと、行軍が待ち受けているのでは気持ちの持ちようが大きく変わってくる。仕方のないことであった。

Kも同様である。昨日見た夢たちを思い出しながら、目の前にある現実から逃げたくなった。

Sが食事の受領を終えて、Kのとなりにやってきた。認めると、

「歩きたくないな」、とKは話しかけた。

Sは疲れた顔のまま少し笑った。

「まあ、明日の今頃から六時間もすればもう帰りの車両の中だからな」

「長いな」

Kも力なく笑った。

次の一行程まで、Kは引き続き分隊長であった。

小隊長の下へ前進し、行進計画の確認が再度あった。すでに全員装具をつけ終え、背嚢を背負えばいつでも出発できる態勢である。他の候補生についても同様であった。

「小隊は、これより中隊の中央に位置して大野原演習場まで前進する」

各分隊に任務が付与されていく。Kもそれらをしっかりとメモ帳に書き落とし、分かれ、の合図の下に分隊のもとへときびすを返した。今回、三分隊については小隊の先頭にたっての前進であった。

分隊に命令下達を終えると、宿営地から出るように指示する。林の外に出ると、夕方

と錯覚した。雲が低かったから、朝焼けが遠慮気味であったのだ。山々にはうっすらと靄がかかっていた。部隊は、いつの間にか行進隊形になっていた。

「小隊出発用意」

小隊長の号令とともに、候補生たちは足取り重く宿営地をあとにした。林の中にはまだ夜露が残っていて、新しく着替えた戦闘服の裾のあたりはもう汚れはじめていた。

部隊は前進を開始した。二日目の行進経路に宿営はない。行進の終了地点は、目標のある大野原演習場にほど近い横竹ダムである。ここで戦闘準備が行われ、候補生は背嚢を現地でトラックに積み込むと防弾チョッキに身を包み、戦闘前進を開始する。

林道を抜け、行進を続けていると、昨日あたりをつけた通り、部隊は田んぼの中にいた。まばゆい光がそこかしこにあったように錯覚したが、見渡せばトタン屋根の廃屋みたいな建物しかなかった。遠くを見渡すと、我が物顔で山々が地平線に横たわっている。そのくせに暗がりがないと夜のときよりも小さく見えた。

あと五〇キロ、Kのカウントが始まった。空を見上げると、雲行きが怪しくなっていた。雲が自分の重さに耐えかねて降りてきているのが、傍目（はため）にも分かった。

雨はいやだな、Kは誰にも聞かれないように漏らした。

一行程、小休止、二行程と行進は行われたが、Kの予想通り雲はどんどん広がり、そしてその機嫌は益々悪くなっていった。時折、まばらに雨が降った。そのつど候補生は前を歩く候補生の背嚢からポンチョを出して着させた。止むたびにまたそれを脱いでは後ろの候補生に渡してしまわせた。

次の小休止で、小隊長は雨衣と呼ばれるレインコートの着用を決心した。ポンチョのようにただ上からかぶるだけのものとは違い、上下にセパレートされていて、ズボンと上着に分かれている。この雨具は、雨滴をしっかりはじくと同時に中の空気を一切外に出さなかった。候補生のなかにはこの決心に毒づくものもあったが、雨に濡れれば行軍から脱落するものはその数を増すことが容易に想像できたために、やむをえなかった。小休止は、そのほとんどが着替えのための時間となってしまった。まず背嚢から雨衣の上下を取り出す。装具を全てはずし、それぞれを着用し、装具を付け直す。

小銃、背嚢と背負うともう出発三分前となってしまった。

天候というのは全く気まぐれで、雨衣を着用したとたんに雲はきれぎれとなり、気温が上昇した。雨衣の中の温度はさらにそれが二乗された。熱気が外に出ることはなく、さながらサウナスーツとなった。雨衣着用から二行程、候補生は耐え切ったが雨はついに降らなかった。新たに上番した小隊長は、すぐに雨衣を脱ぐことを決断した。因果なもので、その次の行程は歩き始めた途端に雨が降り出した。候補生はやむなくポンチョでしのいだが、それでは完全ではなく、雨水は容赦なく候補生らの身体にぶつかってきた。

大休止となった。今朝配給されたハンバーグを背嚢から取り出す。すでに冷え切って固くなっていたが、かきこんだ。地面は冷たく湿っていた。直接座ると、下着まで雨水が染みてきた。経路は、いつしか山道に差し掛かっていた。大野原演習場は、山々の間に台地のようにして存在する。残り二〇キロ以上の道のりではあったが、徐々に近づいていくのをKら候補生は理解した。最後の休止地点は、メルヘン村というところであった。駐車場が異常に広く、部隊が展開してもまだ余裕があった。名前とは一転、山の向こうにあると思われるその施設は不気味だった。どんな人間がこんなところにくるのだろうか、Kは疑問に思った。思いつつ、Kはルールを破って少し多めに水分を補給した。

横竹ダムに到着するまでに、区隊からはさらに二名が脱落した。幸いにしてKの所属する三分隊は一人の脱落者も出さずにいた。どこか誇らしく思えた。

ダムについたとき、時刻はすでに二十四時を回っていた。部隊はダムに隣接してある、メルヘン村同様誰が利用しているか予想もつかないような公園にいた。

県道にはトラックが一列に並んでいる。防弾チョッキと空包が積み込まれている。もはや候補生たちに無駄口をきく余力も気が立つほどの余裕もなかった。遅い夕食をとった。食べつつ、今までの行程と、さらにその前のことを思い返した。区隊総出でトラックから防弾チョッキ、弾薬を搬出し、その配布が始まる。公園の街灯と自衛隊車両のヘッドライトだけが頼りであったが、こういった光景だけはどこか本物の戦争を思わせる。

Kはそういったことを一度も見たことがなかったから、その本物らしさも結局どこかの作り物なのだろうか、とふっと考えたが、すぐに作業に駆り出されたために頭の隅っこから個人的なことは段々と抜け落ちていった。

防弾チョッキを着込み、さらにその上から装具を着用する。空包は一人につき四〇発。二個ある弾倉にそれぞれ半分ずつ装塡した。雑嚢からドーランと呼ばれるフェイスペイントを取り出す。女性の化粧用具のような形をしていて、蓋をあけるとその内側片面が鏡となっていて、もう一方が色ごとに三つに区分けされている。Kは鏡越しに、久しぶりに自分の顔を見た。マネキンのように生気がなかった。一転、マネキンほどきれいでもなかった。物思うことは多かったが、それすら表情には出てこない。人差し指で緑、茶、黒とあるペイントを顔に塗りたくった。顔の出っ張っている部分には暗い色を、凹んでいるところには明るい色を配色する。すると不思議なことに顔は凹凸をなくす。耳の中や首の後ろまで塗った。ドーランは、できの悪い油みたいな感触でいつ塗っても慣れるものではなかった。もはや露出している部分で人間元来の色はどこにもない。時刻は〇三〇〇。攻撃前進開始まであと一時間である。まだあたりは暗い。

〇三五〇、部隊は攻撃前進の隊形を形成しはじめる。ここから状況終了までの約四時間、KはLAM手を務める。Kは気を引き締めようと思ったが、なんだか捨て鉢な気持ちになってくるのを感じた。早く終われ、休ませろ、帰らせろ、といったごくごく個人的な感情は、きっと雨に洗い流された。心までドーランで塗られてしまった。Kは最後まで残っていた悲しいという感情で今の場面を、いつしか鳥瞰していた。

攻撃前進は、今まで行ってきた一定速度を維持した行進とは違い、索敵を行いつつの前進であるため、神経が磨り減った。対抗部隊に模した自衛官が演習場の各所にちりばめられているからだ。睡魔と異常な疲労感の前においては、Kには彼らが本当にソビエト兵に見えてきた。空砲で撃たれるたびに、二メートルはあろう草の中に飛び込んだ。その度に慣性でLAMはさらに遠くへ転がる。応戦し、また伏せる。引き金を引き絞るたびに、意識がさえてくるのをKは感じた。

ぼんやりと空を眺めると、日が昇り始めているのだろう、空は白くなっていた。雲は昨日よく泣いたからか、ちょっとすっきりしているようで、上へ上へと昇っている。三〇メートルほど前方にSがいる。今は分隊長に上番して、分隊の先頭で敵を確かめながら進んでいる。

ダムから、第一小隊が攻撃目標としている地域まではほとんど全てが坂道であった。坂道が終わったとき、Kはいよいよ状況終了を意識した。いつの間にかあたりには晴れ間が広がって光のカーテンがあちこちから差していた。あたりに人工物はなにもない。自分たちとソ連兵だけだ。Kは自分の身体の中で粟立つものがあることを知った。

朝焼けを見つつ、ふっとIの部屋から見た朝焼けを思い出した。Iのアパートと似たような形のそれがあちこちにあって、その合間からモノレールの線路が見える。朝焼けがゆっくりと広がっていく。淡い白が、それが朝だとはっきりと分からせてくれる。鍋をつついて、缶ビールを開けて飲み明かす。時々テレビゲームをして黄色い歓声を上げる。眠くなったら寝る。昼ごろになって、脂ぎった髪の毛に嫌気がさしてみんなだるそうに、帰路につく。そういう場面だった。Kは見渡しつつ、自分が今体感している、この身体にまとわりつくような皮脂は、きっとドーランのものだろうと思った。袖と手袋で拭うと、ドーランの三色が混ざり合って、土色になった。

「K君、一緒に帰ろうよ」

振り返ると、奥の部屋からMが眠そうなまぶたをこすりながらこっちを見ていた。

Kは返す言葉が思いつかずに、逃げるように玄関を飛び出した。

ドアを開けると、奥行きのある喫茶店にいた。高円寺にあった、井伏鱒二の額縁のあるあの喫茶店だった。一番奥の席にMがこちらに背を向けて座っていた。目の前の席には誰もおらず、壁と、食べかけのカレーと同じく飲みかけのコーヒーがあった。何も変わっていない。Kは徐に歩みを進め、Mの前に座った。何度も見た光景だったように思う。ただ変わったところといえば自らの服装に新たに防弾チョッキが加わったことくらいであろう。いつもの会話が繰り広げられることが容易に想像できた。自分は自らに降りかかる災厄を知るすべがあってもそれを避けるすべがわからなかった。Kはふっと視線をあげるとドアの向こう側、純情商店街の中に見覚えのある姿をみた。姿というにはあまりにもぼんやりとしすぎていたが、それは確かに異様な光を放って自分の視線を釘付けにした。見慣れすぎていたからであるかもしれなかった。その見た目は、今の自分と寸分違わぬものであった。一列に並んだ候補生たちが、皮膚までをも迷彩にして前進している。店内にも乾いた銃声が遠くから聞こえてきた。

Kは M が何かを言おうとしているのにもかかわらず、席を立ち上がった。もうどうでもよかった。

「どこいくの」

Mはたずねてくるが、答える気はなかった。多分あのときも今と同じ返事だったに違いない。

店のドアを開けると、商店街の中央に見慣れた迷彩服の一団が一列に、目的を持って確かに歩いていた。

そのうちの何人かが自分に視線を向けているのが分かった。

「おまえ辛くないか」

近づくと、しかしその視線はLAMに向けられていた。

気遣いながらも、彼らの表情は全て苦痛にゆがんでいた。実際はドーランに塗られていたから表情なんてわからない。だけどきっとそのはずだった。Kは自分もそうであったから、彼らを信じることができた。

「大丈夫」、と一言だけ言って、Kはその一団に身を投じた。秋と冬の間にふさわしいからっとした肌寒さだった。空はしっかりと晴れ渡っているのに雹(ひょう)を降らせ始めた。小走りに前進しているために、自分の前進速度と氷の落下速度でちくちくと痛みが体中に走ったが、どこか心地よかった。

「雹だ！」

候補生のだれかが、すでにわかっていることをばかみたいに遅れて叫んだ。みんな笑った。Kも笑った。

痛みも息苦しさもわからなくなっていた。

連続した射撃音が聞こえた。部隊はちょうど、台地の中央、高円寺駅前の広場に到達していた。銃声がするが早いか、候補生は一様に地面に突っ伏した。

「攻撃目標前方○○の台、機関銃手」

「一分隊は当初二、三分隊の超越支援を実施」

どこからともなく、小隊長は各分隊に指示を出す。花壇から身を乗り出して候補生たちは各個に射撃を開始した。一分隊が高架下まで到達すると、今度は一分隊の支援のもと、広場を駆け抜けた。

広場に座り談笑する学生、路上でギターを弾く男女。彼らに表情はない。みな同じ顔だ。Kは隣で駆けるSを一瞥した。みな終わりが確信できているからか、想像以上にすばやい。おれたちは、みな違う表現を緑と茶と黒で使い分けることができるのだ、Kは大声を出したくなった。だけどきっとまだそのときではない。

Kは走った。さらに速く走れると思ったから、そうせずにはいられなかった。あるいはそれとほぼ時を同じくして走り出した候補生がいたからかもしれなかった。いつの間にかあたりは演習場になっていた。木々はまばらになって、背の高い草ばかりがあたりを覆っている。道路はちょうど大型トラック一台が通れそうなほどの土の固められた道であった。道に沿って、自分が走るよりも先に、視線にその道を辿らせた。そこは坂道になっていて、道の左右は盛り土になっていた。頂上部は丘になっていて眺望がききそうである。あそこが小隊攻撃目標であることは明らかであった。その丘のいくつかから銃声とともに発光が確認された。ソビエト兵だ。

Kは左の盛り土に身体を寄せる形で投げ出した。いくつかのパイプイスを吹き飛ばして自身の身体が真っ白い無機質な会議室に転がった。LAMはそれよりも少しだけ遠慮気味に手前に落ちた。周囲のスーツや振袖姿の人々から視線が注がれる。すぐに床に転がっているLAMを拾い上げて肩から提げた。自分がいたところには早くもドーランと汗のあとがにじんでいた。

「K、わざわざあぶないところにいく必要があるのか」

友人の一人が問いかけてきた。

答えるべきことは決まっていた。もう彼らに対する侮蔑も非難も別段思い浮かばなかった。

「必要とされているところにいくだけだよ」

一拍置いてから、友人はそっか、とだけつぶやいた。会議室をあとにし、観音開きの扉を蹴破る。すぐにいつもの土手となっていた。坂道を駆け上がらなければならない。途中階段があった。急な階段だ。これを上がると、すぐに踊り場に出た。そこにはいくつかの扉があったが、開いているところは一つだけであった。もっとも手前の緑色の扉だ。すでに開け放たれている。中に踏み込むと両親がいた。その奥には見慣れたリビングが広がっている。テレビにはいつものスーツの男たちがあくせくと動き回っている。もしかしたら動いていないのかもしれない。

両親はぼうっと、家と同化したように見えた。輪郭がはっきりしない。彼らの苦虫を嚙み潰したような顔を見ると、Kは安堵した。自分は今確かに必要とされているし生きている。

「K、頂上を奪取したらたぶん敵の逆襲がくる。絶対についてこいよ」

Sが背後から追い越しざまに叫んだ。逆襲は大抵装甲車両が付きまとっているから、LAM手が絶対に必要なのだ。

Kはそのままリビングを突き抜けると坂道もいよいよ終わりが近づいていた。Sをはじめとする分隊員たちは土手にその身体を横たえて一列に並んでいた。Kらは三分隊であるから、ここにいて、その小銃に銃剣をつけんとしているところを見ると、中隊は一小隊を除き全ての目標を奪取したらしかった。

一小隊の攻撃目標は、演習場の最も奥にある。他の攻撃目標が奪取されない限り、地形上戦術的価値が出ない地点なのだ。

Kがくるが早いか、すぐさま突撃の号令がかかった。

「突撃にィー、進めェ！」

みな怒号とともに立ち上がり、猛然と最後の土手を乗り越えた。

いまだ、とKは確信した。自分でもどこから出ているか分からないほどの声を出していた。周りの候補生も同じであった。

同時に爆発音、銃声が聞こえた。丘の頂上にたどりつくと視界が開けてきた。その下側は、案の定下り坂となっていたが、広がった平野のちょうど視界二分の一くらいにぽつんと車両があった。Kらが頂上を奪取すると同時に一瞬頭を天に向けて突き上げたかと思うと、すぐに地面すれすれに頭をこすりつけるようにして前進してきた。八輪の装甲車だった。敵はこの丘が奪取されたときのことを考えて、やはり逆襲部隊を用意していたのだった。

「LAM手！　前へ！　前へ！」

小隊長が叫ぶ。

一分隊、二分隊のLAM手は先ほど突撃準備をしていた我方側の斜面でほうほうの体になっているところを確認した。もはやあの装甲車を撃破できる戦力は、今の一小隊にはKにしかなかった。走るしかなかった。Kは駆けに駆けた。

雑木林を突っ切ると、すぐに両面が池になっている橋に出た。右側にはペダルボートがいくつも並んでいて、左側には噴水があった。みなKがLAMを抱えて走っていても見向きもしなかった。デートや写真や絵画にいそしむ老若男女たちを払いのけて、さらに進んだ。その度に彼らは迷惑そうな視線を投げかけるだけだった。Kはあの商店街の下にいる装甲車をなんとしても撃破しなければならなかった。自分にしかできないのだ。

中央がスロープ、左右が階段になっているコンクリートの坂道を駆け上がる。焼き鳥屋やアパレルの商店街を抜けると、吉祥寺駅に出た。他の候補生も通行人を掻き分けて必死に進んでいる。統一感のない、しかしどこか一体感のある服を身にまとった連中とは違い、一様に同じ服に身を包み個性あふれる候補生は傍目から見ても誰かすぐに分かった。

小隊陸曹と小隊長がちょうどマルイの、クレープ屋のバンの後ろ側にもたれかかっていた。

「K、この先の丘で撃て」

「了解」

Kは彼らを追い越して走りつつ、答えた。

振り返ると、Sがついてきていた。

人ごみを掻き分けて駅の階段を駆け上る。改札を飛び越えてすぐに中央線が通る三・四番線のホームに昇った。ホームからは大村湾を一望できた。長崎県にある大野原演習場は海に面していたことをたった今思い出した。

いい眺めであったが、いまはこれに現を抜かしているときではなかった。Kより少し先にSが草むらに身体を横たえた。

「目標、十二時の方向四百」

Kは小銃を横に放り投げて、LAMを構えた。

「撃て!」

Sが言うが早いか、KはLAMのトリガーを引き絞った。サイトの中では自分の息遣いに合わせて装甲車が浮き沈みしていた。

実弾なんて装塡されていないはずだった。安全装置をはずし、引き金を引き絞ると、しかし確実に弾が出て行ったのだ。

照準器の中で装甲車は噴煙を上げて爆発を起こした。本体はそこにあったが、ハッチや重機関銃が中空に弧を描いて吹き飛んでいく。

あとから小隊本部、各分隊が駆け上がってきた。小隊長は訓練開始前、隊員クラブで寄せ書きをした日の丸を持っていた。

それをみてKはぎょっとした。

終わるな、終わるな、Kは念じた。

次第に視界が開けてくるのがわかった。サンロードと吉祥寺駅が、中央線が消え、垢抜けた服に身を包む若者たちも土に溶けていった。

平野の向こう側にある自衛隊の装甲車は白い煙をたいている。発煙筒であることがすぐにわかった。撃たれたと判定されたソ連兵に模した仮敵の隊員たちはぽつぽつと姿勢を上げていた。

状況終了間際、支援のために来ている他部隊の隊員たちはすぐに状況を壊す。きっと誰よりも状況終了を望んでいるのだろう。

やめろ、やめろ、Kはそれを見て徐々に絶望的な気持ちが広がっていった。

振り返る。区隊長と付教官がゆっくりとした足取りで坂道を登ってくる。

先ほどまでは走る候補生たちを追い立てるようにしっかりとついてきていたはずなのに、その足取りにはなぜか余裕があった。

きっとまだ敵が潜んでいるんだ。だから姿勢を低くしていなければ被弾するんだ。K

は喉まででかかった言葉を飲み込んだ。

あたかも日の出のように、教官の身体がゆっくりと鉄帽、肩、腰と地面から迫りあってきた。他の候補生たちも上がってくる。足取りはさまざまであった。

Sは隣にいるKを一瞥し、安堵の表情を浮かべていた。終わったらどうすればいいかわからなくなる。Kは泣き出したい気持ちでいっぱいであった。

「状況終了」

区隊長の声によって、たった二日間の総合訓練とたった九ヶ月間の幹部候補生学校での日々は終わりを告げた。同時に、Kら幹部候補生は一つの区切りをつけたのだった。残り一ヶ月ほどで彼らは全国へと散り散りとなって、幹部自衛官として勤務することとなる。Kはまだ信じたくなかった。どうすればいい。どうすればいいんだ。眼前に広がる、大村湾を呆然と眺めた。雲は海から湧き上がっているみたいに浮かんでいる。

武器装具点検、異常なし、異常なし、空薬きょう四〇、生弾ゼロ。

方々から点検終了の声が聞こえてくる。

いつしか雹はやんでいた。Kは小銃を拾い上げると、肩から提げる。どこにも異常はなさそうであった。鉄帽を取り、空を見上げた。ぷかぷかと浮かぶ雲の隙間から陽光が幾筋もの線となって海に降り注いでいた。草と土と硝煙のにおいはまだ消えていない。

「K、異常ないか」

Sがたずねる。

耳には届いていたし、理解もできていたが、今は答えなくてもいいような気がした。

あ、とSは漏らし、そのすぐあとに、

「虹」

と言った。

彼の指に沿って目をやると、たしかに海から低い雲と雲の間を縫うようにして一本のわっかの半分だけが上にあがっていた。

「帰ろうぜ」

Sが言う。

Kは一度軽くうなずいた。陽光が雲の合間を切り開くようにして降り注ぎ始めた。Kはそれを見つつ、しばらく考えてからもう一度うなずいた。助かったような気がした。

初出誌「文學界」
小隊　二〇二〇年九月号
戦場のレビヤタン　二〇一八年一二月号
市街戦　二〇一六年五月号

本書は文藝春秋より刊行された『小隊』（二〇二一年二月刊）と『戦場のレビヤタン』（二〇一九年一月刊）を合本して文庫としたものです。

DTP制作　ローヤル企画

小隊（しょうたい）

定価はカバーに表示してあります

2022年5月10日　第1刷
2022年5月15日　第2刷

著　者　砂川文次（すなかわぶんじ）
発行者　花田朋子
発行所　株式会社　文藝春秋

東京都千代田区紀尾井町 3-23　〒102-8008
TEL　03・3265・1211(代)
文藝春秋ホームページ　http://www.bunshun.co.jp
落丁、乱丁本は、お手数ですが小社製作部宛お送り下さい。送料小社負担でお取替致します。

印刷製本・大日本印刷

Printed in Japan
ISBN978-4-16-791877-4

（　）内は解説者。品切の節はご容赦下さい。

内田春菊
ファザーファッカー
十五歳のとき、私は娼婦だったのだ。売春宿のおかみは私の実母で、ただ一人の客は私の育ての父……養父との関係に苦しむ少女の怒りと哀しみと性を淡々と綴る自伝的小説。（斎藤　学）
う-6-16

内田英治
ミッドナイトスワン
トランスジェンダーの凪沙は、育児放棄にあっていた少女・一果を預かることになる。孤独に生きてきた凪沙に、次第に母性が芽生えていく。切なくも美しい現代の愛を描く、奇跡の物語。
う-37-1

江國香織
赤い長靴
二人なのに一人ぼっち。江國マジックが描き尽くす結婚という不思議な風景。何かが起こる予感をはらみつつ、怖いほど美しい十四の物語が展開する。絶品の連作短篇小説集。（青木淳悟）
え-10-1

江國香織・小川洋子・川上弘美・桐野夏生
小池真理子・髙樹のぶ子・髙村　薫・林　真理子
甘い罠
8つの短篇小説集
江國香織、小川洋子、川上弘美、桐野夏生、小池真理子、髙樹のぶ子、髙村薫、林真理子という当代一の作家たちの逸品だけを収めたアンソロジー。とてつもなく甘美で、けっこう怖い。
え-10-2

円城　塔
プロローグ
わたしは次第に存在していく——語り手と登場人物が話し合い、名前が決められ世界が作られ、プログラムに沿って物語が始まる。知的なたくらみに満ちた著者初の「私小説」。（佐々木　敦）
え-12-2

小川洋子
妊娠カレンダー
姉が出産する病院は、神秘的な器具に満ちた不思議の国……妊娠をきっかけにゆらぐ現実を描く芥川賞受賞作。「妊娠カレンダー」「ドミトリイ」「夕暮れの給食室と雨のプール」。（松村栄子）
お-17-1

小川洋子
やさしい訴え
夫から逃れ、山あいの別荘に隠れ住む「わたし」とチェンバロ作りの男、その女弟子。心地よく、ときに残酷な三人の物語の行き着く先は？　揺らぐ心を描いた傑作小説。（青柳いづみこ）
お-17-2

（　）内は解説者。品切の節はご容赦下さい。

小川洋子
猫を抱いて象と泳ぐ
伝説のチェスプレーヤー、リトル・アリョーヒン。彼はいつしか「盤下の詩人」として奇跡のように美しい棋譜を生み出す。静謐にして愛おしい、宝物のような傑作長篇小説。（山﨑　努）
お-17-3

乙川優三郎
太陽は気を失う
福島の実家を訪れた私はあの日、わずかの差で津波に呑まれていたかも――。震災に遭遇した女性を描く表題作など、ままならぬ人生を直視する人々を切り取った短篇集。（江南亜美子）
お-27-5

荻原　浩
ちょいな人々
「カジュアル・フライデー」に翻弄される課長の悲喜劇を描く表題作ほか、少しおっちょこちょいでも愛すべき、ブームに翻弄される人々がオンパレードの抱腹絶倒の短篇集。（辛酸なめ子）
お-56-1

荻原　浩
ひまわり事件
幼稚園児と老人がタッグを組んで、闘う相手は？　隣接する老人ホーム「ひまわり苑」と「ひまわり幼稚園」の交流を大人の事情が邪魔するが。勇気あふれる熱血幼老物語！（西上心太）
お-56-2

大島真寿美
あなたの本当の人生は
書けない老作家、代りに書く秘書、その作家に弟子入りした新人。「書くこと」に囚われた三人の女性の奇妙な生活は思わぬ方向に。不思議な熱と光に満ちた前代未聞の傑作。（角田光代）
お-73-1

尾崎世界観
祐介・字慰
クリープハイプ尾崎世界観、慟哭の初小説！　売れないバンドマンが恋をしたのはピンサロ嬢――。「尾崎祐介」が「尾崎世界観」になるまで。書下ろし短篇「字慰」を収録。（村田沙耶香）
お-76-1

開高　健
珠玉
海の色、血の色、月の色――三つの宝石に託された三つの物語。作家の絶筆は、深々とした肉声と神秘的なまでの澄明さにみちている。「掌のなかの海」「玩物喪志」「一滴の光」収録。（佐伯彰一）
か-1-11

（　）内は解説者。品切の節はご容赦下さい。

開高 健
ロマネ・コンティ・一九三五年
六つの短篇小説
酒、食、阿片、釣魚などをテーマに、その豊饒から悲惨までを描きつくした名短篇集は、作家の没後20年を超えて、なお輝きを失わない。川端康成文学賞受賞の「玉、砕ける」他全6篇。（高橋英夫）
か-1-12

川上弘美
真鶴
12年前に夫の礼は、「真鶴」という言葉を日記に残し失踪した。京は母親、一人娘と暮らしを営む。不在の夫に思いを馳せつつ恋人と逢瀬を重ねる京は、東京と真鶴の間を往還する。（三浦雅士）
か-21-6

川上弘美
水声
亡くなったママが夢に現れるようになったのは、都が弟の陵と暮らしはじめてからだった――。愛と人生の最も謎めいた部分に迫る静謐な長編。読売文学賞受賞作。（江國香織）
か-21-8

川上弘美
このあたりの人たち
そこは〈このあたり〉と呼ばれる町。現代文学を牽引する作家が丹精こめて創りあげた不穏で温かな場所。どこにでもあるようでどこにもない〈このあたり〉へようこそ。（古川日出男）
か-21-9

川上弘美
森へ行きましょう
1966年ひのえうまの同じ日に生まれた、パラレルワールドに生きる留津とルツ。恋愛、仕事、結婚、出産……人生の分岐点。いたかもしれないもう一人の自分。傑作長編小説。（浜田真理子）
か-21-10

川端裕人
夏のロケット
元火星マニアの新聞記者がミサイル爆発事件を追ううち遭遇する高校天文部の仲間。秘密の町工場で彼らは何をしているのか。ライトミステリーで描かれた大人の冒険小説。（小谷真理）
か-28-1

川端裕人
声のお仕事
目立った実績もない崖っぷち声優の勇樹は人気野球アニメのオーディションに挑むも、射止めたのは犬の役。だがそこから自らの信念「声で世界を変える」べく奮闘する。（池澤春菜）
か-28-4

（　）内は解説者。品切の節はご容赦下さい。

空中庭園
角田光代
京橋家のモットーは「何ごともつつみかくさず」……普通の家族の表と裏、光と影を描いた連作家族小説。第三回婦人公論文芸賞受賞、小泉今日子主演で映画化された話題作。（石田衣良）
か-32-3

ゲバラ覚醒　ポーラースター1
海堂　尊
アルゼンチンの医学生エルネストは親友ピョートルと南米縦断のバイク旅行へ。様々な経験をしながら成長していく将来の革命家の原点を描いた著者渾身のシリーズ、青春編が開幕！
か-50-2

ゲバラ漂流　ポーラースター2
海堂　尊
母国アルゼンチンで医師免許を取得したエルネストは新たな中南米への旅へ。大物らとも遭遇しつつ、アメリカに蹂躙される国々を目の当たりにして、武装革命家を目指す。（八木啓代）
か-50-3

フィデル誕生　ポーラースター3
海堂　尊
十九世紀末、キューバ独立をめぐる米西戦争でスペイン軍の少年兵アンヘルは仲間と脱走。戦後に財を築き誕生した子が〝幼き獅子〟フィデルだった。カストロ父子を描く文庫書下ろし。
か-50-4

乳（ちち）**と卵**（らん）
川上未映子
娘の緑子を連れて大阪から上京した姉の巻子は、豊胸手術を受けることに取り憑かれている。二人を東京に迎えた「私」の狂おしい三日間を、比類のない痛快な日本語で描いた芥川賞受賞作。
か-51-1

四月になれば彼女は
川村元気
精神科医・藤代に〝天空の鏡〟ウユニ湖から大学時代の恋人の手紙が届いた――失った恋に翻弄される十二か月がはじまる。恋愛なき時代に挑んだ「異形の恋愛小説」。（あさのあつこ）
か-75-3

アンバランス
加藤千恵
夫の性的不能でセックスレスの夫婦。ある日、夫の愛人を名乗る中年女が妻の日奈子を訪れ、決定的な写真を見せる。夫婦関係の崩壊はいつ始まっていたのか。妻は苦悩する。（東　直子）
か-78-1

（　）内は解説者。品切の節はご容赦下さい。

菊池　寛
マスク　スペイン風邪をめぐる小説集
スペイン風邪が猛威をふるった100年前。菊池寛はうがいやマスクで感染予防を徹底。パンデミック下での実体験をもとに描かれた「マスク」ほか8篇、傑作小説集。（辻　仁成）
き-4-7

岸　惠子
愛のかたち
親子の葛藤、女の友情、運命の出逢い。五人の男女のさまざまな愛のかたちを、パリと京都を舞台に描き出す大河恋愛小説。表題作「愛のかたち」に加え、「南の島から来た男」を収録。
き-10-2

北村　薫
慶應本科と折口信夫　いとま申して2
昭和四年。慶應予科に通い、さらに本科に進む著者の父は、人生に大きな影響を与える知の巨人――折口信夫と西脇順三郎の謦咳に接し、青春を謳歌する。三部作第二弾。（渡辺　保）
き-17-9

桐野夏生
夜の谷を行く
連合赤軍事件の山岳ベースで行われた仲間内でのリンチから脱走した西田啓子。服役後、人目を忍んで暮らしていたが、ある日突然、忘れていた過去が立ちはだかる。（大谷恭子）
き-19-21

木内　昇（のぼり）
茗荷谷の猫
茗荷谷の家で絵を描きあぐねる主婦。染井吉野を造った植木職人。画期的な黒焼を生み出さんとする若者。幕末から昭和にかけ各々の生を燃焼させた人々の痕跡を掬う名篇9作。（春日武彦）
き-33-1

北川悦吏子
半分、青い。（上下）
高度成長期の終わり、同日同病院で生まれた幼なじみの鈴愛と律。夢を抱きバブル真っただ中の東京に出た二人を待ち受けるのは……。心は、空を飛ぶ。時間も距離も越えた真実の物語。
き-42-2

車谷長吉
赤目四十八瀧心中未遂
「私」はアパートの一室でモツを串に刺し続けた。女の背中一面には迦陵頻伽の刺青があった。ある日、女は私の部屋の戸を開けた――。情念を描き切る話題の直木賞受賞作。（川本三郎）
く-19-1

（　）内は解説者。品切の節はご容赦下さい。

車谷長吉
妖談
作家になることは、人の顰蹙を買うことだった……。〈私小説作家〉と称される著者が、自尊心・虚栄心・劣等感に憑かれた人々を執拗に描き出す、異色の掌編小説集。（三浦雅士）
く-19-9

熊谷達也
鮪立（しびたち）の海
三陸海岸の入り江にある港町「仙河海」。大正十四年にこの町に生まれた守一は、漁に一生をかけたいとカツオ船に乗り込んだ……。激動の時代を生き抜いた男の一代記。（土方正志）
く-29-6

窪　美澄
さよなら、ニルヴァーナ
少年犯罪の加害者、被害者の母、加害者を崇拝する少女、その運命の環の外に立つ女性作家……各々の人生が交錯した時、何を思い、何を見つけたのか。著者渾身の長編小説！（佐藤　優）
く-39-1

玄侑宗久
中陰の花
自ら最期の日を予言した「おがみや」ウメさんの死をきっかけに、僧侶・則道は〝この世とあの世の中間〟の世界を受け入れていく。芥川賞受賞の表題作に「朝顔の音」併録。（河合隼雄）
け-4-1

小松左京　原作・吉高寿男　ノベライズ
日本沈没２０２０
二〇二〇年、東京オリンピック直後の日本で大地震が発生。普通の家族を通じて描かれた新たな日本沈没とは。究極の選択を突きつけられた人々の再生の物語。アニメを完全ノベライズ。
こ-5-14

小池真理子
沈黙のひと
生き別れだった父が亡くなった。遺された日記には、父の心の叫び——娘への愛、後妻家族との相克、そして秘めたる恋が綴られていた。吉川英治文学賞受賞の傑作長編。（持田叙子）
こ-29-8

佐木隆三
復讐するは我にあり　改訂新版
列島を縦断しながら殺人や詐欺を重ね、高度成長に沸く日本を震撼させた稀代の知能犯・榎津巌。その逃避行と死刑執行までを描いた直木賞受賞作の、三十数年ぶりの改訂新版。（秋山　駿）
さ-4-17

（　）内は解説者。品切の節はご容赦下さい。

晩鐘（上下）
佐藤愛子
老作家のもとに、かつての夫の訃報が届く。共に文学を志した青春の日々、莫大な借金を抱えた歳月の悲喜劇。彼は結局、何者だったのか？　九十歳を迎えた佐藤愛子、畢生の傑作長篇。
さ-18-27

血脈（全三冊）
佐藤愛子
物語は大正四年、人気作家・佐藤紅緑が、新進女優を狂おしく愛したことに始まった。大正から昭和へ、ハチロー、愛子へと続く佐藤家の凄絶な生の姿。圧倒的迫力と感動の大河長篇。
さ-18-29

風葬
桜木紫乃
釧路で書道教室を開く夏紀。認知症の母が言った謎の地名に導かれ、自らの出生の秘密を探る。しかしその先には、封印された過去が。桜木ノワールの原点ともいうべき作品ついに文庫化。
さ-56-2

聖夜
佐藤多佳子
『第二音楽室』に続く学校×音楽シリーズふたつめの舞台はオルガン部。少年期の終わりに、メシアンの闇と光が入り混じるような音の中で18歳の一哉がみた世界のかがやき。（上橋菜穂子）
さ-58-2

十代に共感する奴はみんな嘘つき
最果タヒ
いじめや自殺が日常にありふれている世界で生きるカズハ。女子高生の恋愛・友情・家族の問題が濃密につまった二日間の出来事。カリスマ詩人が、新しい文体で瑞々しく描く傑作小説。
さ-72-1

鼠　鈴木商店焼打ち事件
城山三郎
大正年間、三井・三菱と並び称される栄華を誇った鈴木商店は、米騒動でなぜ焼打ちされたか？　流星のように現れ、昭和の恐慌に消えていった商社の盛衰と人々の運命。（澤地久枝）
し-2-32

緊急重役会
城山三郎
歴史ある紡績会社に勃発した社長対次期社長候補のお家騒動（表題作）はじめ、組織に生きる男たちの欲望を描く小説集。ほかに「ある倒産」「形式の中の男」「前々夜祭」を収録。（楠木　建）
し-2-33

（　）内は解説者。品切の節はご容赦下さい。

柴田　翔
されど　われらが日々――
共産党の方針転換が発表された一九五五年の六全協を舞台に、出会い、別れ、闘争、裏切り、死など青春の悲しみを描き、六〇年、七〇年安保世代を熱狂させた青春文学の傑作。（大石　静）
し-4-3

澁澤龍彦
高丘親王航海記
幼時から父帝の寵姫薬子に天竺への夢を吹き込まれた高丘親王は、鳥の下半身をした女、犬頭人の国など、怪奇と幻想の世界を遍歴する。遺作となった読売文学賞受賞作。（高橋克彦）
し-21-7

篠田節子
冬の光
四国遍路の帰路、冬の海に消えた父。家庭人として企業人として恵まれた人生ではなかったのか……足跡を辿る次女が見た最期の景色と人生の深遠が胸に迫る長編傑作。（八重樫克彦）
し-32-12

真保裕一
ストロボ
カメラマンの喜多川は、自ら撮影した写真を手に、来し方を振り返る。そこには男の人生が写し出されていた――。あの日の謎を解き明かし、人生の哀歓を描く著者初期の傑作。（西上心太）
し-35-8

白石一文
草にすわる
五年間は何もしない。絶望は追ってくる――表題作ほか「花束」「砂の城」「大切な人へ」「七月の真っ青な空に」。一度倒れた人間が一歩を踏みだす瞬間を描く美しい五編。（瀧井朝世）
し-48-6

島本理生
真綿荘の住人たち
真綿荘に集う人々の恋はどれもままならない。性別も年も想いもばらばらだけど、一つ屋根の下。寄り添えなくても一緒にいたい――そんな奇妙で切なくて暖かい下宿物語。（瀧波ユカリ）
し-54-1

島本理生
夏の裁断
女性作家の前にあらわれた悪魔のような男。男に翻弄され、やがて破綻を迎えた彼女は、静養のために訪れた鎌倉で本を裁断していく。芥川賞候補となった話題作とその後の物語を収録。
し-54-2

（　）内は解説者。品切の節はご容赦下さい。

島本理生
ファーストラヴ
父親殺害の容疑で逮捕された女子大生・環菜。臨床心理士の由紀が、彼女や、家族など周囲の人々に取材を重ねるうちに明らかになった環菜の過去とは。直木賞受賞作。（朝井リョウ）
し-54-3

雫井脩介
検察側の罪人（上下）
老夫婦刺殺事件の容疑者の中に、時効事件の重要参考人が。今度こそ罪を償わせると執念を燃やすベテラン検事・最上だが、後輩の沖野はその強引な捜査方針に疑問を抱く。（青木千恵）
し-60-1

柴崎友香
春の庭
第151回芥川賞受賞作「春の庭」に、書下ろし短篇1篇（「出かける準備」）、単行本未収録短篇2篇（「糸」「見えない」）を加えた小説集。柴崎友香ワールドをこの一冊に凝縮。（堀江敏幸）
し-62-1

鈴木光司
樹海
苦しむことなくこの世とおさらばしたい——。死を渇望して樹海に溶け込む人間と、彼らとともに救いようのない運命に巻き込まれていく人々を描いた6つの連作短篇集。（朝宮運河）
す-22-1

瀬尾まいこ
そして、バトンは渡された
幼少より大人の都合で何度も親が替わり、今は二十歳差の〝父〟と暮らす優子。だが家族皆から愛情を注がれた彼女が伴侶を持つとき——。心温まる本屋大賞受賞作。（上白石萌音）
せ-8-3

太宰　治
斜陽　人間失格　桜桃　走れメロス　外七篇
没落貴族の哀歓を描く「斜陽」、太宰文学の総決算「人間失格」、美しい友情の物語「走れメロス」など、日本が生んだ天才作家の代表作が一冊になった。詳しい傍注と年譜付き。（臼井吉見）
た-47-1

橘　玲
ダブルマリッジ
商社マンの憲一の戸籍に、知らぬ間にフィリピン人女性の名が。これは重婚か？　彼女の狙いは？　やがて物語は悲恋へと変貌する。事実に基づく驚天動地のストーリー。（水谷竹秀）
た-77-3

竹宮ゆゆこ
応えろ生きてる星
結婚直前、婚約者は別の男と駆け落ちした。残された男は謎の女と一緒に、彼女を探すためのある方法を思いつく。そしてその先に見つけたのは。過去の傷からの再生を描く感動の物語。
た-99-2

滝口悠生
死んでいない者
大往生を遂げた男の通夜に集まった約三十人の一族。親族たちの記憶のつらなりから、永遠の時間が立ちあがる。高評価を得た芥川賞受賞作に加え、短篇「夜曲」を収録。（津村記久子）
た-101-1

高橋弘希
送り火
父の転勤で東京から津軽の町へ引っ越した少年が、暴力の果てに見たものは？　圧倒的破壊力をもつ芥川賞受賞作と、「あたのなかの忘れた海」「湯治」の単行本未収録二篇。
た-104-1

千早　茜
男ともだち
冷めた恋人、身勝手な愛人、誰よりも理解しながら決して愛しあわない男ともだち――29歳の女性のリアルな心情と彼女をとりまく男たちとの関係を描いた直木賞候補作。（村山由佳）
ち-8-1

千早　茜
西洋菓子店プティ・フール
下町の西洋菓子店の頑固職人のじいちゃんと、その孫であり弟子であるパティシエールの亜樹と、店の客たちが繰り広げる、甘やかなだけでなくときにほろ苦い人間ドラマ。（平松洋子）
ち-8-2

千早　茜
ガーデン
「発展途上国」で育ち、植物を偏愛し、他人と深く関わらない編集者の羽野。だが、ニューヨーク育ちの理沙子との出会いや、周囲の女性の変化で彼の人生観は揺らぎ出す。（尾崎世界観）
ち-8-3

津村節子
紅梅
癌が転移し、自らの死を強く意識する夫――吉村昭の一年半にわたる闘病と死を、妻と作家両方の目から見つめ、全身全霊で純文学に昇華させた衝撃作。菊池寛賞受賞作。（最相葉月）
つ-3-14

津村記久子
婚礼、葬礼、その他

友人の結婚式に出席中、上司の親の通夜に呼び出されたOLヨシノのてんやわんやな一日を描く表題作と「冷たい十字路」を収録。いま乗りに乗る芥川賞作家の傑作中篇集。（陣野俊史）

つ-21-1

津村記久子
エヴリシング・フロウズ

ヒロシは、背は低め、勉強は苦手。唯一の取り柄の絵を描くことも最近は情熱を失っている。それでも友人たちのため「事件」に立ち向かう。少年の一年を描く傑作青春小説。（石川忠司）

つ-21-2

津村記久子
浮遊霊ブラジル

楽しみにしていた初の海外旅行を前に急逝した私。人々に憑いて様々な土地を旅する中でたどり着いたのは……（表題作）。卓抜したユーモアと人間観察力を味わう短篇集。（戌井昭人）

つ-21-3

天童荒太
悼む人（上下）

全国を放浪し、死者を悼む旅を続ける坂築静人。彼を巡り、夫を殺した女、人間不信の雑誌記者、末期癌の母らのドラマが繰り広げられる。第百四十回直木賞受賞作。（書評・重松　清ほか）

て-7-2

中上健次
岬

郷里・紀州を舞台に、逃れがたい血のしがらみに閉じ込められた一人の青年の、癒せぬ渇望、愛と憎しみを鮮烈な文体で描いた芥川賞受賞作のほか「黄金比の朝」「火宅」「浄徳寺ツアー」収録。

な-4-1

中里恒子
時雨の記

知人の華燭の典で偶然にも再会した熟年の実業家と、夫と死別し一人けなげに生きる女性との、至純の愛を描く不朽の名作。中里恒子の作家案内と年譜を加えた新装決定版。（古屋健三）

な-5-4

南木佳士
阿弥陀堂だより

作家として自信を失くした夫と、医師としての方向を見失った妻は、信州の山里に移り住む。そこで出会ったのは、「阿弥陀堂」に暮らす老婆と難病とたたかう娘だった。（小泉堯史）

な-26-7

（　）内は解説者。品切の節はご容赦下さい。

南木佳士
山中静夫氏の尊厳死
「楽にしてもらえますか」と末期癌患者に問われた医師は尊厳ある死を約束する。終わりを全うしようとする人の意志が胸に沁みる名作。表題作の他に「試みの堕落論」を収める。
な-26-10

夏目漱石
こころ　坊っちゃん
青春を爽快に描く「坊っちゃん」、知識人の心の葛藤を真摯に描く「こころ」。日本文学の永遠の名作を一冊に収めた漱石文庫。読みやすい大きな活字、詳しい年譜、注釈、作家案内。（江藤　淳）
な-31-1

夏目漱石
吾輩は猫である
苦沙弥、迷亭、寒月ら、太平の逸民たちの珍妙なやりとりを、猫の視点から描いた漱石の処女小説。滑稽かつ饒舌な文体と痛烈な文明批評で日本中の話題をさらった永遠の名作。（江藤　淳）
な-31-3

長野まゆみ
鉱石倶楽部
「葡萄狩り」「天体観測」「寝台特急」「卵の箱」——石から生まれた美しい物語たちが幻想的な世界へ読者を誘う。ファンタジー短篇「ゾロ博士の鉱物図鑑」収録。著者秘蔵の鉱石写真も多数掲載。
な-44-2

長野まゆみ
フランダースの帽子
ポンペイの遺跡、猫めいた老婦人、白い紙の舟、姉妹がついたウソ、不在の人物の輪郭——何が本当で何が虚偽なのか。消えゆく記憶の彼方から浮かび上がる、六つの物語。（東　直子）
な-44-6

長嶋　有
猛スピードで母は
母は結婚をほのめかしアクセルを思い切り踏み込んだ。現実にクールに立ち向かう母の姿を小学生の皮膚感覚で綴った芥川賞受賞作。文學界新人賞「サイドカーに犬」も併録。（井坂洋子）
な-47-1

長嶋　有
問いのない答え
震災の直後にネムオがツイッターで始めた言葉遊び。会ったことはないのにつながってゆく人々の日々を描き、穏やかに心を揺する傑作。静かなやさしさが円を描く長編。（藤野可織）
な-47-5